金缕梅

JINLüMEI

修白 著

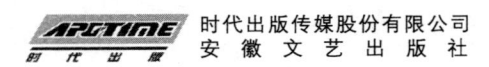

时代出版传媒股份有限公司
安徽文艺出版社

图书在版编目（CIP）数据

金缕梅/修白著. —合肥：安徽文艺出版社，2024.3
ISBN 978-7-5396-7739-2

Ⅰ.①金… Ⅱ.①修… Ⅲ.①长篇小说－中国－当代
Ⅳ.①I247.5

中国国家版本馆CIP数据核字(2023)第052422号

出 版 人：姚 巍
责任编辑：胡 莉　　　　　　装帧设计：汪 潋　徐 睿

出版发行：安徽文艺出版社　www.awpub.com
地　　址：合肥市翡翠路1118号　邮政编码：230071
营 销 部：(0551)63533889
印　　制：安徽新华印刷股份有限公司 (0551)65859551

开本：880×1230　1/32　印张：7.625　字数：188千字
版次：2024年3月第1版
印次：2024年3月第1次印刷
定价：39.80元

（如发现印装质量问题，影响阅读，请与出版社联系调换）

版权所有，侵权必究

目录

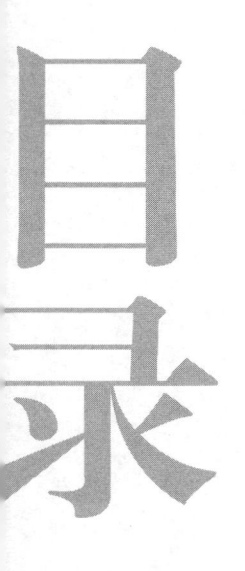

第一章　对峙 / 1

第二章　屁股长钉子 / 51

第三章　眼前一亮 / 79

第四章　蛀洞 / 109

第五章　拆迁 / 146

第六章　相遇 / 154

第七章　援藏与动物保护 / 230

附　《金缕梅》创作谈　修白 / 237

第一章 对峙

第一节 伎俩

碧葭收受学生家长两万元贿赂的事情已经浮出水面,而且是被实名举报。纪委的人找她谈话,问她有没有这件事情。她矢口否认,根本就没有过。纪委的人让她先回学校好好想一下,什么关口出了问题,不然,举报人说得有鼻子有眼,那么笃定。

受贿的传闻在学校不胫而走。老校长已经正式办理退休手续,碧葭的任命书却迟迟没有下达。教育局派一个新的校长过来,也是有可能的。本来,一切顺理成章。突然冒出一桩受贿案,碧葭不洗清自己,很难办。她决定起诉那个诬陷她的女人。同时,找到那个学生,在开庭的时候,出来作证人。

父亲在看报纸的间隙,听到母女对话:超市到处都是探头,这样搞,迟早会被盯上的。碧葭在清洗冰箱,她提醒母亲。母亲不屑的样子,有点被探头之说威慑到,心里开始乱,脸上却不露怯。父亲抬起头,视线从报纸上转移到母女身上。你妈在超市干什么?我买肉给你做肉圆子吃,多管闲事。母亲嘴快。父亲年纪大了,吃肉会塞牙,喜欢吃肉圆子,只要一提肉圆子,老头什么都好说。但是,老头也是有原则的,小偷小摸的事情绝对不能干。

　　碧葭揭穿母亲,她和楼下的老太学,把打过价码的两根大葱再塞一根进去。生姜卖到十元一斤,她们嫌贵,就买两份,把价格便宜的条码撕下来,贴到贵的那份上面结账。老头一听就不乐意了,他把老花眼镜从鼻梁上拿下来,往桌子上一摔,报纸还在手上,你不要跟她们学,物价再涨,这点大葱和生姜我们还是能买得起的,你这样做,干什么!

　　陈桂芝在超市学的浑水摸鱼这一套,到了女儿家里,一样受用。碧葭的房子住了十几年,墙体腻子粉四处开裂,浴室渗水,天花板返潮、起皮,几个角落黑斑点点,水龙头滴水,落水管堵塞,各种小毛病不断出现。这些问题是缓慢出现的,男人可以忽略不见,女人不行,谁觉得不行,谁就要设法修缮。三层楼的房子,到处是家具,没有一把锁,东西随意放。装修工人楼上楼下忙碌,碧葭一个人看不过来,邀了母亲上门,觉得她多多少少能帮她看护一些,毕竟是自己的母亲,干活的人会有所收敛。

　　油漆工小徐,习惯拿装修人家的东西。那天,他干完活,帮着碧葭收拾花园,晚了,她开车送他回家,进了他租住的小屋,墙角的纸盒子里,竟然有一堆女式的衣服。一团蓝底白花的布料引起碧葭注意,她有一件旗袍就是这个图案。女人对衣服是敏感的,特别是自己穿过的衣服。一件雷同还能解释,一堆衣服都雷同,显然不对头。小徐意识到这点的时候,他说,这些衣服我要了也没有用,你喜欢的话,你拿去吧,都是阿姨给我的,我也没有用。碧葭一件件抖开,果然是自己穿过或没有穿过的衣服。女人对穿过的衣服,总有一些细枝末节的记忆,比如,某颗扣子松掉了,自己重新钉过;新的线和旧的线,会有细微的色差;自己手工打的结和服装厂出来的结一定是不一样的;毛衣外套正面看,没有什么特点,反面就不同寻常:反面碧莨自己缝了一个小口袋,底摆稍大,收口渐小,适合放一些必需物品,诸如门卡、钥匙、手机,很方便。

这几天,小徐来做活。碧莨回头看了一眼别墅的大门,对母亲吩咐:你在一楼盯住小徐,他什么都会偷,盯紧了。说完这些,看了一眼母亲的反应,她像是听明白了的样子,转身上楼去了。

陈桂芝在碧莨上楼的空隙,打开了碧莨卧室的衣橱,看到一款款时尚新衣,密密实实堆放的各类物品,尚未拆封的包装盒,脱口说道,搞得不得了,东西比我还多。她在心里对比了一下,自己现在不如她。有种说不出的不甘、嫉妒。打开抽屉,有一双漂亮的羊毛半截手套,咸菜色和米色相间,这么小,可能是碧莨早年给小乖编织的。她把手套窝成一团,放进自己的裤子口袋;一双粉色的羊毛袜,塞进另一只口袋。

陈桂芝人前人后地嘲笑碧莨,榆木疙瘩一段,遗传她老子,没得心机,不像是在社会上混的人。碧莨懒得跟她理论,也不屑跟她理论。她在一所重点中学教书,教了十多年,从教研组组长、教务处处长,慢慢升到副校长,一路过来,脚踏实地。现在在锦城进修,过不了几个月,老校长一退休,新校长非碧莨莫属。可见碧莨在外面混得不错。对此,陈桂芝心里很不服气。

她对碧莨说,我年轻的时候,没有你运气好。那时候,自然灾害,我在田里面拣豆荚,偷吃生蚕豆。要是生在现在,肯定比你混得好。碧莨乜她一眼,懒得搭理。陈桂芝觉得自己是人精,碧莨是她眼里的榆木疙瘩,她们不在一个频道。碧莨只能闷声自语,夏虫不可语冰。

你说什么?陈桂芝耳朵好。不要以为你读了几天书,就了不起的样子,你说我是虫,你就是虫屎,你不过是我拉出来的屎,你能不能当校长,还在我手里捏着。碧葭身体里的血往脸上冲,脸涨得通红,眼见得要发作,陈桂芝溜进厕所,关上门。

换季。碧葭回家拿一些秋装,过中秋节,顺便找油漆工小徐把家里墙体有裂缝的地方修补一下。修墙是借口,重要的是找他打听和陈桂芝有关的一件事情。碧葭想知道事情的真相。

其实,碧葭心里想什么,下一步打算干什么,陈桂芝只一眼,全部了然。陈桂芝不过是装迟钝,应付她一下子。陈桂芝压根就不把她的话当回事,她在自己心里不过是个任自己摆布的丫头片子。

时过境迁,陈桂芝像屋檐下那些陈旧的瓦砾一样,布满了时间的灰尘。惯性促使她顽固地拽着过去的车辙不放。她年轻气盛的时候,正值碧葭考大学,碧葭想学医,她竭力阻止,逼迫她上定向分配的师范。嘴上说女孩当老师好,女承父业,心里的盘算是省两个学费,怕她远走高飞。碧苇上高中的时候,在父亲的学校,是快班的尖子生,参加数理化竞赛经常得奖。高考前,陈桂芝各种刁难,硬是不让她参加高考,逼她上家门口的技工学校。父亲没有告诉碧苇,她参加的那些竞赛获奖,可以保送上大学。在父亲的晚年,碧苇下岗做钟点工的日子里,父亲还没有意识到孩子们的命运与他当年的决定有关。当他被陈桂芝抛弃在养老院,倍感孤独和绝望的时候,回望他的一生、他的子女,他感到最对不起的就是碧苇,他耽误了她的前程,他浑浊的老眼溢满泪水。那年头,大学毕业包分配,母亲怕孩子们毕业分配在外地,这么多年的饭,白养了她们。后来,碧葭工作两年后,准备考研,也被她阻止。考研少拿两年工资不算,原来的岗位也被别人顶替了,毕业重新找工作,分配到外地咋办?这些都是表面上堂皇的话,骨子里,她怕孩子们翅膀硬了,难以操控。自己养的是几只羊羔,羊羔养大是为了在羊羔身上割羊毛,特别是女孩,是给别人家养的,压根就是赔钱货,怎么也不能再投资。

儿子大宝结婚的时候，单位可以分到新房子。大宝单位福利好，每个人结婚都能申请到三室一厅的楼房。陈桂芝不同意他搬到外面去住，一定要大宝小两口住在他们夫妻两室一厅的小套房子里。大宝媳妇压根就不搭理她这一套，她在单位要了三室一厅的楼房。她双手叉腰，站在新房的客厅指挥工人搬家具，嘴里不说话，眼睛里是笤帚，急于把陈桂芝扫出门外。眼看局势失控，陈桂芝鼻涕一把，眼泪一把，哭诉自己当年怎么心疼大宝，不能娶了媳妇就忘了娘。算是妥协，硬是在大宝的新房子里放了一张大床，要大宝给她留一个房间。休想！她刚出门，大宝媳妇发飙，把她搬来的新床搬到地下室。

南阳台墙面渗水的地方补好后，小徐崴了一下脚后跟，歇了一会，端着腻子上二楼。小徐并不是职业小偷，他习惯在干活的时候顺带拿主人家的一点东西，他觉得顺带不为偷，人家又没有看见，没有看见我拿东西，不拿白不拿。

在乡下，女人很少指挥男人干活。小徐以前来这里干活的时候，碧葭指着墙上的裂缝，要他逐一修补。碧葭指一条，他修一条，被动的样子，还时不时地挖苦碧葭几句，碧老师眼神不错，这么小的裂缝都能看出来，到底是当老师的人，细心。离异的小徐单身，一边干活，一边勾勾叨叨地说一些和女人过往的事情，在没有裂缝的地方，反倒使劲抹腻子粉。地上掉了一地的材料，他踩在脚下，粘得到处都是。他讨厌女人对他吆三喝四，城里的女人搞得不得了，说一不二，他心里有些赌气。现在情况有所改变，小徐像是换了一个人。

小徐的孩子在乡下上小学，成绩不错。他指望孩子将来能上大学，脱离农村。他从陈桂芝口中打听到碧葭是重点中学的副校长,动了心思,想依靠碧莨的关系,把孩子送到城里来上学。他试探过碧莨,碧莨未置可否,说要看孩子的学习成绩。进城上学家长成本大,学习好才值得。这话留了活口,他现在来干活,基本上像是换了一个人,对碧莨一副俯首帖耳的样子。

小徐往墙上刮腻子粉,一铲子上墙,反复推刮九十八下,再铲一铲子腻子,粘在墙上,又是九十八下,像电脑统计的数字一样准确。他一秒钟都不会闲着,像是上足了劲的马达。碧莨在暗中观察,他跟铲子、腻子摽上了劲,一坨坨的腻子粉被他揉来刮去。碧莨喜欢他身上的这股干劲,或者说是羡慕。男人强健,拥有使不完的力气,是令女人羡慕的。她想知道他干活不惜力气是装的还是本能,她躲在他看不见她的角落偷窥,发现他依然如故。小徐做的墙面,无与伦比地平滑。碧莨一面面墙看过来,满意地叫他徐劳模。小徐就说,你看这墙面,白净得跟女人的皮肤一样。说的时候,满嘴的吐沫。碧莨听到这话,眼睛里生出刨子,狠狠地刨了他一层脸皮,掉头走开。

估计陈桂芝在楼下,闹不好就在翻箱倒柜找东西。碧莨能够想象母亲翻找东西的场景。低声问小徐,上次喊你带给我妈的茶叶,你打开过没有?小徐说,没有,怎么了?碧莨说,你要说真话,到底有没有?真的没有,我直接送给老太太了。有人举报我,说我收受贿赂,钱是装在那个茶叶里面的,你到底看到没有?

楼梯有脚步声。碧莨听见,对小徐使眼色,大声说,你把窗户下面的墙体补一下。果然,陈桂芝上楼了。她刚才听到他们在悄声说话,不知道他们在说什么,鬼鬼祟祟的,心里犯疑惑。现在这个话,显然是故意说给她听的。两个女人对峙在那里,彼此盯着对方的脸。毕竟是在碧莨的家里,她正年轻,有些气盛。僵持了一会儿,陈桂芝低下了头,自言自语地说,我看看小徐还在干活,没的事。

人嘴两块皮,翻过来倒过去都是它。这句话是陈桂芝串门子的时候喜欢说的开场白。她深谙一个道理,世界上的事情不是人做出来的样子,而是人说出来的样子。一个人能说会道,才能在社会站稳脚跟,说得好比做得好更重要。只有碧葭姊妹这样的傻子,才会想着怎么把事情做好,幸亏大宝不像她们,傻里傻气。

街坊问陈桂芝借钱,她很爽气,好的,没有问题,下午来拿。街坊下午来的时候,陈桂芝说,钱早就准备好了,这点小事,打个招呼就行了,我去拿钱给你。她去卧室的床头柜东翻西找,放在信封里装好的,我拿给你。陈桂芝对街坊邻里很讲义气。咦,钱呢?钱怎么不见了,我装在信封里的,连信封都不见了。突然就叫起来,钱呢?老头子,你还看到我的钱了?老头说,不要大惊小怪的样子,你仔细想想到底放哪里了。陈桂芝把抽屉翻遍了也不见信封和钱。一定是碧苇这个死丫头拿走了。她说过,借钱容易还钱难,十有九个都不还。一定是碧苇偷偷拿走了。回头,我去找她算账。街坊没有借到钱,悻悻地走了。心里记恨碧苇,在路上见着,装着没有看见她。这丫头她看着长大的,没有想到,这么夹生,街坊邻居越想越生碧苇的气。

在这个家庭里面,表面上是老头做主,实际上,老头在做决定之前,已经被陈桂芝洗过脑,基本上,所有的决断,都是陈桂芝事前想好的,让老头播报一下。后来,陈桂芝说话的时候,前面冠上"你爸爸"的名义。实际上,三个孩子已经成家立业,没有什么事情是陈桂芝做得了主的。不让读研、不让高考,孩子没有工作之前,都是她说了算。工作以后,就由不得她说了算。这是陈桂芝无法接受的。她要永远说了算,她是这个家庭的统领,抬举谁,打压谁,这些,都是有学问的。陈桂芝是话题女王,老头变成榆木疙瘩也跟她的语言暴力有关,她把一家人每天要说的话都抢走,一个人说得尽兴、恣肆、神采飞扬,不然,老头不会变成会说话的哑巴。陈桂芝在家只有一个哑巴听众,没有人跟她唱二人转,有些无趣,她就设法出门去玩。这个家庭有两个人喜欢出去玩,赶场子寻热闹,母与子,去不同的场合。

那天,陈桂芝和几个大妈在卡拉OK厅包了一场,大家都唱了几首歌,陈桂芝点果盘、点歌,少唱了几首歌,她不甘心,又续了一场,就到了吃晚饭的时间。她们相约去附近的一家自助餐厅吃火锅。

出一楼大厅玻璃旋转门的时候,大宝一行人迎面进来。陈桂芝眼尖,她一眼就看见了儿子。大宝,大宝,她拨开众人,往大宝身边追过去。大家都听见了,她高八度的嗓门,大家定在原地,查看到底发生了什么。大宝一定听见了,大宝不理她,她挤进人群,大宝不想和她打招呼,无奈,她一把拽住大宝的膀子,你干啥去?

我吃饭,陪客户。大宝挣脱了她的拉扯。不要在外面喊我大宝,我都多大了。大宝有点生气,压低了嗓音,喊得大家都听见了,你玩你的,不要跟着我。陈桂芝说,我也要去。你去你的吧,这么多人,我都多大了,应酬还要带上老妈,你不怕人笑话,我还怕呢。陈桂芝说,这有什么好笑的,我是你妈,跟你吃个饭,就丢人现眼了?大宝说,不是这个意思。大宝拿出钱包,抽出几张百元大钞,算我请客,你跟她们去吃饭,不要钉着我,像跟屁虫一样。最后一句话,大宝没有说出来,嘴里咕哝。

当校长的事情,碧莨想瞒着陈桂芝,怕她知道后给她惹是非。陈桂芝善打听,嘴皮子长,还是拐弯抹角地知道了。陈桂芝四处炫耀,逢人就说碧莨是校长,吹嘘的时候,好像她真的当了校长一样。回到家,她跟老头埋怨说,碧莨摊到了好时光,我生不逢时,要是我和碧葭换个个儿,兴许,我早就当教育局长了。就凭碧葭那几斤几两,也不是我的对手。老头好歹是中学退休老师,知道没有文化是混不下去的。但是,陈桂芝不这么想,老头不附和她挤对碧葭,她就生气。见了碧葭就直接说,碧葭一脸不屑,她以为碧葭认输了,服了她,就跟大宝说,碧葭肚子里那点货,还想当校长,要不是我的关系罩着她,哼,她这辈子也别想当校长。大宝心里有数,问她,你有什么关系能罩到她?你爸爸学校的工会主席、财务科长,哪个不认识我?我关系广得很。大宝想,我爸爸学校跟碧葭学校横跨半座城市,没有一毛钱的关系,真能瞎扯。

后面这句话,陈桂芝不对一般人说,她只对特定的人说,比如碧葭的爸爸、弟弟、妹妹、亲戚、街坊中玩得好的老姐妹。早年,她也对碧葭说过,碧葭听了就生气,碧葭嘀咕她,你连初中都读不下去,跟我比什么,我好歹是师范大学毕业的,就你那点水平,两行字都写不下来,还当教育局局长。每次给舅舅写信,都是爸爸落笔,你连一封信都不会写,到处瞎扯,现在,不是草包挂帅的年代,贫嘴耍舌,肚子里没有学问的时代,早就结束了,你的那一套少来。

哈哈,陈桂芝狡黠地大笑,唾沫星溅到碧葭脸上。这样的话,毛毛雨,淋不着她。她脑子转得快,一副得意的样子,心里早就有现成的话撑人:你大学毕业又怎么样,你不是我身上掉下来的肉?不要说你当校长,你就是当了局长、市长,不过是我手心里的一只蚂蚱,我想怎么摆布你就怎么摆布你。后面这句话,陈桂芝以前经常说,自从碧葭真要当校长之后,当着她的面,不大敢说了,不敢说的原因是怕她真的跟她翻脸,以后就不好找她帮忙择校,沾她的光。

每次回娘家吃饭,都惹得一身气。当然,最受气的还是碧苇。回家的路上,碧葭忍不住抱怨、吐槽。憨大劝慰她,不要跟老妈一般见识,跟她生气就降低了你的身份。她没有文化,无知者无畏。大宝那口子也是,总要盛气凌人欺负碧苇,不知道碧苇有什么把柄给她抓到。憨大这样说,本来是附和着妻子的,想讨好她,却让碧葭跳起来,拧他耳朵,你再这样说碧苇,你再说,我把你耳朵拧下来。碧苇就是太善良了,她才这样嚣张。你们男人就不懂女人的善良。善良是女人的软肋,被恶人利用和欺负,不要以为我是碧苇,我下次回家,要带个刀片,把她的大牌坤包划个口子,叫她烧包不起来。

张大妈家的孙子,今年中考,想进重点中学;李二嫂家的大媳妇的侄子小升初,快要抽签,如果抽不到,我已经答应过人家,要帮忙。只要是能攀上陈桂芝的街坊邻居,同事的七大姑八大姨,家里有上中学的小孩,陈桂芝都满口承诺,她靠这些关系,建立自己的裙带帝国。

这个时候,人家就开始给她送礼。也不是什么大礼,都是一些小恩小惠,两斤草鸡蛋、两条活鲫鱼、一包栗子粉糖之类。陈桂芝客气一下,把人家送上门的东西推开,你看你,那么客气干什么,找我家碧葭的事情,还不是我说了算。这些东西拿回家给孙子吃,我们家多着呢。昨天,我儿子才送的一包罗汉果还没有拆开。你看,这是碧葭拿回来孝敬她爸爸的香烟,我不给老头抽,他控制不住自己,会抽上瘾。

陈桂芝把孩子们送给她的东西一件件抖搂出来,在邻居们面前炫耀一通。她的儿女有出息,混得好,她满足于这样的炫耀。虽然自己老了,退休了,依然是有权势的。暗示邻居们,不要小看她,往后还是要巴结她的。

最后,收了人家的东西,再还两个罗汉果之类,算是扯平,让老街坊觉得她不是个贪小便宜的人。这就是做人的学问,碧葭她们懂个屁。

此刻,陈桂芝躲在一楼,不服气,又有点心虚。她压根就不把碧莨吩咐她的话当回事。小徐上二楼的时候,她没有跟上去,而是暗自庆幸有了机会。她手脚麻利,飞快地把楼下厨房里的一个抽屉打开,抽屉里面乱七八糟,什么东西都有,都是些不值钱的小东西。陈桂芝翻来翻去,几个新的耳挖子、镊猪毛的镊子,还有刨子、窄条的小铲子、尖嘴钳子、陶瓷菜刀等等,都没有拆封。碧莨去日本的时候买的,精巧实用,给过她,她不屑一顾。

当着父亲的面,陈桂芝说,你拿走吧,我要这些东西干什么,我在农贸市场买的刨子,铜的,才五毛钱一个,比你这个好用多了。你这个塑料铁皮的,不管用。陈桂芝耷拉着脸,把东西推还到碧莨手上,意思摆在那儿:我们这么大年纪的人,养你一场,你出国一趟,不带点儿值钱的东西给我们撑脸面。你爸爸好哄,这些破玩意儿糊弄我,我可不是吃素的。

东京是世界上物价最贵的地方,就这一个看似普通的刨子,顶多刨个苹果皮、萝卜皮什么的,折算到人民币,也要七八十块钱。陶瓷的纳米菜刀要一千多块钱。电饭锅也是。碧莨给陈桂芝带的东西实用而不光鲜,这些看起来不值钱的东西,换算成人民币,差不多有大几千块钱。碧莨就是这种内心实诚的人,一个人要是太实诚了,那些不实诚的人就会嘲笑他,看不起他,要是他们还有一点什么亲密关系,后者就要教训前者不会做人。碧莨就是陈桂芝眼里不会做人的人,陈桂芝要给她点脸色看看。

现在,趁小徐在楼上干活的机会,陈桂芝把搜索到的镊子、钳子、电动起子等一堆小工具,悄悄拿到自己随身背的挎包里,包的上面放层过期的报纸、塑料袋什么的障眼。

估计碧莨一时半会儿不会下楼。陈桂芝装着帮碧莨烧晚饭的样子,打开了冰箱的门。她把冰箱里面的东西,冻过以后,看不太清楚的拿出来,码在锅台上,一件件仔细甄别,想要的就拿一半出来,藏到自己包里。然后再翻冰箱深处的东西,冰箱最下层的塑料盒子里面有一包人参,拇指般粗细,数不清多少根,一看就是人家送的。陈桂芝眼睛发亮,她不露声色地掀开自己挎包上面的报纸,打开包装袋朝里面倒了一半。不能倒光,倒光碧莨会发现,她自言自语。把人参包好,放回原处。又接着翻,看看还有什么值钱的东西。忽然,她眼睛一亮,看到一个黄灿灿的小东西,摸出来,竟然是一只金戒指。她大喜过望,立刻藏到口袋里。

陈桂芝这样拿东西,已经不止一次了,没有一次被发现过。碧莨眼神不好,和她爸爸一样,架个近视眼镜。也许,碧莨发现过,只是懒得和她计较,知道说不过她。碧莨说的话大多是生活的真相,陈桂芝说的话基本是偷换概念的诡辩。这两种语言是无法对接的,输家肯定是碧莨。比如,碧莨看到陈桂芝往外套的口袋里倒海参,几千块一盒的高档海参,陈桂芝倒了大半盒,还剩几只,又放回冰箱。碧莨说,放在口袋腥气,连盒子拿走吧。陈桂芝说,我才不要盒子,盒子占地方,我挎包那么小,什么都装不下。碧莨说,柜子里手提袋多呢,你装在手提袋里拿走。陈桂芝说,我嫌重,不要袋子,我也不吃你的东西。其实,陈桂芝是不想让碧莨看出来,她从碧莨这里大包小包地拿了东西。

女儿是别人家的人。要设法在她没有出嫁的时候,把她们这么多年吃过的饭钱变相赎回来。平时,她们在家只能吃最差的,好的都是留给大宝和老头子。有一次,碧莨那会儿上大学,放假回家,看到堂兄送来的奶油蛋糕,她第一次见到这样奢华的点心。她把上面的奶油舔了一点,很好吃,忍不住,又舔一点,舌尖就刹不住了。她成了奶油的俘虏,不知不觉中偷偷舔了一层,还是忍不住,又舔了一层。知道会挨骂,就是控制不了自己。终于被陈桂芝发现。陈桂芝为了处罚她,在给她吃的菜里放泻药,为的是让她少吃饭。碧葭持续性腹泻了半年多,什么菜都不能吃,只能吃一点白稀饭,人瘦得皮包骨,干巴巴的两只大眼睛深陷在乌黑的青眼眶里,像生命晚期的病人一样憔悴。经常脱水,三天两头去医院挂水。邻居奇怪,好端端的姑娘,瘦得像个鬼一样。问陈桂芝,碧葭得了什么病?三根筋挑一个头。陈桂芝朝碧葭乜眼,跷着兰花指说,问她自己,这么大的姑娘,也不晓得丑,偷吃奶油,她不拉肚子,哪个拉肚子。

陈桂芝每次偷拿碧葭东西的时候,心里就琢磨,小时候,你吃了我多少饭?为了让碧葭少吃菜,她就放很多辣椒炒。把这两个丫头带大到今天,全是她的恩德。现在,我要把你们吃过的饭钱赚回来,不然,我就是吃亏。尽管,三个孩子都是陈桂芝亲生的,但是,她固执地认为,女儿是替别人家养的,是外人,不能让她们沾了自己家的光。

陈桂芝拿女儿的东西,回家并不自己用,自己用的话,她们回家会看见。碧葭是个马大哈,她心里面怎么想,嘴里面就会怎么问,她会让陈桂芝当着老头子的面出丑,陈桂芝领教过她的直肠子。

陈桂芝悄悄溜到楼梯口,看到楼上的两个人,一个不出声在干活,一个在书房收拾课本。心想,这回,可以好好翻翻她的储藏室。

楼上只有小徐一个人的时候,碧葭悄悄过去问,我让你给我妈送去的茶叶,你当时就去了,还是过了几天才去?小徐没有停下手里的活计,他往墙上刮腻子,微微侧过脸对碧葭说,当时就去了,没有拆开看,直接交给阿姨的。碧葭说,你不要骗我,骗我,你家小孩上学的事情就不要找我。小徐大声发誓,哪个骗你是龟孙子。哪个龟孙子举报你,你告诉我,我去找他算账,老子正愁没得地方打架。小徐丢下手里的铲刀,跳起来,比试一下膀子上的肌肉。碧霞说,好了,不要嚷嚷,不要跟我妈勺叨这件事。记住我的话,不要到处勺,就你话多。小徐连连点头,知道,碧校长,龟孙子勺出去。

听到楼上的动静。陈桂芝估计碧霞在问这个事情。她竖起耳朵偷听。两万块钱藏在茶叶的下面,她收起来,没有告诉任何人,楼下的焦奶奶除外。

第二节　团圆饭

碧苇家的东西,陈桂芝偷偷拿走,送到大宝家。有时,大宝发现,会放在客厅门口,叫碧苇过来拿走,还给她。大宝看不上碧苇家的那些东西,都是母亲自说自话,拿过去讨好他的媳妇。碧苇下岗,在别人家做钟点工。碧霞觉得妹妹在别人家做钟点工,面子上过不去。况且,妹妹数理化比自己要好,写一手好文章,脑瓜子清爽,去做钟点工,委屈她了。她找朋友帮忙,在一家民营的工厂找了个发货的差事,这个差事只做大半天,收入稳定,不要看人脸色。碧苇下班后,回娘家搞搞卫生,接大宝家儿子小元放学。她把原来的家,当成自己现在的家一样。

老头子是北方人,年轻的时候不做饭,年纪大了就更不用说了。陈桂芝年纪大了,贪玩的本性还像年轻时候一样,经常不回家做饭。她给老头子做了一辈子饭,现在要革老头的命。她跳着脚,气势汹汹地跟碧苇说,人家老头都会做饭,我们家老头不会做饭,我给他烧了一辈子,总不能烧到死。我跟张大妈去卡拉 OK 厅唱唱歌,一个下午才十几块钱,又不贵,有什么关系。

父亲在家没有饭吃。碧苇知道后有些心疼。碧苇买了超市做活动价格优惠的杂粮馒头送来，给父亲炒个小菜，烧西红柿鸡蛋汤。父亲留她一起吃饭，要她吃了再走。有时候，陈桂芝回来，撞见她在家吃饭会不高兴。陈桂芝说，吃，吃，就晓得吃，大米多少钱一斤还知道啊？吃不穷，穿不穷，算计不到一世穷。碧苇听了心里难过，慌忙收拾好碗筷，走了。以后的日子，自己带了饭菜过来，陪父亲一起吃。

陈桂芝看碧苇跟老头关系走近了一些，开始嚼舌头。她跟老头分析说，碧苇那么小气，自己从来舍不得买好菜吃，总是买下市的倒笋菜，衣服也是捡大宝媳妇不穿的破烂，经常把别人家吃剩的饭菜拿来给你吃，还把做钟点工那家父亲死前穿过的衣服拣来叫你穿。老头慌了手脚，忙问是哪一件。陈桂枝说，还没有送来，她骗我说，在商场换季促销的时候给你买的新衣服，商标是后来缝上去的，假装是新的。老头听了吓了一跳，心里对碧苇生了隔阂，这丫头心眼多，平时假惺惺来哄我，我坚决不要，我不穿死人的旧衣服。

送给陈桂芝的茶叶，没有问出什么名堂。就算茶叶盒子里面有钱，估计小徐也想不起来拿。是哪个小人诬陷她？碧葭常常为此失眠。眼看就要当校长了，在这个节骨眼上出这样的事情，让她很是焦虑。她找老校长打听，又间接找到一些相关人员，总算知道告她状的那个人，竟然不认识。又设法找到这个人的社会关系，终于找到一条线索，此人的婆婆，姓焦，难道是陈桂芝常常挂在嘴边的焦奶奶？

碧葭想起来，焦奶奶住在陈桂芝家楼下，她家的孙子上中学，她确实帮了忙，拿过她的两斤草鸡蛋。当时，是陈桂芝转送的，碧葭不要，陈桂芝硬是放到她汽车里。陈桂芝给她鸡蛋的时候说，焦奶奶媳妇讲的，她们找了教育局的人，是教育局的人帮了她们的忙。一个月后,高中分班,陈桂芝又来找碧葭,要求分到快班。碧葭怵她,她上次不是找教育局的人吗?你让她们去找教育局的人,分班凭成绩,我没得办法。

是不是分班的事情,她们还在记恨她?可是,她们凭什么说别人送她茶叶,钱塞在茶叶下面,茶叶的品种还说得有鼻子有眼?当时,她并没有翻动茶叶,直接把那盒茶叶交给小徐,叫他帮忙送回娘家。那是两盒碧螺春,父亲喜欢喝的,头道春茶,她忙,想让父亲早点喝上新茶,就安排小徐送过去了。难道茶叶下面真的有钱?她问过陈桂芝,陈桂芝说瞎讲,没有钱。那个送她茶叶的人,是以前教过的一个毕业生,他出差,路过母校,来看看昔日的班主任。

老人的日子是减法。父亲的身体一天不如一天,碧苇要在父亲活着的时候,多照顾他一点,等到哪一天父亲不在了,想孝敬他都没得地方去,那个时候,后悔都来不及。

这个朴素的想法,支撑着碧苇每天回家给父亲做晚饭,顺带洗洗父亲的衣服。父亲的衣服一股子熏人的老人味道,年纪大了,行动不方便,洗澡的时候没有人能帮他。他是个自尊心很强的老人,不想麻烦儿女。可是,他自己不提出来,谁能想到这个老人的困境?他需要人帮他洗澡,即便是在浴室帮他递递毛巾、肥皂之类。浴室的雾气使他患白内障的双眼什么也看不见。有一次,憨大带他去公共浴室洗澡,他从大池子里上来,看不见喷淋头下面洗浴的人,一把站过去,把人家撞个趔趄。人家发火,要打他。他道歉,像孩子一样无助,说自己老眼昏花,什么也看不见,才算了事。以后,他再也不敢一个人去浴室洗澡,始终要人跟着他。现在,父亲和母亲分室而眠。父亲的衣服再脏,母亲也不管。

碧苇在超市促销酒类商品的时候,买两瓶酒回家,精心炒几个小菜。酒过三巡,丈夫喝得高兴。碧苇借机提出来,请他带父亲去浴室洗个澡。父亲动作缓慢,在澡堂时间泡久了一些。丈夫回家就抱怨,嫌他洗澡时间长,耽误自己上班,本来一个小时洗把澡,现在,要两个小时还多。碧苇觉得他不能体谅一个动作迟缓的老人,三个月洗一把澡,身上有多少老垢。

碧苇的丈夫是农村来的大学生,陈桂芝对他和憨大的态度是不一样的。当年,他的父母来城里向陈桂芝提亲的时候,没有带彩礼,只带了一些农村的土特产:两箩筐鸡蛋,几只下蛋的老母鸡,两只鹅。陈桂芝没少给脸色看。她背后骂碧苇,这就是你的身价,你就值这么多钱。这么多年,你吃我的饭吐出来都比这些值钱,养你真是赔本。这个女婿受尽陈桂芝的怠慢、奚落。婚后,他很少上门。逢年过节,他总是加班,以挣加班费为理由,逃避上陈桂芝家过节。

他对碧苇的父亲也是有怨气的。碧苇高中毕业他们不让她参加高考。那年父亲退休,社会上允许退休职工子女顶职,老头爱慕虚荣,要是我的女儿去学校顶职做校工,我的脸搁哪里,丢死人了。陈桂芝也不让碧苇顶职,让她读技工学校。父亲是名师,多工作了五年,六十五岁才正式退休。陈桂芝盘算过,这五年老头多拿很多工资。碧苇上技工学校,包分配,分配在国有企业,也不比当校工差。

女婿不这样想,农村的老师都在设法提前退休,让子女顶职。城里的老师更应该这样。碧苇成绩这么好,工作后再拿个文凭,也能改行当老师。当年进入中学,现在就不会下岗,家里的景象又是另一幅样子。

现在,父亲叠被子也感到吃力,正常的洗脸毛巾拧不动,要换成孩子用的小毛巾。人越老,生活的能力就越回到婴儿状态。她记得父亲年轻的时候盘腿坐在床上,两只大手掌撑开,碧葭和碧苇一人站在一只手掌上。现在,父亲成了她手掌上面的孩子。碧苇看过报道,加拿大的老人,上了年纪,每周会有两次义工上门为行动不便的老人洗澡。加拿大是寒冷的地区,她羡慕那里的义工制度。

碧苇回娘家干活是没有工资的,父亲体谅她辛苦,把自己买报纸香烟的零用钱,悄悄省下来,塞两个给她。父亲的这个动作是背着母亲的,每次碧苇都要低下头,像是做了什么错事一样闪身,溜到阳台上,装成看花的样子,悄悄抹一会儿眼泪。她感激父亲体谅她,她能用这个钱给父亲买一些新鲜食品,又不影响自己的生活开支。

陈桂芝要是知道,会说她,总不能老靠我和你爸爸养,嫁出去的女儿泼出去的水,老赖在家里怎么行。陈桂芝这样讲的时候,很得意。她有一份退休工资,身体很好,街坊邻里都喜欢巴结她,兴许,两个女儿都活不过她。谁活到最后,谁才是真正的赢家。这是一位伟人说过的话,陈桂芝一直记得。

过几天就是中秋节。碧苇和同事结伴去农副产品批发市场,买一些必需的食品。自行车龙头上挂满了蔬菜、植物油、生鲜鱼肉等等。用陈桂芝说的话,都是一些不值钱的便宜货。大宝从来不这样送礼,大宝送来的礼品都有奢华的包装,即便是一般的商品,也要夸夸其谈,吹得云里雾里,多是从香港带回来的名贵产品,或者是国际大牌。大宝在陈桂芝心里就是国际大腕。碧苇是那不值钱的便宜货。碧苇把生鲜果蔬送到陈桂芝楼下的时候,大宝的同事打她电话,说大宝喝多了,现在人在医院。

在哪家医院?对方舌头打卷,只是强调在急诊科,医院名字也说不清。再问他们在哪里吃的饭,还是说不清。碧苇心里急,救人要紧。她给陈桂芝打电话,喊她下来拿,一个人急急忙忙往医院赶去。陈桂芝心里不悦,一个毛丫头,不把东西送上楼,丢在楼下就不见了踪影,太不把她这个老娘放在眼里,以为自己是捡垃圾的?这样一想,心里越发生气。

回到家,老伴却说,碧苇刚才来电话说,她刚才急急忙忙,把外套丢在楼下。你下楼去帮她找一下。陈桂芝听到这话,心里更火了,她拿起电话,给碧苇打去,气呼呼地吼道,我刚才下去找过了,没有衣服。

碧苇心里说不出地难过。陈桂芝的这个电话之前几秒钟,她还给父亲打电话,问母亲回家了没有,父亲说,还没有。母亲分明就没有下楼去找。错就错在自己没有把东西送上楼。外套的口袋里面有过节发的购物卡,她想给陈桂芝的,表现一下她也是能挣到购物卡的人。急急忙忙的,忘记拿出来给她,外套也丢了。是回去找外套,找那一千元的购物卡,还是去医院救大宝,她选择了后者。

陈桂芝的电话不断打来,一会儿问她外套丢在什么地方,里面有什么东西,一会儿教训她乱丢东西,陈桂芝找各种借口训斥她。她在医院急诊室到处乱转,专找长得像大宝的男人,急诊室问遍了,也没有大宝的踪影。

石库城这么多家医院,她一一找过去。什么时候才能看见大宝?她心里着急。情急之中,她想到了进二,她给进二打电话,问他在哪里。进二正在医院附近打牌,丢了手上的牌,马上赶到医院大门口。碧苇一眼就看到进二的车子过来,跳上车,往附近的第二家医院赶去。一定是那些酒鬼喝糊涂了,把医院的名字搞错。进二跟碧苇上的是一个小学,知道这个女生成绩好,不知道她为什么没有混好。碧苇比他嫂子碧霞清秀、温和,说话声音像少女。他心里还是蛮喜欢碧苇的,对她很热情。他们都喝多了,一个也说不清楚,我猜是这家医院,就在大宝单位附近的医院先找一下。

到了第三家医院,两个人一起找,速度快多了。他们分头看,一张一张病床看过去,很快就把急诊室绕个遍,也没有见到大宝的影子。进二说,大宝管的单位多,会不会不在自己单位附近?碧苇想了一下,也是。要是扩大范围找,那么多医院,找到明天也找不到。还是以大宝单位为圆心,再找一家看看。

找到第四家医院,进二眼尖,他一眼就发现了大宝,躺在急诊室的病房,正在昏睡中挂水,听到进二喊他,醒了,很难过的样子,头歪到床边吐。碧苇问他哪里不舒服,他说难过。肚子难过,其实,是胃里难过。他在床上艰难地爬起来,脊背弯曲得像个西瓜虫。碧苇看他可怜,把他摊平,抚摸他的肚子,顺时针转圈八十下,再逆时针转圈八十下。大宝把手伸进被窝去捉碧苇的手,碧苇打开他的手,大宝又像西瓜虫一样蜷缩起来,吐出绿颜色的水。是苦胆吧,碧苇担心他把苦胆吐出来,进二去喊医生,要求给大宝吃一点安定,不然,他闹死了。医生拒绝了,医生说,现在不能吃安定,有危险,你们留一个人陪着,明天就好了。两个人商量,还是进二留下来,男人照顾男人比较方便,再说,碧苇明天还要送大宝的孩子上学。碧苇拗不过他,那我先走了。一步三回头,心里一百个不放心。走到公交站,看看车次,已经没有回家的车了,打的又舍不得花钱,她思量了一下,打算往回走,走一站路,拐上绕城公路,顺着高速路,走两站下去,就离家不远了。正当她往回走的时候,一辆黑色的汽车停在她身边。上车,进二说,我送你回家,这会儿没有公交车。大宝睡着了。他骗她。大宝还在床上闹腾着,他见多了,有医生管着,死不掉。

中秋节的晚上,大宝开着小轿车,带着老婆、儿子,大包小包地回家。碧葭夫妻俩也开着轿车回家。碧苇一个人骑自行车来。陈桂芝要她早点来烧饭,那么多菜要摘洗搭配。碧苇大早就赶过来了。她在厨房里择苋菜,陈桂芝看见说,你买的牛肉一点不好,纹理那么粗,我们咬不动,下次记住要买小黄牛肉。现在才择苋菜,昨天干什么去了?碧苇反驳,苋菜是早上买的,昨天怎么择?

陈桂芝生气,怎么是早上买的,昨天就买好了,强词夺理。碧葭听见,走过来说,苋菜是我带来的,我才来,你怎么说是昨天买的?陈桂芝说,你没有带苋菜,苋菜是我昨天买的。

碧苇昨天没有来择菜,事出有因。她去下岗那会儿做钟点工的人家送礼去了。大宝喊她去的。前些日子,碧葭去进修,前脚刚走,大宝后脚就约了姐夫憨大一行去喝酒,喝高了,去夜总会,还找了小姐,遇上扫黄的,被抓个现行。两个人都是有工作的,如果被单位知道,问题就严重起来。他们不敢告诉任何人,只是通知了碧苇。碧苇去银行取了现金,准备赎人,忽然想起来,过去做钟点工的人家的女主人,在公安局里是做宣传的领导,自己还帮她写过稿子,那段时间,她的孩子高考,她很忙,碧苇就在她家做钟点工,也许,她还能认出自己。

抱着试试看的想法,碧苇骑自行车直接去公安分局,找那个熟人。一路上,碧苇心里忐忑不安,一会儿担心人家不在,一会儿担心人家不认识她。后来,又担心起大宝在局子里受苦。一想到大宝在受苦,她就定了心,无论自己碰到什么样的挫折,都要去碰一碰,不能让大宝和姐夫留下把柄。她想告诉碧葭,又怕这节骨眼上他们夫妻闹矛盾,心里焦急,脑子里一团乱麻。

急急忙忙赶过去,问了几个人,还算顺利,找到了要找的人。人家一时想不起来她是谁,但是,写稿子的事情还依稀记得,就把她领到会客室,客客气气地给她泡茶。碧苇有些难为情,羞怯地说了大宝和姐夫被抓的事情。时间,地点,过错。这三条,她在路上反复默念,不要说错话,也不要絮叨,人家忙,没有工夫听闲话。她已经准备好钱,马上要去赎人,希望她能帮她一把,不要在局子里留下案底,这关系到他们的前途。

女警察坐在碧苇对面喝茶,观察她,渐渐想起来,孩子高考前夕,她不止一次帮自己送过饭,从来不肯额外收钱,说是顺带的,已经拿过工钱了。偶尔要她跑个腿,帮点忙,她也说是应该的。碧苇在家喊碧葭姐姐喊惯了,人家那么信任她,她就把雇主家的女主人当作自己的姐姐那样,姐姐长姐姐短的,叫得蛮顺口的。这一声姐姐,忽然就唤起了那个女警察的记忆,女警察先是安慰她不要着急,问了一些她的近况,在哪里做事情,然后站起来,拍拍她的肩膀,你等会,我去打个电话,然后告诉你具体找谁。

碧苇这件事情处理得比较妥当。她终于看见了大宝和憨大,办理了手续,把他们领出局子。他们跟在她后面,小心敛着,不敢造次,脚步紧跟着她,不知道往哪里走的样子,出了大门,立刻神气起来,吩咐她不要告诉任何人。两人叫了两辆出租车,像过街老鼠一样,各奔东西。

这件事情,碧苇答应过他们,没有告诉任何人。刚才,大宝媳妇鲍四听到这边在吵,用手指厨房,戳戳大宝,提示他这边有情况。大宝过去看了看,说,我跟碧葭一起到的,我看到她拎了一大包菜上楼,有什么好吵的,就是择个菜,来不及烧菜,出去吃好了,我请客。

碧苇不说话,她一个人低头在厨房忙碌。姐姐和大宝都在数落陈桂芝,矛头被转移了。只要大宝开口和陈桂芝较真,陈桂芝也拿他没办法。陈桂芝在心里是护着大宝的,她一直宠着大宝,让他三分。大宝的事情,碧苇不会跟别人说。但是,姐夫的事情,她是要告诉姐姐的。尽管姐夫一再叮嘱她保密,姐夫还给了她超市购物卡堵她的嘴巴。她要把卡还给姐姐,不然,瞒着姐姐就是不把姐姐放在眼里。

　　这顿团圆饭很丰盛。大家都到齐了,大宝给憨大递烟,又给父亲递烟,他讨好地说,那天,幸亏进二出马,话没说完,憨大就挥手制止他,不要他说下去。他怕大宝说出什么不该说的话,碧葭嗅觉敏锐,逮到他的什么把柄就麻烦了。本来憨大是要回自己家的,今天也特意陪碧葭来了,他担心她们姐妹见面,碧苇走漏风声,特意过来,全程跟踪和监督碧苇。过了这一段时间,等到风平浪静,哪怕碧苇真的说了出来,也是她说走了嘴。他们攻守同盟,绝对不会承认。现在,刚过风头,要看紧碧苇,只要她把话题往这里扯一点,他们两个爷们立刻就把话题跳开,转移得无影无踪。况且,要是局子里有什么情况和变故,见了面,碧苇会告诉他们,免得他们给她打电话,好像他们有事情求她一样。

　　碧苇性憨,敦厚,但不傻,当然不会在一家人的团圆饭上说出这个话题。况且,还有孩子在场。只是他们心虚了。他们从来不把碧苇放在眼里,他们从来没有这样关注过她,这样客气地和她说话。她不过是一个下岗女工,最多会写个宣传稿子。现在,会写稿子算什么?

　　晚饭后,碧苇洗碗,打扫卫生。碧葭给大家切月饼,陈桂芝切西瓜和水果,众人享受一番,说说笑笑。鲍四是公务员,科级,自认为高人一等,在这个家里最要强,吃饭从来不动手,走路都要踮着脚尖,大家都让她三分。

　　一次,当着一桌子人的面,饭吃得好好的,鲍四忽然变脸,以小元考试没有考好为由,扇他耳光。碧苇不知其故,劝她,小元才上初中,不能因为考不好就当这么多人的面打脸,伤他自尊心。鲍四站起来说,我要钱有钱,要文凭有文凭,我也是有身份有地位的人,你不撒泡尿照照自己,混成这个死样,还管我。说完,一把推开碧苇,甩手而去。

　　碧苇被推倒在桌子边,跌在桌子底下,桌子底下全是人的腿和脚,她坐在一群人的脚边,没有人拉她一把。大家碍于鲍四的面子,想拉又不敢。这个时候,鲍四和她是对立面,谁拉她谁就跟鲍四过不去。鲍四的脾气,随时会发飙,想打哪个就挥手打哪个。桌子底下这么多的腿脚,万一都朝她踩过来怎么办,她有些惶恐,急忙爬起来,碧葭伸手拉住了她。她不知道自己哪里说错了。

　　碧葭知道,碧葭不说,看她们表演。碧葭后来告诉她,是因为你现在的工作。你在私企干得好,肯出力,工资涨得比她高了,她不服气。你一进门就告诉我,你又加工资了,她听到不高兴,她就怕别人过得比她好。其实大家都知道,鲍四连高中都考不上,就是运气好,早年抵职进了现在单位。几张文凭全是花钱买来的假货,买文凭的当晚,在饭局上,她说,现在,我是这个家文凭最高的人,我是硕士文凭,博士在读,过两年,我就能拿到博士文凭。

　　老头一心要大宝拿个文凭,大宝读书读不进去,一到考试就给老师送礼,总算读了一个大专。鲍四初中毕业,还能考个硕士,老头半信半疑,不管怎么说,孩子们重视文凭是个好事。

　　吃月饼和水果的时候,鲍四开始新一轮炫耀,我的这个包是在香港买的,比上次在澳门买的那个贵,一万八千块钱。他们夫妻自说自话,没有人接茬。陈桂芝觉得,媳妇是自己家人,媳妇阔绰,她也有面子。碧葭姐妹却不屑她的表演。憨大看这几个女人的样子,像在看一场闹剧,轻松,有趣。女人,各有各的可爱,浅薄未尝不是女人可爱的一面。他一直喜欢鲍四的妖娆、媚俗,后来发现她还很浅薄,嫉妒心重。女人,只要狐媚,他就喜欢。鲍四深知姐夫对她的欣赏,她很笃定,自己能搞定他。碧葭不在的时候,她朝他脸上吹气,给他打电话,让他给她送雨伞、接送孩子。碧葭知道后,狠狠骂过憨大,不许给她跑腿献殷勤,她下贱,你也跟着下贱,以后不许去。

又不是我要去的,是她给我打电话的,我自己不晓得快活啊,到处给她跑腿,吃辛苦。碧葭说,你少来,以后再打电话,你就说在外地,不方便。好,你家的事情,我以后再也不管。我家的事情,管不管是我说了算,由不得你,手不要伸太长,给自己留点面子,也给我留点面子。到外面瞎折腾就算了,兔子不吃窝边草。后面的话说到了憨大的软肋,他假装没有听见,躲进厕所。

一大家子走的时候,陈桂芝跟着一行人下楼相送。大宝说,天黑,你在家歇着,不要送。陈桂芝不依,一定要送,找个理由跟他们下楼。一路大声嚷嚷,在家门口喊,大宝,你忘了什么,再想一下。碧葭,你什么没有带,去锦城要带去送礼的鹿茸带了没有?还有你寄养在我这里的金缕梅要不要带走?

没有人接话,各自往自己的小汽车走去,想尽快钻进小车开回家。陈桂芝终于追上他们,先是拍打大宝的汽车车窗,跟小元说,再见,跟奶奶再见,喊你爸爸慢点开。手伸进窗户,抓着孙子的手不放。沿途路过的邻居看见,她才松手,和邻居打招呼,介绍说,是我家儿子大宝,大宝一家回来看我。大宝终于关上窗户,把脚切换到油门上。

陈桂芝又敲打碧葭的汽车玻璃,手伸进窗户里面,抓住外孙女小乖的手,再见,喊你妈妈慢慢开。一边用湿漉漉的油手在小乖脸上瞎摸瞎掐。小乖就怕她这一套,小乖腼腆、害羞,内心愤怒,隐忍,不便发作。碧葭火了,心里闷了一肚子气,你松手啊,汽车要开了,挡在大路上算什么,你会害我们出事故。

你看你个破嘴,张口事故,闭口事故,哪个害你出事故了?我亲小孩脸一下,我喜欢,我喜欢小孩都不行,你看你那个夹生样。

陈桂芝反击她。油腻腻的手无趣地从小乖脸上移开,碧葭右脚踩下油门,一溜烟进了桥洞口,看母亲追不上了,才放心减速。

碧苇骑自行车过来。陈桂芝装着没有看见的样子,懒得理她,下岗工人,最没出息的就算她了。

第二天,陈桂芝有了新的谈资,向街坊邻里炫耀儿子女儿带给她的月饼和礼物。老太太们围在一起咂嘴,流露出羡慕的样子。显摆过后,无聊了,打电话给碧苇,喊她来拿衣服。拿衣服是托词,喊她来家腌制韩国泡菜是真。鲍四喜欢吃韩国泡菜,她最近天天看韩剧,剧里都有吃泡菜的场景,吃泡菜看来很时髦。她当然要赶上这样的时髦。陈桂芝竭力讨好这个买得起名牌包包的媳妇。

鲍四在家庭聚会这样的场合,炫耀她的新包,她要压倒这两个姑子。看我这个粉色的包,是在澳门买的,两万多元,一脸自豪的样子。陈桂芝直咂嘴,乖乖隆的咚,这么贵重,真好看。她伸长脖子,手伸过去,却不敢摸,唯恐摸脏了包包。大宝撇嘴,一脸傲慢的神情。大宝补充道:同行的大老板埋单,我们不要花钱。最近一段时间,鲍四每次来都要换一个新包,大肆炫耀她在香港、澳门的购物经历、她的眼界。她知道的名牌,只要她多看一眼,同行的老板马上埋单,她一个人管理辖区的几千个商户,老板们巴结她。

看,鲍四从床上拎起她的新包,这个绿色的包,是意大利的新款,还要提前预约,不是随便能买到,限量版。碧苇说,真好看,也想摸一下又不敢摸的样子。一个包包,围了好几个人在看,大宝像推销员,极尽造势之能,去厨房喊碧苇过来看看,又去客厅喊碧葭过来看。老头也凑过来看,看不出什么好,听到这样的价格,心里咯噔一跳,脑袋就炸了。为什么要背这样贵的包,他想不通。颓废地坐回到椅子上,他觉得媳妇拎的不是包包,而是儿子的脑袋。其实,碧苇并不稀罕这么贵的包包,她觉得背什么包都是一样的,普通的包，能装东西就行了，还安全，不会被小偷盯上。为了母亲和弟媳妇高兴，她尽量讨好她们，一味地讨好，并没有换来她们对她的好。碧葭不吃这一套，真浅薄，这是作死的节奏。碧葭掉头回到客厅，坐在父亲身边，两个人都气呼呼的。大宝说，你去看看，看看她新买的包。碧葭不想为难大宝，就走过去，站在她们咋咋呼呼的外围，看她们表演。

　　这样的场景无数次上演。当鲍四炫耀她的第 N 只坤包的时候，碧葭愤恨地说，我决定下次回家带个锋利的刀片，把她的包包划个口子，划在底部，叫她看不出来，继续背破包。小乖说，很好，妈妈帅呆了。憨大说，你这是何苦呢？想不到，你也会嫉妒人。碧葭说，这不是嫉妒，是教训，她该接受教训了，爸爸给她气死了，整天过得提心吊胆，担心他们这样挥霍，工资有限，肯定是接受贿赂。爸爸讲过，我一看鲍四拎的包，就像拎着我儿子的头。大宝一家要把爸爸逼死，现在，大宝疯狂炫耀他的皮鞋、手表，他知道爸爸的软肋在哪里，找各种借口跟爸爸要钱，爸爸现在每个月的工资卡都交到大宝手上，他为了儿子，低三下四，用妈的退休工资买报纸，他现在连买一个馒头的钱都没有了。

　　憨大觉得碧葭用这样的方法教训鲍四有点过分。他私下告诉大宝，碧葭要用刀片划包，让他婉转告诉鲍四，下次不要背这么贵的名牌包回家。鲍四知道后说，还不知道谁把谁的包划破，我先把她的包划破。大宝说，你这样就不好了，下次，憨大什么都不敢告诉我们了。怎么说也要给憨大一个面子，你划破她的包，她也不会放过你，她一封举报信，你就死透了。就算你给我一个面子，我给憨大一个面子，再说，憨大一直对我们不错的，你不能出卖他。

　　鲍四淘汰的不穿了的旧衣服，碧苇不嫌弃，翻到适合的，就拿一两件回去穿。有时候，还会穿到陈桂芝这里。她故意讨好母亲。

鲍四看她穿自己的旧衣服,心里很满足。下次再找一些旧衣服来,给她们姊妹两个穿,她就可以穿得更时尚,心里也觉得把她们两个的风头狠狠打压下去了。

一次,陈桂芝要碧葭也找几件穿。她说,这些衣服很新,一个洞也没有,那么多金子银子片片挂在上面,富贵得很,当校长的人要穿这些衣服才行。碧葭不要,碧葭有自己专门买衣服的店面,那是一家法国品牌。她觉得,那家的设计师就是专门为她这样的女人设计服装的。陈桂芝不依,非要碧葭穿给她看看。碧葭抗不过她的絮叨,只好假装试试给她看。她就得劲了,非要碧葭穿在身上,等会给鲍四看看。

碧葭不理她,脱下来,换上自己原来的外套。陈桂芝就不高兴了,觉得她不给自己面子,还没有当上校长,就以为自己多了不起了。鲍四的衣服,料子这么好,款式也流行,你为什么不肯穿?太浪费了。吃不穷,穿不穷,算计不到一世穷。陈桂芝对着碧葭絮叨,没完没了。这当口,鲍四进门看到,陈桂芝更是了得,觉得自己有了后台,越发耍泼起来。

碧葭心里气愤,一言不发。她进屋和父亲打个招呼,问他手指甲里的黑灰是怎么回事,父亲说是头皮屑,头痒,抓的。碧葭听了难过,用牙签给他挑出来,挑的时候,发现下面一层是头皮屑,上面的一层是黑色的泥巴。他的指甲很短,泥灰镶嵌得紧密。一定是父亲一个人在外面跌倒了,或者抓着地面什么的,父亲不愿意说这些显得自己衰老的事情,一个人在外面磕磕绊绊跌倒是常有的事情。人的年纪大了,总会有这么一天的,怎么办呢?不下楼走走,一个月下来,腿都是软的。下楼的话,楼梯又陡又高,难免跌倒。

碧葭体谅他,给他的口袋里装了自己的名片,名片上写了姊妹三个的电话,写了父亲跌倒如果打电话告知,他们一定会百般感激并重谢！父亲把这张名片当作救命稻草一样装在他的手机套子里面。

碧葭对父亲耳语一番，拉着他的手，安慰他，晚饭没有吃就走。陈桂芝有点不自在，想劝阻，又下不了台面。碧葭下了楼，打电话给碧苇，告诫她，穿别人的旧衣服，本来无可厚非，但是，别人要是以此而欺负你的时候，你还愿意穿着她的旧衣服？把你推搡到地上，骂你是下岗工人，下岗工人有什么过错？下岗的人就要受别人的气？下次不要再穿她的旧衣服了，我有的是衣服，我上周买了五件新衣服。这两年的新款，一上市店家就会寄快件给我，满意的我都留下。我衣服多得穿不了，你到我家来拿，不要跟妈讲。

我知道了，我哪天去拿。碧苇最近住在大宝家，帮他带小元、做晚饭。我先接丽桐放学，再去接小元，两个小孩功课紧，我辅导一下。鲍四她爸爸快不行了，我提醒她去医院看看，她说，少烦她，她上班够忙的，一个兔子就够她忙的。她爸爸住院这么久，她一次也没有去看过，她妈也不去，都是她乡下的婶婶去。最近，大宝家养的宠物兔子也老了，不肯吃食，鲍四整天都在忙兔子，给兔子喂食。

第三节　私房话

再过几天，碧葭就要去进修。碧苇打算在她走之前，告诉她姐夫和大宝干的"好"事。那天中午，碧苇骑自行车赶到学校，一五一十地跟姐姐全部抖搂出来。碧葭问一些细节，罚款没有？不要欠人家钱。这个时候，手机响了，是陈桂芝打来的，陈桂芝问她，你上班了？我跟你说，我早上去拿牛奶，看到我们社区服务站请来的医生给老人免费量血压。我已经量过了，高压是一百，低压是七十，喊你爸爸下来量,他不肯下楼,我劝他,他就拿报纸刷我,这个日子,我没法过了……

她不说个五十分钟,电话不会挂,只好让她说。碧莨气咻咻地把手机放回口袋,姐妹两个继续刚才的话题。最后,碧莨叮嘱妹妹,这个事情到此为止,不要再传话出去,不要让任何人知道。

回到家,碧莨什么话也没有说。他们去夜总会找小姐的事情,也不是这一次了。大宝是始作俑者,只要她一去外地,他就喊憨大去找小姐。他们工资有限,但是,有一点小权的人,都要设法把权力用到极致。

夜总会的小姐们,那些推销酒水的小姐,一看到大宝进门,就像蝴蝶一样往他怀里飞,大宝最受用这个。他开始潇洒地分钱,不是他的钱,花起来不心疼,厚厚一沓百元钞票,每个小姐,见者有份,一万,两万,瞬间被分光。然后开始给她们点小吃、点酒水,听她们滴着蜜汁的极度浮夸的赞美,这是他最满足和享受的美好时光——左搂右抱,俨然帝王将相。

他不读书,不看报,更不会关心他人。他当然不会知道,这个世界上还有读不起书的贫穷的一辈子都走不出大山的孩子。或许知道一点,是电视新闻里看到的皮毛。他们热衷于沉溺在自己的"势力范围"内,弄些权术、诡计。

陈桂芝退休前是一家单位人事科的工作人员,她本来不在人事科,人事科忙碌的时候,喊她来帮忙,帮完忙,她就赖着不走了。人事科掌管人事资料、工作安排,权力不小。陈桂芝管一些信件收发、打扫办公室卫生、整理普通资料之类的事情。在这个口子上,并没有什么实权,但是,她善于察言观色,一有什么风吹草动被她捕捉到,她就去找当事人吹风、表态、耍嘴皮子,玩过不少的把戏。虽然都是一些小把戏,在她看来,只要能从中谋利,得了好处还卖乖,何乐而不为呢?这是陈桂芝一直引以为傲的做人的诀窍。

下午,五点半钟左右,台风来临。碧霞忙着学校的安全检查,率一帮人马巡查。把有隐患的广告牌卸下,免得被大风刮下来砸伤学生,发生意外。这当口,手机突然响了。她的左手打伞,右手拿了一捆电缆线,无法接电话。电话就一直在裤子口袋响个不停。电话铃声固执,不泄气,一直要响到她头皮发麻,响到她的手机断电。来电不接总不是事情,万一是老校长找她或是其他重要的事情呢?想到此,只好躲到屋檐下,丢下电缆。

陈桂芝打来的电话,陈桂芝问她,你还下班了?啊,在什么地方,你爸爸担心你,叫我给你打个电话……碧霞问,你有什么事情?陈桂芝说,我告诉你啊,楼下的焦奶奶的外孙,今年中考,要到你们学校,他现在来了,在他奶奶家吃饭,你过来看看这个娃,长得虎头虎脑,蛮神气的。碧霞说,我在忙。陈桂芝说,再忙回家来吃个饭就走,不耽误你时间。

一阵大风过来,呼啦一下,掀翻了碧霞手中的雨伞。陈桂芝还在电话里唠叨,超市玉米搞活动,两块钱一斤,我买了一点,你还要?要的话,我再去给你买一些……雨水已经把碧霞的衣服后片打湿了,往里面渗水。陈桂芝没有挂断的意思,又冒出来一个新的话题,新搬来的三楼的女人,她男人病了住院,她原来是二奶转正的,她男人的儿子下午来找我……碧霞没有关手机,她不说个够,绝对不会挂断电话,她把手机放进裤子口袋,让陈桂芝慢慢唠叨。谁让大宝给她搞了一个家庭免费电话套餐,陈桂芝和她通电话不要钱。想省钱,活该。碧霞骂自己,心里想哭,想起前段时间憨大离婚前跟她说过的话,"我宁愿跟你离婚,也不会放弃喜欢她"。憨大真是进二的好兄弟,他们不离婚是不会真正长大,他们兄弟两个不论娶了怎样的妻子,在生命的河流中都迈不过离婚的坎,离婚是他们成长的一个过程。

第四节　一见钟情

碧葭在锦城进修期间,遇到了一个男人。男人从讲台上走下来的时候,看她的目光,倏然间像一道闪电,直刺她的心房,让她心脏骤然间颤动了一下。

这就叫一见钟情,抑或是一见如故。他们更趋于前者。后来的日子,他们互通电话,彼此探明虚实,竟然曾经相识,太意外了,这样的意外,令人动容。说好了,待他出差回来再见,他请她吃饭。这个约定,令她期待。

这次来锦城,碧葭把衣橱里好看的、平时不敢在石库城穿的性感的衣服一一挑选出来,带来穿。女人不再年少的时候,去和男人约会,更需要气质和体面的衣服。

一人在外,蛮孤寂的。约好的出差回来的那一天到了,她的手机响,是短信,他发的,他说:碧葭,今晚咱俩吃饭吧,我在单位等你过来。老陈。

两句话,碧葭反复看了几遍,咱俩,两个字,这里表达的意义就不同了,好像他们已经相交多年,本来就是一体。他愿意在单位等她,一点也不见外,碧葭的心有些波动。他也可以说:我请你。三个字,那样会显得生分。

她立刻给他回复:好!陈老师的短信又到:我在办公室等你。碧葭回他:好。碧葭在赶往地铁的路上,手里拎了大包的课本、书籍资料。进地铁的人,潮水一样往前拥,她停不下来。短信再来的时候,碧葭正想看,手机响了,是陈桂芝的电话,陈桂芝说,你还下课了?晚上还回家吃饭?碧葭烦她,不是告诉过你,我在外地进修,我怎么回家?你有什么事直接说。陈桂芝说,昨天晚上,你爸爸喝大宝送来的苏酒,喝了一瓶,喝吐了,我都吓死了,现在,还睡在床上,不起来,我喊他吃饭,他不理我,你快回家看看他,带他到医院去,你爸爸要是有个三长两短,我这个日子怎么过啊?

碧葭知道,陈桂芝会虚张声势。父亲喝醉酒是托词,又有什么升学的事情找她是真。不然,碧苇怎么不来电话通气?她懒得理她。

背后是蜂拥而至的人群,碧葭被人推了一下,一个趔趄,差点栽倒。她赶紧站稳,顺着人流往前跑。下班时间,大家都拼命一样往车厢里挤,这一趟挤不上的,下一趟还是挤不上。

终于挤到车厢里,陈桂芝的电话不知道什么时候挂了。她看短信,是陈老师的,陈老师说:我在地铁大厦边上的六楼,韩林烧烤餐厅等你。碧葭回复:我下午有课还没到,等我啊!

碧葭在车厢里不停地看手机,看时间,恨不能飞出去。每一个车站,都有那么多人上上下下,终于到了站点,轮到她下车了。她一口气挤出人群,往出站口跑去,跑急了,风吹乱了她的头发,裙子下摆像旗帜一样呼啦啦飞扬。没有人知道,这个在大街上飞跑的女人,她要去哪里,要去做什么。

陈老师捧一堆书刊和打印稿,独自坐在窗边,心神不定,暗中注视着每一个走进来的女人。

黄昏的大街,小汽车排成长龙,碧葭行色匆匆,穿过大街,找到那栋大楼,进入电梯。她喘得厉害,上楼看见了他,装着没有看见,径直步入。他抬起头,用目光抓住了这个小逃犯。

她乖乖地回到他对面,相视一笑,算是招呼,尚未坐定,又溜走了。她溜去洗手间补妆,整理被风吹乱的头发,她仔细看了看镜子里的自己,然后,从包里拿出她喜欢的那一款香水,已经被生产商

33

淘汰了的名字,往自己的两边耳郭上各沾了那么一小点,甩了一下头发,从容地走出去,坐到他对面的沙发椅子上。

　　他却站起来,匆忙去了洗手间。他也是去照镜子,洗了脸才回来。忙了一整天,到晚来,连脸都没有顾上洗一把,心里只是想着面前的这个女人。

　　菜单打开,他让她点她喜欢吃的,她看出来他的真心意,就不客气了,点了她自己喜欢的几个菜。她这样做,只是表明她想靠近他,他们之间亲密无间。他要了碗米饭,知道她是南方人,给她要了汤圆,怕她吃不饱,让她也要碗米饭。那么多菜,够了,不能浪费。他给她小碗里拣菜、盛汤。玉米、猪肚炖的奶白色的浓汤,加了牛奶。她一下午都没有喝水,渴了,大口喝汤。看她碗里没有汤了,他就用金属调羹及时给她添上。她很享受,有点受宠,便真的摆出一副受宠的样子。一个女人,活了这么多年,没有男人这样宠过她。陈老师懂女人,这一招很厉害,一下子俘虏了她的芳心。

　　两个人渐入角色。一个被浓汤喝得心里热乎乎的,一个有了把握对方的掌控感。他给她讲日本人的审丑,吃十六岁少女的黄金大便、人体宴,还有更甚。她有点难为情,不好意思,头扭到一边,羞红了脸。他调侃,你有点怕我了。两个人不急不慢地享受这顿没有人打搅的晚餐,陈老师甚至把一只小汤圆喂进她嘴里。她还没有咬开,手机就尖厉地响起来。陈桂芝说,你爸爸还在睡,也不起来吃饭,我搞不动他,你看我怎么办啊?

　　当着陈老师的面,她什么话也不好说,想了一下,说什么好呢?她说,你打电话给大宝了吗?陈桂芝说,大宝他忙,他在外面应酬多。碧霞说,可是,我在外地,我也来不了。陈桂芝就抱怨了,说,你也不来,他也不来,难道你爸爸病了,你们都不管不顾?这样不知理,还怎么在外面混?

陈桂芝说话的声音很高,陈老师一定听见了,有些为她担心的样子。但是,陈老师不好插话。陈桂芝还在电话里面嚷,她怕陈老师听见,赶紧掐断了电话。

她调出碧苇的电话,打过去。碧苇说,我刚从妈那里回家,爸爸不肯去医院,他昨天晚上吐的,现在人很清醒,只是没有胃口,不想吃饭,没得事情。碧霞问,大宝呢?大宝不知道爸爸吐了,妈没有告诉他。爸爸说,你送的苏酒不上头,不知不觉就喝高了。妈非要说酒是大宝送的,好东西都是大宝家的。

他们离开的时候,陈老师有些不舍,心里慌乱,一不小心把方形的靠垫碰掉到地面,弯腰去拣,不想被她看到自己的慌乱,还是被她看到了。她飞快地帮他拣起,放回座位。然后她像个小尾巴,尾随在他身后,依偎在他身边。走到地铁口的时候,她落单到他身后,他不习惯地看了看她。她明白他那一瞥,是想要她和他并肩走在一起。离开地铁口,她走到他身边,心里有点忐忑,不知道他下面要带她去哪里。前面的路口停了一排排汽车,他说你在这里等我,我去停车场拿车来。

她不知道他会开一辆什么样的汽车过来接她,她很小心地留意出口处每一辆开出来的汽车。这个时候的等待,甜蜜而刺激。一边是到手的幸福,一边是未知的惶恐。终于看到了他,她打开车门坐到他的身边。他在嚼口香糖。

她是敏感的,嚼口香糖暗示了什么。她知道他要把她送回学校,有点不甘心,她现在已经开始依恋他,不想和他分开。却是害羞,说不出口。一顿两个人的晚餐,他已经成功地试探和俘获了她。

这个晚上,她被他的气息深深吸引,这么快,刚吃过晚饭就要分开,她恋恋不舍,却羞于表达。他的汽车开得很慢,在她看来,还

35

是那么快就到学校南门附近的拐弯处。他停下车,打开中控锁,眼看她就要开门下车,却忽然像条扭曲的水蛇,面朝他缠了上去。

他以为她行告别礼,抱住了她。但她没有松手的迹象,而是更紧地缠住他脖颈深呼吸。他意识到什么,轻柔地抚摸她的后背,诚恳而缓慢地说:碧葭,你这样抱着我,我都不想让你下车了。这正是碧葭一直在等待的话。碧葭声音颤抖、细密:那就不下了。把脸贴着他的颈项,整个身体都缠了过去。她的浑身散发出迷人的气息。他动情了,还是那么诚恳的声音:开房吧,开房好吗?这是碧葭期待的一句话,她松了口气:好!松开缠绕。

他们绕了几圈才在离学校稍微远些的地方停下来,他去开房,她在车内等他,一会儿他就出来,问她要身份证。她一半是要嗲一半是哭腔地拉长了腔调对他说:我不想让你看到我的身份证。身份证上面的照片多难看啊,像个逃犯。她不想他看到那个猥琐的样子。他立刻投降转身上车说,我们重找一家。

他们继续在路上兜圈,两个人开始闲聊,他谈到自己的家庭,妻子无论如何不肯怀孕生孩子,一定要领养地震灾区的孤儿。而他,却执意想要一个自己的亲生骨肉。

除了对孤儿的同情心,还有什么更深的理由?他说,怕生了孩子破坏身材,还有就是怕疼,她母亲从小就跟她说,生她的时候,难产,疼得在地上爬,差点丢了性命。这个故事搞得她心理上有阴影。她说叫她干什么都行,就是不能拖着大肚子,疼得在地上爬。

也许,领养个孤儿,带一段时间有感情了,母性觉醒,战胜了早年的阴影,你们就会有自己的孩子。碧葭安慰他。唉,陈老师长长地叹了一口气,要是能像你说得这么简单,就好了。谁也不愿意妥协,每个人都坚持自己认为的真理,别人家的小孩都能打酱油了,我的小孩在哪里呢?想想自己奋斗一辈子,房子、车子、票子,样样都有了,到老来,交给谁呢?我为谁奔波劳碌?

过年回老家,看着我哥哥、弟弟一家子拖儿带女的,我母亲就急,她说不管生男生女,生个娃儿出来,不要你们养,趁我手脚还利索,我来帮你们养。母亲劝我老婆到医院去看看,有什么毛病不怕,现在医学发达,没有什么大不了的问题,而且,试管婴儿技术也很成熟,不行,就去做个试管婴儿,多大的事儿,钱她来出。这个话讲多了,我老婆就不乐意了,她觉得我们不可理喻,一家子人都不理解她,自己生的孩子和别人生的孩子,有什么差别?差别是我们内心的魔鬼,小孩子都是一样的,只要好好教育,都能成材。现在,我老婆都不愿意跟我回老家,也不跟我住一起,她跑回娘家去住了。我一天不答应她领养孤儿,她一天不回来。

陈老师专注于他的叙述,汽车像幽灵一样在夜晚的街头溜达,他始终在长吁短叹。碧葭很是同情,却不知道用怎样的语言来安慰他。为了讨好他,尽量附和他的意思,陪他一起唏嘘叹息。内心里,她真是为他难过,一个成功男人,不能有自己的亲生孩子,她不知道如何为他解忧,她在竭力思索,有什么好的法子能使他不再苦恼。这个世界上看似美满的人,原来也有纠结和烦恼,就像自己一样,只有在事业上寻找人生的立足点。

又兜了几条街,找到一家宾馆的标识跟警察有关,她害怕,不喜欢。但是他不在乎,她依从了他。她收到他的短信后,装模作样地钻进他的房间。两个人终于紧紧地拥抱在一起。她的裙子高贵典雅,他试图打开,不得要领。她指引他解开裙子的腰带和拉链,露出腰间细腻的凝脂。他有些心动,又解开胸扣,浑圆的侧乳如巨大的白银闪落,他的心猛然间跳起来。她羞涩,让他关好门和灯。他小心地褪去她的长裙。

他淋浴出来的时候,她躺在床上的被子里,盖着被子的碧葭不再羞涩,看着他的脸,神情放松而专注。她一直是慌张的,现在,她的沉静,让他感到他们像老夫老妻似的。他调侃自己。意识到这点的时候,她羞怯地笑了。羞怯的女人使男人充满自信。他上床,掀开被子的一角,矫健的身体像头猎豹,要把她吞噬。她轻轻抚摸他的腿,像猎豹一样的腿,他的强悍的体魄。大自然的曲线是多么美好,她这样想。她喜欢他憨厚的面容、微胖的体形,喜欢他手指滑过她身体的感慨:多么光滑的丝绸啊。她想,即使他变成卡西莫多的模样,她喜爱他的感觉,依然不变。

  枕边,电话突然响起来。这么晚了,谁来找她?她看了一下来电显示,又是陈桂芝,她不接,干脆挂断。她刚挂断,铃声又固执地响起来,她再挂断,再响,最后,她听到陈桂芝说,你爸爸撵我走,我没得办法活了。陈老师问,是谁?她说,是我妈,肯定是我爸爸醉酒的事情,碧苇去过了,根本没得事,她唠叨不休,每天要找我几遍。她心里有些烦,不想影响陈老师的心情,便换了个话题,说些轻松的话。

  她告诉他,进修班的同学来自全国各地,有些同学很有趣,总是在夜晚的校园里弹吉他唱歌。他们唱的什么歌呢?他好奇地问她。她笑,想不起来了,旋律很有特色,过耳不忘。他说,你哼一下。她羞涩,笑得不好意思,转过脸去。再想想嘛,他一定要她想起来,你会唱吗?她说,天天晚上听,会哼一点。唱一下,他想听她唱歌的声音。她就爬起来,脸对着他的脸,轻轻哼了两句,节奏感出来,一下子就连续出一段来。他说,我想起来了。两个人开始唱起来,你一句,我一句,渐渐地把一首歌的歌词慢慢填补出来。后来,陈老师即兴发挥他的表演才能,他会玩魔术,玩小沈阳玩过的一些魔术,逗她笑,满屋子都是两个人的笑声。他在唱,唱碧苇是他带来的姑娘,他要把她拐走,去红山饭店喝酒……

后来,他送她回学校,还是那个路口。已经没有晚饭后的慌张,他停好车说,亲一下。在他快要停车的当口,她就做好了亲一下的准备,她把腿上的书包、课本、笔记全部任性地丢在腿下,为了使自己的上身能像水蛇缠绕他猎豹一样的身体,她又一次缠了上去。他没有想到,碧葭的身体是这样柔软,像蛇一样光滑,水一样流畅,似一股升腾不休的气流。他很久没有这样和女人亲密过了,很是满足。

第五节　谁在说谎

小徐从老家回到石库城。他给碧葭带了农村的新米,还有大灶烧饭留下的锅巴。碧葭说,我在外地,不要客气,你自己留着吃。小徐执意要送,说等她回来。碧葭说,等我回来,大米都变成霉米了,你还是自己吃吧。小徐老娘特意叮嘱他,一定要送到碧老师家,不然,以后小孩上学,怎么好意思去找她帮忙。小徐不敢违命,骑电动车,一路找到陈桂芝那里。

陈桂芝很高兴,笑呵呵的。有人上门送礼,这是好事。她客气一番,假装推托不掉,然后帮碧葭收下。她对小徐说,你的手艺真好,我家碧葭都夸你能干,等她回来,我叫她把她们学校的出新工程给你做。小徐一听有工程做,大喜,脸上笑开了花,不知道说什么话是好。闷了半天,才挤出一句,阿姨,那这个事情就拜托你了,到时候,我一定会好好谢谢你的。陈桂芝说,你看你,客气什么,我都不拿你当外人,你也不要见外,我看你确实能干,等你哪天有空,帮我把家里的橱柜和卫生间的门油漆一下。她带小徐看厕所的门,时间久了,门上的油漆已经开始起泡剥落。小徐说,这个要全部铲掉重新做,我帮你做仔细,包你满意。

陈桂芝逮到一个愿意倾听她说话的对象,而且是竭力迎合她的年轻男人,她来了劲头,越说越远。最后,连碧葭高考那年,摔了一跤都扯了出来,还扯到碧葭的婚姻,怎么进的学校,先是教初中一年级,后来才升到初三。碧葭在初中部教了好多年,要不是我管她,她哪里能进高中部,怎么也轮不到她当校长。

小徐听到这里,瞪大了眼睛,对陈桂芝一脸崇拜的表情。他很想在城里认个干亲,如果这个老太太肯收他做干儿子,他将来在城里混就没有工地上的痞子敢欺负他,有了这样的背景,就能理直气壮地做油漆工,不愁接不到活儿干。

陈桂芝留小徐吃晚饭,小徐受宠若惊。他试探着,结结巴巴地说出了他的心思。陈桂芝满口应承,她说,就当是我又添了一个儿子。然后,开始接着唠叨大宝的出生,到工作,似乎都是她张罗的。其实,几个孩子的工作跟她没有一点关系。

这座城市地脉浅,说谁,谁就到。刚提到大宝,大宝一家就到了。小徐一看大宝和他媳妇那个架势、他们身上穿金戴银的样子,吓了一跳。他开始坐立不安,好像他是来骗老人家的骗子,他赶紧和陈桂芝打个招呼,说是有事情,急忙溜走。

大宝两口子没有挽留他,也没有追问他是谁,仿佛他是隐身人一般。一会儿,碧苇也来了,她知道大宝一家晚上要来,侄子小元喜欢吃她家门口的白斩鸡,她去家门口斩了新鲜的白斩鸡过来,小元是她一手带大的,她视小元为己出。

她刚进门,鞋子还没有换,陈桂芝说,菜配好了,你炒一下。大宝从里间出来,点了根香烟,递给父亲。然后,自己点一根,妈,你上次让我带回家的花生米全部发霉,钟点工倒掉了。

陈桂芝大惊,啊?怎么回事,我一颗一颗挑出来的,怎么可能发霉。陈桂芝打碧葭电话,电话一通,陈桂芝就说,碧葭,我跟你说个事情,我上周给你和大宝的花生米你还吃了?碧莨说,没有,我在外地怎么吃啊?陈桂芝说,你哪一天回来,拿给大宝看看,怎么可能霉。

这一次,是陈桂芝主动挂断的电话。她接着问大宝,那么多啊,都倒掉了?大宝说,是的,我看到钟点工都倒掉了,她剥开给我看的,霉得一塌糊涂,根本不能吃。大宝说完,掉头离开厨房,不屑的样子。

后来,碧苇私下告诉大宝,上周走了以后,大姐把她的那份花生米给我了,都是好的,我吃了一部分,个个香喷喷的,怎么会发霉。大宝说,我们家的钟点工是可信的,端午节的时候,我们给她工资,把两百元超市券包在里面一起给她,结果,她拿出来就还给我们。她不还,我们也不知道。碧苇说,做钟点工的女人也会在一起串,这是把房门钥匙交给她们,又要考验她们是否可靠的一种手段,这种小伎俩,业内都知道。你蒙人家,人家蒙你,大家都一样。

大宝不承认鲍四会干这样的事情,鲍四不是考验她,就是忘记了。碧苇说,现在女人的钱包都大,长条的,一百元理得整整齐齐,怎么可能把那么小的超市券包在里面。大宝语气就重了,我跟你说,不可能的事情就是不可能,我们绝对不会干那样的事情。难道你以前被人考验过?碧苇说,我没有。如果人家这样给我工资,我要看她钱包里的钱是否都是这样乱裹乱放一团糟。不然,就是考验我,我会立马辞职不干。大宝懒得再搭理她,一根筋的人。哪个给钱多,给哪个干活,管那么多屁事。

我告诉你,大宝接着说,我们家的兔子不行了,鲍四跪在地上喂它吃饭,它不张嘴。鲍四让我去宠物医院给它吊营养水,花了好几百块钱。这两天,兔子眼睛都睁不开了,鲍四让我去宠物医院给它安乐死,又花了八百块钱。兔子安乐死回家,鲍四哭得伤心,眼睛都哭红了。她给兔子洗澡，用吹风机吹干，用蚕丝被把兔子包起来，安葬在小河边。下个月，清明节，她要给兔子烧纸、烧房子、汽车、空调，你想不到的家产都有。碧苇瞪大眼睛，她给它立墓碑了没有？没有，大宝说，她爸爸死，她都没有哭过，她真的是一个特别善良的人，她真的太善良了，你们不懂她有多善良。

第六节　多情的烦恼

下午，陈老师下课后，告诉碧葭，他要去她们学校做演讲。碧葭问他几点到，他一直没有回复。后来告诉她，正开车。碧葭就回他，真好！注意安全。这次，陈老师立刻回复，碧葭，我两点左右到。

碧葭告诉他自己的宿舍，我在房间等你。陈老师不知道碧葭是一个人住还是两个人住，他不想遇到她的同学，要不我在车内等你，我把书给你，完了我上二楼的报告厅。碧葭想了一下，明白他的意思，告诉他，听你的。两点差十分的时候，陈老师短信到，我在大门口，下来吧。

碧葭在教学大楼的一楼门口看到陈老师的车子。他在泊车，看见了她，打开车门，面带微笑。她说，你等我一会儿，我上楼去拿金缕梅。很快，碧葭把金缕梅拿下来，放进后备厢，侧身钻进车后排坐下。她大概是想陈老师也坐到后排，两个人在一起说说话。陈老师回头看她说，我们一起上去。电梯里只有他们两个人，她把手搭在他膀子上。他没有动，她抽了回来。他们各自去了自己的楼层，她在观摩一场讲课，心神不宁，不停地回头看，期待他会出现，最好不要在轮到她讲课的时候进来。他在电梯里说过，他完了会溜上来看一下，听听她怎么讲课。一个下午的模拟讲课结束了，最终,他没有上来。

陈老师只是给她发个短信,碧葭我有事,现在走了,讲课很成功吧。喝你的酒,滋味最美了。她回道,你没事的时候把我一起带走。他说,好,过两天。喜欢你自酿的酒,喜欢金缕梅,放在窗台,见梅如见你。

后来,陈老师在短信里告诉她,给学生上课的时候,内容固然重要,形式感也很重要,你悟性好,会教好课的。即便是回去做了校长,依然要兼课,不能脱离教学第一线,不然,你镇不住那些老家伙,更镇不住那些教学有方的年轻教师。

碧葭告诉他,蒋教授课程无聊,想睡觉,读你的著作,来了精神。现在,午睡前再读几页,在回味中进入睡眠。读你的感觉真好。你让我知道一部作品的出处、形式感的形成,两者的差距。

陈老师说,我正喝你的酒,陈年五粮液,味道很好。不要酒后驾车啊。放心,下周有空去看你。

陈老师和几个老乡斗蟋蟀,正在兴头上。碧葭来了精神,不想午睡,想试试陈老师的反应。女人一旦得到宠爱,会变得像孩子一样调皮。她想逗他一下,下周学校散伙,明早飞机回家。

陈老师的蟋蟀斗输了一只,用竹筒换了一只,对方也换了一只个头相当的,继续斗。他输了一局,有些走神。啊,你明早走?

是的,亲爱的,再见了。

我会想你的。陈老师记挂着他的蟋蟀。

就这么散场,原来,两个相爱的人,这么简单就散场了。碧葭很伤感,立刻告诉他,要进修一年时间,才两个月不到,还早呢。怎么会不打招呼就走,怎么舍得不见一面就走,逗闹的,不要生我气,对不起啊,亲爱的,我还等你来,等你带我走。她打他电话,想告诉他,后天,她和同学去大理的洱海。

陈老师的蟋蟀反败为胜,连胜了二局。他来了劲头,索性关了手机。

已经无法午睡,碧葭心里有些乱。下午的课,她没有心思听,两眼直勾勾地看着黑板。晚饭后,过了很久,陈老师的短信才到,我到达银川了,要去额济纳。

在大理的洱海,碧葭和各地来的同学一起唱歌、喝茶。男同学请她跳新疆舞,她不会。新疆的女同学能歌善舞,站起来就跳。后来,轮流唱每个人所知道的民歌,都要唱一下。碧葭第一次发现,新疆的民歌那么多,真是好听。还有甘肃同学唱的民歌,也是那么有趣,贴近生活的本质,贴近人性。后来,就乱了,你唱你的,我唱我的,有人唱起了《新疆的英孜》。

碧葭沉湎其中,她突然想起一个场景,想起陈老师和她同唱这首歌的场景。那是一个女人一生中多么美好的记忆。现在听到这首歌的感受是心里被折断的树枝戳了一下。

苍山印在湛蓝的天幕上,山顶犹如竖立的刀锋;洱海,像一条绵延弯曲的蓝色缎带,柔韧,无边。碧葭的同学三三两两,成群结队,畅游在这条风光带里,唯有碧葭在风光带之外。她的心不在这里,她期盼这趟旅行早早结束,重返学校。

大理人家安静的四合院,她住在楼下的房间。大家游兴正高,不想回来。她借口头晕,一个人溜了回来,体温渐渐升高,浑身发烫,人却怕冷,沮丧地躺在床上发愣。

　　　　窗外,微风吹进来
　　　　小狗安静地卧在花丛边
　　　　雍容的牡丹在窗口眺望
　　　　有一朵,从窗口探身而入

她们对视,无语,时间静止一般
良久,那朵花的叶片扑闪了几下
似乎说了些什么
微小的声音,一些窸窣
一些馨香的暗示。她听得见

忽然间明白要做什么。她想,他是那么优秀,而自己的身体异常健康,他们两个人生的孩子,一定会是完美的结合。这个想法确定的时候,她的内心渐渐平静,平静得能听见花叶根部的声音。算好了时间,她想,只要一次,一次就能怀上他的孩子。等生下孩子,满月就可以交给他,越快越好。

当一个女人想去为一个男人生孩子的时候,这个女人就在火魔身边。她燃烧自己,全然失去理性。她给陈老师发短信,要送他泡酒的老参、新疆的雪莲,却没有谈生孩子的事情。陈老师回复,跟我别那么客气,我在草原。

碧葭和同学们在外面聚餐。她觉得陈老师在找借口回避她,她的直觉告诉她,陈老师哪儿都没有去,他就藏在某个地方,他甚至不需要藏身,该干啥就去干啥。她无法接受这个事实,内心忧伤,眼泪像凋谢的花瓣,大滴滚落下来。心口有无数的锥子扎在上面,她又开始给他发信息。明天上午我们返回,下午就可回家。买周一的票是想周三、周四能见到您,没有您的日子是多么孤独忧伤内心绝望。陈老师说,唉,好遗憾。

晚上,碧葭被同学拉出去喝了酒。回到住处,在大理人家的四合院子里,"举杯邀明月,对影成三人"。下半夜回房睡觉,夜里醒来,想起他上次出差前他们在电话里的约定,那是一个肯定不止一次的约定。现在,只有一次,就要结束。想到此,很伤感,又发信息。虽然,她知道这个信息也许永远都不会得到回复,那样,她会更加绝望,但她忍不住要赌一把,不然,她无法度过这个失眠之夜。

想念你的拥抱想念你的容颜你亲密的声音结实的胸膛你的味道和扎人的胡子梦见你来梦醒湿衣裳。醉酒的人,就是那么固执,甚至是偏执。碧荽不断地给陈老师发短信,发到最后,陈老师也没回。

陈老师有些不懂碧荽了。他怕被人纠缠,出门在外,看风景都来不及,他的心情和碧荽的心情,风马牛不相及。

发完信息,碧荽躺在床上无眠,怕同学看见她屋里的灯光,他们还在院子里喝酒,这会儿在唱歌。她压低声音哭了一会儿,然后起来,坐在桌前发呆。直到天色蒙蒙发亮,才迷糊睡去。脸上满是泪痕。

恋爱中的碧荽,神情恍惚。她体内的化学指标上蹿下跳,严重失常。陈老师喜欢散淡的女人。有一茬没一茬的,想起来,见一下;忙起来,相忘于江湖。而这个碧荽,是块不懂得疏离感的玉石,纵然再剔透,温度过高,也难免羁绊在杂芜中。

第七节　查抄

鲍四坐在办公室的电脑前,悠闲地喝茶、上网。她看看最近网上流行什么。突然,办公室进来两个陌生人,还有单位纪检部门的人陪同,一看就是冲着她来的。她被这两个男人请走,几个同事都很紧张。楼下停的是检察院的车子。她走后,她的电脑、办公桌抽屉被查抄。有同事看到,一个漂亮的点心盒子,打开后,里面银行卡、购物卡、储值卡等等有价值的卡片,累计起来老高。

碧荽知道这个消息后,不得不中断了行程,从丽江赶回家。大宝跟她商量对策。大宝说,那些卡片,有的是分管单位送给他的,有的是送给她的,她全部拿到单位。用完的卡都集中在一起,烧包,拍照片,发在微博上炫耀。现在,出事情了,全部成了罪证。大宝一边说,一边捶打自己的头。

碧葭手机响了,是陈桂芝的电话,我告诉你啊,上次三楼那个女的,她男人前妻的儿子今天上午来我家敲门,要送我两袋麦片、一袋奶粉。我哪儿敢要,莫名其妙送上门来。那个男孩喊我奶奶,说你就收下吧,是我爸爸喊我来给你的,我爸爸住在医院,我爸爸叫我问你,还看到有叔叔来找妈妈吗?陈桂芝的电话,来得不是时候。碧葭焦虑,有些恼火,心急,手机滑掉在地上,她踢了一脚,真想踩扁。

大宝说,她一个人肯定扛不住,从实招来,我也要受到牵连。那些储值卡,有的是去年送的,现在,想不起来是谁送的,要不了两天,检察院肯定会来抓我。大姐,你就说是你送给我的,我就没得事情了。

你糊涂了。说一个谎话,要用无数个谎言来圆,谎言也是需要逻辑来验证,这个说法经不起验证。检察院的人问我哪里来的,送你这么多有价值的卡做什么?检察院的人到卖卡的商家,调看一下购卡凭证,就知道是谁家买的卡,买卡的单位又不是我,我哪里来这些卡送你,你这样,把我连累进去,自己也脱不了干系。想串口供,不是那么简单的事情。

唉,碧葭长长地叹了口气,说,现在都到了这样的地步,你要我怎么办?唯一的办法就是老实交代,你们证据都在人家手上。没有证据的案子还能想想法子。那些卡,是赖不掉的。你家里还有什么卡、票据,有价值的,需要转移的,时间容不得你细想了,快快回家操办。

两个人分手的时候,大宝急促地说,大姐,要是我有个三长两短,小元就拜托你先照看一下,或者叫碧苇接回家过。不要给妈知道,不然,会更麻烦。她要是找我,就说我出国了。大姐,你要想办法帮我们找找关系。大姐,拜托你,我现在全靠你了。

大宝刚走,陈桂芝就找到碧葭学校。絮絮叨叨,状告老伴。碧葭跟她只好赶回家,看看到底怎么回事。陈桂芝高八度嗓门,又蹦又跳地指责老伴撵她走。父亲低头坐在椅子上,沉默良久才说,我就担心大宝,他总是在外面喝酒,花那么多钱,他哪里来的钱,又是买汽车,又是买房子,还要送小元去国外读书。

一些不堪入耳的话从陈桂芝嘴巴里蹦出来,接二连三炸响在碧葭头上。碧葭很崩溃。父亲八十多岁的人了,他怎么承受得了。他的手背上有女人指甲的深深的抠痕,皮下的血迹瘀在那里。一定是陈桂芝抠的,她想。小声问父亲,父亲说,还不至于打我。男人再老,也是要面子的。后来,碧葭发现父亲的食指断裂,想送他去医院,他怎么也不肯。他说,大宝很久没有回来,他去了哪里?我要在家等他,要是我出去,他刚好回来怎么办,真是为他担心啊!

近一个月的时间,陈桂芝没有在家做饭。她现在和老伴分室而居。老两口矛盾的焦点,姊妹两个理不出头绪。陈桂芝除了出门逛街以外,就是在家发飙,破口大骂。碧苇回家,见她哭哭啼啼的,说老头欺负她,伺候他一辈子,到头来,撵自己走,真是不想活了,要不是怕她们姊妹出丑,早就跳楼了。

碧葭心想,就怕你不跳,你要是跳楼,天下就太平了。碧苇也知道大宝的事情,回家不敢说。她来送一包面食给父亲,怕他不会做饭,饿着。父亲动作越来越迟缓,她蹲在父亲脚边,轻轻摸着他受伤的手,眼泪在眼眶里缠绕。父亲身上一股尿臊味和老人味儿,她问他多久没有洗澡了,父亲说,有两个月。

陈桂芝还在骂,碧苇头要炸了,她劝父亲和她下楼,出去吃个晚饭再回家。父亲低声说,就怕出去了,再也回不了家。碧苇听不懂父亲的意思。陈桂芝却喊,我跟你出去吃饭,我现在没得地方住,我要住到你家去。说着,就去换衣服,并数落起碧葭来。碧苇崩溃了,落荒而逃。

陈桂芝这段时间对老头的态度越来越恶劣。姊妹两个不知道原因,只是在心里估猜。第二天,碧苇往家里打电话,没有人接。下午再打,父亲接的,说他上午在家洗澡。碧苇说妈到哪里去了,她怎么不接电话?父亲说,她不在家。父亲的声音有些不对劲,她很担心,找碧葭讨主意。碧葭说,晚上回家看看。

下班回到家,刚进门,就听到陈桂芝在号叫,你作死了,你洗的什么衣服,水也不拧干,都滴到阳台里面。碧葭说,我来拧,他手骨头是断的,你叫他怎么洗衣服。陈桂芝就哭了,我的衣服,哪个帮我洗过,我也是七十多岁的人了,你们不管我,还护着他。我不想活了,我去死算了。

既然你们都不能洗衣服,找个钟点工回家洗。碧葭说干就干,她付工钱,找来钟点工。连续三个,都被陈桂芝吵得头晕,她们前后来找碧葭要钱,一天都不肯再干。父亲没有吃的,碧苇在家做好了饭菜送去。她要上班,自己的孩子、大宝的孩子,两个都要接送。不能天天给父亲送饭,买一大包面食送回家,放在冰箱里。父亲吃了一个月的玉米、荞麦、燕麦、黄豆等各类杂粮馒头。老人在南方生活久了,习惯了瓜果蔬菜,突然没有这些果蔬,他开始便秘。

大宝受鲍四的牵连,很快被请了进去。证据确凿,没有什么好抵赖的,只有坦白从宽。碧葭让碧苇把大宝家彻底收拾一下,最好把小元带走,住到她自己家,不要让孩子看到父母落魄家里被搜查的样子。她在准备自己的官司,洗清自己的冤屈,不然,她在学校永远抬不起头来。她不能再出事了,这个时候,家里家外,只能靠碧苇。

第二章　屁股长钉子

第一节　坐不住的小孩

碧葭刚去锦城进修的时候,憨大彻底自由。他经常在外面吃三喝四,有时候,大宝、进二一起过来,叫点外卖,喝酒打牌,家里烟雾缭绕。进二一般会带一个花枝招展的女人过来。他们知道,来的女人一般都是进二的小二,有时是小三,经常换。这是进二的特色,他从来不会一个人出现,大家也默认,只是不敢给女眷们知道。憨大很享受一个人在家自由自在的感觉。他斜躺在沙发上,看到家里乱七八糟,自在又放松。

自从大宝进去以后,这样的聚会就没有了。大宝得势的时候,帮过憨大忙,也花过他不少钱。明明花十块钱能办成的事情,大宝是照花一百块钱的路子去做。现在,大宝进去了,憨大也不欠他的。答应过碧葭,帮大宝找找关系,疏通一下,答应归答应,也没有什么实质性的进展。

憨大已经好久没有看到进二了,说明进二又搞了新的女人。当然,憨大也不甘落后。

进二已经连续几天没有回家。他在广告公司上班,主要工作是开车,兼做跑腿的活,偶尔也扛一下摄像机,拍点不重要的片子。进二名片上印的职务是制片主任,这个头衔对女人还是蛮有诱惑的,特别是那些想上镜头的女人。其实进二什么都会一点,什么都不精通,用他自己的话讲,叫"万事通"。

进二小的时候,父亲送他去学绘画,画了一年就不画了。他嫌那些乌鸦一样的墨水涂在纸上单调无趣,他觉得这个世界上比玩墨水好玩的事情多了去,整天在一张纸上纠缠,呸,还不是正经的纸,是薄得像纱一样的宣纸,宣纸又不给力,一戳一个洞,揩个屁股都不行。他屁股上面长了钉子,一边长了三颗,一边长了一颗。不太对称,失去平衡,总是坐不住,一坐下来,就歪歪倒倒的样子。

进二的心是野的,想叫他定下心来学门手艺,难。他不像憨大,能坐住,憨大宅在家,哪里都不想去。除了写作业,就是下象棋。他连下象棋都懒得出门找个对手下,他自己跟自己下,背棋谱。多年以后,有了网络,憨大就跟网上的人下象棋,听到电脑说"吃"字,进二就调侃他,总是说"吃",吃车还是吃马,吃将还是吃炮,好歹说个清楚。偷偷摸摸吃人家东西,吃什么也讲不出来,活丑。进二小时候吃饱饭就往外跑,偷偷去打老虎机。他老子想,教他学绘画,学不进去就算了,要想出人头地,不下苦功怎么行,教他学舞台灯光,这可是家传的手艺活,他们家的男人都是靠这个吃饭的。

于是,进二就跟在父亲后面学舞台灯光。第一周,他学得饶有兴趣,第二周就烦了,往后,越来越心不在焉,心也越来越野。跟在他老子后面又跑不了,只好挨时间,挨时间的时间还不如不要过,那些日子,挨得进二脸上都要长钉子了。

进二跟在他老子后面学手艺,好不容易学了半年,挨过他老子多少次打，断了多少根皮带和棍子，进二自己都记不清了。进二不长技艺，只长个子，这两年，个子一下子蹿老高，和他老子站一块儿，差不多平头高了。进二长得又高又结实，肌肉发达，长发飘逸，一副影星任达华的派头。父亲为了把舞台灯光这门手艺传给他，想尽了各种点子，灰心之下，只好托了人，送了烟和酒，叫他去一个搞摄影的朋友处，学习摄影摄像，这次，让大家没想到的是，学了没多久，进二就把老师给揍了。

时间很快，一不小心，几年过去。进二父亲的力气渐渐不如从前，有的时候，想打也有点打不过他。

老师很生气，心里想，这年头怎么搞的，徒弟打到师父头上去，要不是看在他老子的面子上，早就把他给开了，暂且不和这臭小子计较，却不再多教他技术。

进二开始觉得在这个世上，没有什么人是不能揍的。他的日渐硬邦邦的拳头，揍起人来毫不含糊，他学着当年父亲揍他的样子，挥舞着刀子和棍子，带着他的一帮酒肉朋友，说着闹着，看谁不顺眼，就把谁修理一顿。

快活的日子快过，艰难的日子慢熬。一不小心，几年就晃荡过去。进二什么也没有学会。憨大不言不语，成绩好，考上大学，现在，又找到体面的工作，从来不让父母操心，进二叫父亲操碎了心。父亲的力气渐渐不如从前，一想到这个儿子的未来，就长吁短叹。母亲安慰老伴，两个儿子都是好儿子，进二读书不好，做事不如憨大，但他长得帅气，又会哄女人，你看，巧珍嫁到我们家这么多年，养得像自己家人一样。碧霞呢，跟巧珍就不一样。老伴说，碧霞的条件也比巧珍好，她是大学生，巧珍啥都不是，她们两个出身也不一样，老师家的女儿跟村民家的女儿是有区别的。各有各的好。老头子，你不要跟我辩了，以后养老还靠巧珍，碧霞是靠不住的。

你儿子都靠不住,还想靠人家媳妇,净瞎想。

现在,进二的父亲已经死了。他父亲活着的时候对他说过,你学什么都不用心,为了你能掌握一门手艺,长大了好混饭吃,我到处求人拜爹爹,你什么时候用心学过?你就不能体谅大人一点,不是嫌苦,就是嫌累,老想往外跑,心太野。你要是有憨大的十分之一就好了,你说说看,到底想学什么,天天这样混,也不是长久之计,将来长大了靠什么混饭吃?

面对老子的诘问,进二不语,他想了一下说,这个不能怪我,我可能前世就是摔跤打架的,我是摔跤精,一天不打架浑身痒,压根就不是学习的料子。打群架多热闹,又爽又过瘾。这点他老子是知道的,总不能由着他的性子来,想来想去,也想不出什么好办法。

荒年饿不死手艺人,这是进二父亲的人生宗旨。现在,他对儿子学一门手艺的事,是彻底地死心。老人睡不着觉的时候,望天长叹,祖败呀!祖败!

看父亲气得病歪歪的样子,母亲说,好歹还有一个憨大争气。就当没有进二这个儿子。父亲对儿子学一门手艺的事情已经不抱幻想,一气之下,就托了熟人,通过一些拐弯抹角的关系,找到部队带兵的,把他送去当兵。

第二节　新兵连

进二到了新兵连,参加部队的统一军训。军训的这段时间是艰苦的,进二好歹挺过去了。三个月的军训结束以后,新兵连开始根据各人的素质和表现分配兵种。教官看他长得机灵,派他去团里的电影队。进电影队是大家求之不得的事情,这可是当兵的好差使。

进二在电影队的主要工作,是晚饭后在大礼堂放电影。放电影是个轻松的活儿,在普通的士兵中有种优越感,差不多算半个班长。进二对自己能进电影队,是比较满意的,但是,时间久了,他就开始厌倦。

有几次,轮到他放电影的时候,上部电影的带子刚放完,下部电影的带子还没接上去,这时屏幕上就会出现长时间的空白。电影队长知道后教训他,他回敬电影队长说,那会儿刚好小便去了。你能不给他小便?他还会把电影带子次序放乱,故事从中间开始,到结束,又从头开始放了,把观众都看糊涂了。

那时,就会出现这样的情况,礼堂里传出一片喧哗声,画面在屏幕上又抖又跳,电影队长还没有发现他放倒了带子,只是发现跳带,就挖苦他说,哎哟,你这本领倒是绝活,我们怎么不会,散场后,你给我继续跳带,跳一夜,不许睡觉。

别人可以不睡觉,进二是不能不睡觉的,他想了个聪明的办法,他削了一支铅笔,把铅笔屑洒在电影放映机的片道中,电影一放,片道中的刺就划伤了片子,只有进二知道刺是什么,最严重的一次,把胶片都撕裂了。

队长心疼片子,不敢叫他一个人熬夜放电影。他放电影的技术一直没有过关,他嫌在部队艰苦,生活枯燥,还要受管制,就隔三岔五地装病,住医院,找小护士调情。

那会儿,他常想的事情是能把哪个护士搞到手,那个苏州来的白白净净的姑娘,是他见过的最漂亮也最温柔的姑娘,她的黑黝黝的大眼睛就像天上的星星,总能在黑暗中闪闪发光。为了接近她,他就寻思,在她值夜班的时候,故意把腿在柱子上撞破,好去医院找她包扎;他想方设法跟家里要钱,请她吃饭,送礼物给她。虽然都年轻,内心也同样地孤单和寂寞,姑娘的表面很温柔,对他也很客气,但内在里她是有原则的,部队的纪律也是有约束的。进二天不怕地不怕,想干啥就干啥,人家姑娘家可不像他。

进二青春萌动的第一场爱情,让他意识到,苏州姑娘是看不起他的。他在部队第一次感受到了挫折。有些人在初次的挫折中站了起来,有些人却就此沉沦。进二属于第三类,原来是啥样还是啥样。时间真快,一晃几年过去,进二的当兵生涯就此结束,他什么也没有学会,退伍回家。

进二从部队回到地方,总算松了一口气,三年中,他什么也没有学会,倒是比以前长壮了。他的运气还是不错的,被分配去一家军工厂当学徒。那个年头,能进军工厂,是令人羡慕的,但是他不晓得珍惜。叫他学车工,他老往钳工车间跑;调他去学钳工吧,他又闹着要学铜工。学徒工干了几个月下来,每行都摸到一点门道,却深入不下去。

进二对新鲜事物充满了好奇心,却是一个缺乏恒心和意志力的人,不求甚解和只知皮毛是他的习性。他动不动就打架、摔跤,因为打架和摔跤的结果是未知的,充满了刺激性,胜者为王,败者为寇,都想成为王者。他师徒不分,在班组打,打得不过瘾,又到别的车间打,他要打遍全厂无敌手。

有一次,他把班长摔倒后,车间主任跑来制止,他的拳头可是不长眼睛的,管你是老几,冲上去就是一顿拳脚,把车间主任的鼻子打得歪到一边,血流了一脸。

毕竟是军工厂,厂纪厂规,白纸黑字,一条一条写得清清楚楚,进二屡教不改,厂里害怕他再出乱子,最终把他劝退回家。

进二的母亲对他失去这份工作很惋惜,想去厂里找领导疏通一下关系,看看还有什么挽回的余地。进二不领情,他恶狠狠地对母亲说,那些狗日的,老子看了就不顺眼,欠揍,你去给他们烧香磕头,把老子脸都丢尽了,你敢去找他们,老子就对你不客气!

对母亲不满,对父亲也是有怨气的。他抱怨父亲没有权势,没能给他找个吃香的喝辣的好工作,父亲的无能才导致他现在这样受罪。他恨父亲,恨这个家,也恨憨大,软不拉耷的柿子,成天泡在家里,不经揍。

他这段时间天天往外跑,结交了社会上的不少朋友,朋友们的身上都刺了乌龟或蜷曲的大龙。进二感到自己长大了,他跟他们学,也在身上和膀子上刺了一些文身。憨大看到,眉头直蹙,劝他不要文满身,文少部分就可以。他听不进去,嘴唇噘老高,**捧他**,你懂个毛!出门的时候,光着膀子摇来晃去,走起路来威风得很,没有人敢欺负他,这是进二最自由和风光的日子。他们看谁不顺眼,就把谁揍一顿;没有钱花了,就到临街的一些店面滋事。

进二以黑社会老大自居,收一些保护费,不给钱的门店就砍,砍的次数多了,就把自己及同伙砍到了劳改农场。进了劳改农场以后,进二发现了一个新天地,他豁然开朗,原来,这里还有比他更骁勇的。进二就找机会接近他们,毫不迟疑地拜他们为师。出来的时候,进二浑身都是肌肉,觉得自己更像个男子汉,更接近王者风范。进二抖着腿跟憨大嘚瑟,你上的什么破大学,看看我上的大学,我的大学才是真正的大学。

团伙中的一个家在外地,爹死了,他在号子里,回不去。进二很讲义气,他自告奋勇去当孝子,披麻戴孝守灵三天。等进二办完丧事回到家,进二的老子出了意外,送到医院就不行了。老头子硬撑着,想等进二来见最后一面,最后还是没有等到,只有憨大在身边。这一次,进二没有赶上给自己的老子送终,只有憨大给老子送终。母亲说,幸亏还有一个憨大,不然,这个日子怎么过。

第三节　老虎和豹

回想这一段,进二现在有点伤感,后悔当初没有给老子送终。不管怎么样,他是我爸爸,儿子不给老子送终,这算什么话。进二在停车场,蹲在汽车边上,看着汽车裸露的输油管,猛吸一口烟,幽幽地对他的情人柳眉说。

爹死了以后,家里的顶梁柱倒了。没有工作的母亲没了收入,他真的要学一门手艺才行。忽然间,进二就觉得自己长大了。这回是真的,他要帮母亲分担这个家的负担。

他去上了两年驾校,过去的驾校不像现在,过去上驾校,长一点学三年,短的也要学两年,不光学习驾驶,还要学汽车发动机的原理,学汽车修理。这期间,他虽然逃跑过几次,还是勉强毕业了。进二散漫惯了,他毕业以后不愿意到公交公司开车,去了迟早也要被开除。

他给有出租车的人开二驾,那会儿的出租车生意好做,开车的人方向盘在自己手里,想开到哪里就开到哪里,这种职业还是比较对进二的胃口,除了交佣金,进二还给家里挣了点钱。进二眯着眼睛,笑嘻嘻地对憨大说,你上大学有什么用,还不如像我这样,我这样一个月钱可不少。用进二自己的话说,有了钱,又开个小车,顺便把巧珍搞到手。

巧珍十六岁跟他好上,叶片还没有铺展开,就给他懵懵懂懂地弄皱了。巧珍自从跟了他,就一直住在他家里,和他过了十九年。巧珍和他母亲和睦相处。十九年有多长,我们先不说,单从巧珍长相的变化就能看出,巧珍现在长得越来越像他的家里人。巧珍见了憨大,喊哥,脆生生的,稍不如意,给憨大一巴掌。高兴也打,生气也打,嗲兮兮的,手指头粉嫩的。憨大习惯了,他觉得巧珍的巴掌就是抚摸,她甩巴掌是正常的,哪天要是她见了憨大不甩巴掌,就不正常。

她是家里的老三。碧莨一直有个错觉,巧珍是憨大的妹妹,而不是弟媳妇。巧珍十八岁不到就给他家添了一个小子铃铛,铃铛跟老子长得一模一样。铃铛走路时甩膀子、晃脑袋的模样,整个是小进二的派头。

这两年,巧珍的大姐和二姐,因为姐夫们本领日渐高强而前后离婚。三个女儿就剩下巧珍还没有离,嫁鸡随鸡,嫁狗随狗,婆婆待她像亲闺女,巧珍的日子和两个姐姐相比,还算过得去,身体也渐渐发福,摆在那儿,一整个水桶的架势。

柳眉没有出现之前,进二也时不时地会在外面拈花惹草,那不过是逢场作戏罢了。只要他能每天回家,心还放在家里面,巧珍也就睁一只眼闭一只眼。只是柳眉这个狐狸精把进二缠上了,搞得他家外有家,老婆不要了不说,连老妈和儿子都不要了,可见柳眉是个不好对付的主儿。

虽然巧珍的老公没有她的两个姐夫混得好,嫁得好的姐姐散伙了,落得个哭哭啼啼的下场,嫁得孬的巧珍反而守住了。巧珍回娘家时,她的母亲语重心长地对她说,你可千万不能再闹离婚了,你大姐二姐都叫我在街坊邻居面前丢死人了,今后不管进二咋了,你要忍着,全当孝顺你老妈了,老妈不是不疼你,等老妈咽了这口气,你该咋的就咋的。

往常,下午三点的时候,是柳眉一天之中的早晨,柳眉的一天从这里开始,这时她才懒洋洋地刚刚起床。

但是,今天变了,今天对柳眉来说,是不同于往常的一天。今天,柳眉一早就起床了。她有一件重要的事情要做,没有人能帮她,她的心里有一种决斗之前的悲壮鼓舞着她。她胡乱地扒了几口泡饭,天色尚早,这个城市的天空越来越窄,像人生一样,充满了不确定性,说变就变。中午还是阳光灿烂,下午就可能是疾风暴雨,于是柳眉就拿了挂在门后的皮包,又找了一把小花伞,匆匆出门。

柳眉和别人合租的房子在江淮门,她去汉西街长途汽车站,有一大段路要走,迎面过来的一个出租车司机注意到了她,"嘎"的一声把汽车停在了她的面前。她拉开车门坐进去,司机的心情很好,正在听音乐台点播的歌曲,看到年轻姑娘上来,很高兴。柳眉却一点儿都高兴不起来,司机注意到了她不高兴的神情,随手关了音乐台的节目。

柳眉到了汉西街长途汽车站,远远看去,车站的售票厅窗口黑压压的,来买车票的人很多,像被一阵风从四面八方吹来的树叶,堆积在售票口。柳眉瘦,被压在下面,好不容易,等到上面的叶子吹走了,柳眉才露出头脸,买到了去马兰山的车票,坐上了长途汽车。

一路上,柳眉都在想,见到进二怎么对他说,怎么劝他,两个人才能重归于好。

柳眉想起第一次见到进二时的情景。那天,在她上班的桑拿浴室,轮到她给他做按摩,她看到他胸前文的豹子,好奇地问他,你胸口刺的是老虎?他转过身去,给她看他的背后,他说,老虎躲在这块。两个人都笑起来,连老虎和豹子都搞不清。他调侃她。

他一点都不像那些嘴里吐着酒气、一身泡泡肉的醉酒男人。他是清醒的、结实的,每一个毛孔都朝她张开,闪亮的眼睛时不时地会电她一眼。她自然心领神会,指法夸张而目标明确。他不回避,也不慌张,渐渐地欲罢不能,就花两百块钱买了她的单子。

两个人到了包间,她爬到床上。他却改变了主意,坐在床边,弹出一根香烟点着,慢慢地抽,吞云吐雾,一点都不急于行事的样子。她躺在墙角,身子轻得像一片树叶要飞,烟雾环绕的小屋里,空气像一片蓝色的网在流动。

恍惚间,他的手就搭在她腿上,自然又轻松地问她,累不累?她笑起来,不答话。心里暗自在猜,他是在嘲笑我,还是体恤我?这期间,两个人就有一句没一句地聊开了。他一点都不像其他男人那样急吼吼的,他像是她旧时的一个情人登门造访,这使她对他产生了莫名的好感,心里的温暖一丝丝抽出去,像蚕茧把她围住。

聊了一个时辰,他站起来给她倒水,看着他的背影,她知道他是硬的、富有弹性的、味道恰好的。她在等待,满眼期望,他看见了,把她抱起来,放平在床上,亲了亲她的脸,转身离开。

这是她从来没有经历过的。她经历的男人无数,还没有见过这样的男人,付了钱,却不做,只是为了来怜惜她。她不知道进二是情场老手,进二擅长用欲擒故纵的手法,达到长期占有女人的目的。

不记得有谁亲过她的脸了,母亲抑或哪个男人。哪个女人生来下贱,哪个女人不渴望被爱?

那天,他走的时候,她看到他下楼的背影,有点失落起来,急忙追下去,她把自己的手机号码给他,你可要给我打电话,常联系啊。平平常常的一句话,从柳眉嘴里吐出来,加了一个"可"字,就婉转了,惆怅了,有了相见恨晚的意味。

到了周末,她在前台接到进二打来的电话,请她吃饭,这是她所期望的,柳眉想都没想就答应了。令她没有想到的是,在她出来的路口,他捧了一束玫瑰花,像一个浪漫的情人。这是柳眉在外国电影里看到的情节,她不曾梦想,更不敢奢望。像她这样的女人,男人除了给钱求欢,怎么会给她们送玫瑰?男人只给自己心爱的女人送玫瑰,当进二的玫瑰传到柳眉手上的时候,柳眉把心悄悄地掏了出来。

柳眉想,他比在牢房里的男朋友强多了,他是当地人,有能力保护她,跟了他这样的男人,将来没有人敢欺负她。他还是浪漫的,经常给她送花。有一次,竟然直接快递给她三朵向日葵。那三朵向日葵在她房间生存了很久,活得像假花一样漫长。

后来,他们住到一起后,两个人很默契,总是同步到达人生的顶点,这是其他男人做不到的。柳眉越发离不开他。

其实柳眉不知道的是,女人可以用甜言蜜语骗男人,也可以为了某种目的,用理性叫自己做自己不想做的事,比如出卖肉体赚钱。

但是,女人骗不过的是自己的身体,当女人发自内心地爱上一个男人的时候,女人就会身不由己地和他一起达到顶点,这一点,使她变得对他更加死心塌地。

为了证明她的清白,她已经辞了做小姐的事情,改做领班。现在又辞了领班,去商场站柜台。她一步一步地走出原先的环境,就是想和进二在一起,过清白的生活,共同达到人生的顶点。

女人要钱要物、要这要那,最终不就是要一个知冷知热的男人?一个晓得怜惜她的男人?为了那个温暖的胸膛和肩膀上的那只手臂,即使要她放弃所有的钱财,她也愿意,在这个问题上,她已经打定主意,她不甘心就这样,轻易输给进二的水桶腰老婆。

汽车到达终点站后,柳眉随着下车的人流往外走,走到出口,她停了下来,她后面的行人不断地穿过她的身体继续往前钻,行李撞得她左右摇摆。她找到了一个靠墙的位置,躲开人群,打开挂在脖子上的手机,熟练地拨通了进二的电话。

这时候的天空有几朵黑云在追逐,越追越多,聚集在一起,挤油渣一样连成一片又一片,像给天空铺了层幕布,转瞬,天就给它们抹黑了。

这种黑,不是夜晚到来之前的黑暗,也不是谢幕间隙的灯光闪灭,这时天上的黑云就像锅底,反扑过来,锅里的水呼啦一下翻倒在大地上,柳眉就成了大地上的一条小鱼。

进二一听到柳眉的电话,头就炸开了。他为了离开她,从石库城躲到了马兰山,没有想到,她还是追来了。

此刻,电话里不时地传来的雨声和雷声,证明她没有说谎,她真的追到了马兰山。他答应妻子巧珍的话,犹在耳边,他不会和柳眉来往了,他要回家和巧珍好好过日子,他已经骗过巧珍好几次,这一次,他再也不能骗她了。

巧珍娘家在河西的房子拆迁,政府补偿了几百万的拆迁款,他如果在这个节骨眼上还跟柳眉纠缠在一起,这些钱就没有他的份儿。人生在世,混来混去,不就是混个脸面和钱?有了这两样东西,什么样的女人找不到?想到此,他没好气地对柳眉说,下这么大的雨,你跑来干吗?你还不快回去!该说的,我都说清楚了,还有什么好说的,你走吧。

柳眉听到进二对她说这样的话,这样的话,冰冷的,一点余地都没有,心中绝望的潮水一下子奔腾翻涌起来,眼泪不动声色地顺着雨水流下,脚一崴,人倒在墙上。她左手扶着墙,挺了挺身子,就冲进二一嗓子吼过去,你要是不来,我今天就一直站在雨中不走,一直到你来,站到死也要等你来。

她这一连串的吼叫,并没有把进二唬倒。进二知道她从小就在男人堆中滚爬,对付男人,她是有两下子的。进二心中有数,就是不进她的圈套。进二无可奈何地说,你要站就站吧,你站到天黑，我也管不到。

柳眉今天是下了狠心来的，柳眉要是不把进二追回去，柳眉就不是柳眉。柳眉心想，这个世界上的男人我见得多了，什么样的男人我没碰过，又没要他钱，又没要他房，哪个女人会像我这样死心塌地对待他？我一心想和他过日子，连在温泉做得好好的事儿都辞了，我怎么能再失去他？没有进二的日子无法想象，这不是她想要的结局。

柳眉不甘心，这些年来，她征服男人炼就了一套自己的法宝，她知道男人硬在哪里、软在何处。她换了一种语气，一种他们之间要有什么事儿发生的，带点儿挑逗和耍嗲，带点儿只有他才能听懂的温柔的强制说，你不管我了，我身上都淋湿了，底下也淌湿了，湿漉漉的一片，你不搞了。我昨天又跟她们搞了一个新的法子，真的，你绝对想不到的奇妙，你一定要试，我现在就等你来。

柳眉说这话的时候，他都听见了她娇喘的气息，她濡湿的喘息仿佛蓝色的液体，正从试纸的背面渗透过来，一层一层地浸淫过去。进二一听到她说"湿"字，心就软了，犹疑不决中，他的腿本能地硬了起来。

没过多久，进二就来了，开着他们公司老板的汽车。汽车的屁股翘得老高的，肚子底下的线路全露在外面，也不晓得给自己遮个丑。以前，刚认识进二的时候，进二在加油站加油，柳眉蹲在汽车的尾巴后面，笑指这款汽车，柳眉说，像你家里的那口子，肚子那么大，一身的肥肉，怎么搞，笨死了。

柳眉老远就看见了进二的车，穿过层层雨帘，那么优雅气派地朝她驶过来。柳眉从人行道跑到了快车道上，她丢掉了雨伞，染红的长发飘起来，像红色旋风，丝丝缕缕，飞到了岸边的柳枝上。

汽车的电眼看见了枝条上的柳眉，柳眉好像一片打湿的柳叶，在雨雾中变得更绿,也更清新了。柳眉紧贴在枝条上,害羞地弯着细腰,风的手,柔弱地抬起来,掩了她的半边脸。

进二钻出柳眉这座"花山谜窟"的时候,他的心里生出了从未有过的自信。进二感觉到了出自心底的神清气爽,这是他和妻子之间从未有过的碰撞。自从和柳眉搞到一起,进二整个人就变了一个样,而且是彻底的由里而外的改变。进二从自卑的这一头,一不小心,滑向了自信的那一头。进二黑红的脸膛,每天都刮得泛青闪亮,他的每一根胡楂子,都朝外喷射出雄性荷尔蒙的烟雾。

进二给老板开车的时候,戴着墨镜,穿着长风衣,往驾驶室里一坐,油门一踩,那个威风劲儿,连柳眉都说,整个明星的派头。

柳眉把手臂搭在进二的手腕上,走在繁华的新街巷。那个时候的进二,觉得天空都是新的,马路格外地亮,那些和妻子一起来新街巷的男人,都是土牛木马,都是没有见过世面的男人,只有成功男人的膀子上,才会翘着柳眉这样的叶片。

第四节　诚实的身体

进二在马兰山的那场大雨中,迫不及待地钻进了柳眉的"花山谜窟"。柳眉身上的"谜窟"实在是太妖艳,像梦幻一样,只要进入柳眉的"谜窟",进二就不是进二;当进二觉得自己不是进二的时候,进二就觉得儿子不是儿子,老婆也不是老婆。

当二人如胶似漆的时候,进二答应了柳眉的要求,回家离婚,迎娶柳眉。用进二的口头禅叫"再生"。柳眉这个川妹子,给了他真正的生命。

上半生,进二娶过老婆,生过儿子,一个男人该做的都做了。趁自己还能干,还想干,要和柳眉一起浪漫地过后半生,这是进二近年来的生活目标。憨大知道他的打算,不仅不反对,还表示支持,这个时候的兄弟关系是最融洽的,是一个成年男人对另一个成年男人的理解。这样的理解,忽略了巧珍和碧葭的感受,现在,巧珍看见憨大,也不朝他甩巴掌,也不嗲兮兮地喊他哥了。巧珍和碧葭亲近起来。巧珍约了碧葭去做美容,去健身,这些在以前是不可能的事情。碧葭忙得根本没有时间去这些场所,这是有闲有钱人去的地方,碧葭太忙了,正是事业上升的开端,她要冲一下,飞升一下。跟巧珍去美容,是表个姿态,她站在巧珍一边。她绝对不能接受柳眉跟她做妯娌,这是底线。

进二自从进了这家广告公司,已经好久不和过去的酒肉朋友们来往了。其中一个原因是他给人家做孝子,人家却没给他家做孝子。还有一个更重要的原因,就是他越来越不喜欢打架,越来越喜欢女人了。一个男人年纪大了,兴趣爱好也会改变。

现在与他来来往往的,都是女人。他知道情场上的女人大多是受不住晾晒的,这些女人都像炸药一样,只有狂风暴雨才能浇灭她们的火焰。他先制造机会,主动出击,把她们的胃口吊上来,再晾在一边。这个时候,女人就沉不住气了,就会主动找他,投钱投感情在他身上,他就会像猴子掰玉米一样,只顾往前走。女人却和他相反,总是在后面捡,旧情难忘,覆水难收。这时候的他,就不需要出击,只要撒开网,坐收渔利。

进二很忙,他的手机里经常传来他和各种各样女人暧昧的对话。有的时候,为了证明自己的清白,或是炫耀一下自己的魅力,都有一点吧,他把老婆带去,和那些关系暧昧的女人一起吃饭。

三个人的饭局,进二总是迟到,迟到的时间一般是两个女人已经差不多决出胜负的时候,这个时候就用不着进二埋单了,自然是赢的一家埋单了。而且,输的一家也不会记恨自己,因为她们谈判的时候,进二不在,就不存在偏心之嫌。

进二在这个问题上,是绝对公正的。饭局一结束,进二就挽着赢家的手腕,看都不看输家一眼,扬长而去。

如果事后输家找到进二,进二也不怕,进二说,你找她去哎,也不是我要这样的,我也不想跟她走,那势头,我不跟她走怎么行。这样的结果,巧珍经历得多了,就慢慢地掌握了经验,总结出一套对付各种脾性女子的办法。

一次,进二和相好的女人在一起吃饭,给巧珍逮到了。进二没有想到她会找来,有点慌。女人也没有想到,有点乱,表面却故作正经的样子,坐在那里,纹丝不动。

令女人没有想到的是,巧珍比她还要淡定、正经,巧珍压根就不想闹事,巧珍笑眯眯地走过去,对女人说,哎哟,原来是你呀,你从深圳回来了,做小姐赚了不少钱吧,怎么不到我家去玩呢,我老公身体不好,才动过手术。说着就去驾进二的膀子,跟我回家休息吧,才动过刀,逞什么能,跑到这里来吃饭,点这几个破菜,不嫌亏待了自己。老妈给我们煲了人参老母鸡汤,我们赶快回家趁热喝吧。老妈和哥嫂在家等着我们。

戏演到这个份上,进二只好将错就错,垂头丧气,一歪一倒的,顺着巧珍的膀子回家。巧珍有赢,也有输的时候。

这次,从马兰山回来,进二决定不做墙头草。一方面他给柳眉逼得紧。柳眉说,你看我,认识你就改行了,做营业员,一天站到晚,那么辛苦,就挣这几个钱,还不是为了你。你还不快离婚,跟我结婚,你这样拖下去,我怎么过?另一方面,是他从心里厌烦了妻子,他患了严重的视觉疲劳症,想换个养眼的。再说,那几百万的拆迁费,还不知道什么时候能拿到手,就算拿到手,到时候,再想办法,过一天是一天。

进二打定主意要离婚。下班的时候,被巧珍堵在广告公司门口。进二自知理亏,就请她去南圩路上的一家鱼馆吃酸菜鱼。鱼馆是临时搭建的,鱼馆的后面就是老板娘的卧室,鱼馆大厅破败的墙面和摇摇晃晃的桌凳,就好像乡间的路边店,和周围宽阔的马路、大型商业区域形成了极大的反差,可是进二却对这里情有独钟。

通常到这里吃饭的食客,多是开"马自达"和出租车的,车夫们到这里就像到了家里一样随便。有的时候他们喝多了,走不了,就钻到老板娘的卧室里歇个脚。

这里也是进二宣泄心中愤懑的地方,他觉得生活本来就应该是这样的,他当着妻子的面,一点也不回避地和穿着花哨的老板娘调情。

还有一点,进二乐此不疲来这里的原因,就是鱼馆门前一片自行车、摩的、"马自达"和挂着出租车顶灯的出租车中,就数进二开来的汽车最有派头,进二的老板换了新车,是黑色的奔驰,他每次来停车,总是先摁下车窗,伸出脑袋,和鱼馆门口的熟人打招呼。

遇到过去和自己一起开出租车的司机,他们就会围上来,对他的汽车评头论足,看到他们羡慕的表情,进二总是后退两步,让他们先走进鱼馆,然后故作低调地说,这鸟车子,没得这么贵,又降价了,又降了八千块。

进二说这话的时候,是他感觉最好的时候,他觉得这样对他们说话,有一种居高临下的感觉。还有一种,就是富人对穷人显示优越的感觉,这种感觉、这样的派头极大地满足了他内心深处的虚荣心。

随着时代的发展、社会的变迁,进二感受到了人和人之间巨大的落差。他绝望地感到,想靠打砸抢来出人头地的时代,已经一去不复返。他虽然没有出生在那个年代,但是,他的基因里面有那个年代的记忆,如果这样的记忆不被绊倒,进二随时准备重复抑或表演这样的基因记忆。我们或者把它叫作基因表达。遇见适合的空气和土壤,必须要表达一下。很多好逸恶劳的人,随时准备着,伺机表达一下。

这种现状,使进二感到了惊惧和挫败,好像他一下子从山顶跌到了山脚,而当他从奔驰车里面出来的时候,他面对过去的那些贩夫走卒一类旧友的时候,他又爬上了山顶,恢复了内心深处的优越感。这种感觉卑微而不足道,但是进二需要,像身体内部的某种必然需要。

进二一边喝着冰镇啤酒,一边慢条斯理地对妻子说,不是我要跟你离婚,实在是迫不得已。我跟你过了十九年,我看你就像看我家的木桶,一点感觉都没有。我知道你对我好,你既然对我好,就要给我自由,给我和谁生活在一起的选择的机会。我现在明明白白告诉你,我肯定是要和你离婚的,我打算和柳眉过。

进二对妻子说的这番话,伤了她的心。她想起母亲对她说过的话。如今进二对她这样绝情,不免悲从中来。

她带着哭腔说,没有柳眉的时候,我们在一起是好好的,你什么时候不行过,全是柳眉惹的祸。我十六岁就跟了你,现在儿子都上初中了,你说不要我就不要我了,怎么可能!再说,我也没有什么对不起你的地方,都是因为你见异思迁,要不是柳眉横搅进来,我们还是跟以前一样,过得好好的。

你懂个屁!进二点了根烟,吸了两口,吐得饭桌上全是烟雾,他耐心地对妻子说,算我对不起你,只要你同意离婚,我什么都给你,净身出门。

没门!巧珍想都没想,态度坚决地回道。

进二有点恼火,他把烟屁股一摔说,就算你不同意离婚,我也不会回来,我是铁了心要跟柳眉过下半辈子。我什么时候想走,就什么时候走,我要和柳眉回她的老家。你要不同意,就守活寡,没有人会同情你。

听说他要去柳眉的老家,巧珍先软了下来,她说,我哪里不如她?你比她胖多了,你一百六十多斤,她才八十来斤,你是她两倍,你还有什么可比的。巧珍赶紧说,那我就减肥,我也减瘦下来。

进二哼哼冷笑两声,不是减肥不减肥的问题,你就是真的减瘦了,我也不会喜欢你,你还懂啊,有个词叫什么来着?进二伸手抓抓头,想起来了,叫视觉疲劳,你懂不懂?我对你早就疲劳了。

进二终于说出了自己想说的这句话,他得寸进尺地伸手比画着,再打个比方,精神病医院的病人住院后,上下楼看病是不能叫他们爬楼梯的,要给他们坐电梯。叫他们爬楼梯,没发病的会发病,已经发病的,会加重病情。这是什么原因呢?这是因为楼梯是重复的,重复的东西,会给人大脑带来疲劳,反复的疲劳刺激,会激发人的精神错乱,是不符合人性的,你懂不懂,你想把我逼成精神病。进二说完又点了根烟,他想,这下,她多少该明白一点了。

可是,不管进二如何花言巧语,巧珍想到母亲的嘱托,始终坚持一个死理,决不离婚!你先回家问问,你妈可同意。巧珍上火了,巧珍说,你回家问问铃铛,问问大哥大嫂,全世界没有一个人会支持你离婚。你头昏,跟着那个乡下人跑到农村,过不了两天,你就会后悔。

他们点的一大盆酸菜鱼几乎没动,白色鲜嫩的鱼片夹杂着红色的尖辣椒,漂在亮盈盈的芝麻油汤上。往常,他们两个人点上这么一盆鱼,一两个炒蔬菜,再来两瓶啤酒,就会旁若无人地狂嘬一顿。现在,他们坐在饭桌边上,没有一点食欲,鲜嫩的鱼片,一筷子都没有动,四只眼睛怒目相对。

邻桌的食客醉醺醺地哭着叫着挥舞着膀子,围着残羹剩饭不愿离去,他们用自己营造出的喧嚣,驱赶着心底深处的孤独。

谈不下去了,实在谈不下去。夫妻两人走出饭店。夜色被霓虹灯闪亮,车灯像刀,切割着地面,划破了月亮的眼睛。月亮哭了,巧珍也泪流满面。进二没有跟妻子回家,他披上风衣,转身拾起桌子上抽剩的半包红天京香烟,甩了甩齐颈的长发,很坚决地到柳眉的出租屋去了。

柳眉今晚没有出场,依照这两天的情形来看,柳眉不需要出场,只需要把棍子递给进二,让他们夫妻俩去厮杀就够了。柳眉前几天在马兰山淋了场大雨,说话的声音沙哑,纤细的小腰弯得像柳枝,靠在进二的肩上,有点像生病的西施。西施不用出面,就能打胜仗,但是能不能最终打倒巧珍,生病的西施,自己心中也没有底。

第五节　开庭

法院开庭的那天,碧苇上早班,没有到场。她给碧葭发了短信,叫她安心打官司。父亲睡不着,一大早起来,拄着拐杖,一步一步艰难地下楼,颤巍巍地站在街上,拦出租车。没有空车,即便有空车驶过,都忙着挣钱,谁愿意带他这样的老人。

站了很久,站不住了,跌倒在地上。两个上学的孩子看到,去拽他,拽不动。一个中年男子看到,过来,三个人把他拖起来。他坚持要到法院。一个开私家车的女人路过,停车下来,问明缘由,要载他,把他送到法院。他给那个女人钱,女人坚决不肯要,赶着上班的样子,匆忙离开。为人父母,哪个都不容易。父亲心里热乎乎的,真是好闺女,不知道怎么谢是好。法院的门还没有开。他活了一辈子,没有进过这种地方,他很担心,有些害怕。他为碧霞担心,即便她已经长大成人,也还是他的孩子。他来这里,不能害怕,他是来给碧霞撑腰的,他把拐杖跺得"咄咄"响,给她撑腰,以父亲的名义。他的心跳得厉害,脸上却竭力做出平静的样子。

碧霞没有请律师。她自己去辩护。她觉得,这是一桩诬陷,案子很简单。八点整,法官已经到场。父亲、陈桂芝、焦奶奶以及举报人——焦奶奶的媳妇、证人学生,均已经到场。

起诉书念毕,法官让被告陈述碧霞受贿事实。被告陈述完毕,法官问她,你看见原告收钱没有?被告说,我没有,但是,我公婆看见的。焦奶奶坐不住,站起来反驳。法官命她坐下,问她和被告的关系。被告说是婆媳关系,公婆告诉她的,公婆亲眼所见。

法官问焦奶奶,是你告诉她,你亲眼看见原告收钱的吗?焦奶奶摇头,我没有告诉她茶叶里面有钱。法官问,你告诉了她什么?焦奶奶说,我告诉她,碧霞给她妈的茶叶很高级,是碧螺春。法官问,你怎么知道原告送茶叶给陈桂芝?焦奶奶说,那天,我们一起买菜,回家摘菜的时候,陈桂芝给我看的。法官问,你看到了什么?茶叶。除了茶叶,你还看到什么?焦奶奶摇头,没有,只有茶叶。

法官问陈桂芝,你和原告是什么关系?碧霞是我女儿。法官问,她送你茶叶是吗?是的。你把茶叶里面的钱拿走了?陈桂芝急起来,我没有。你是没有拿钱还是拿了?听到这里,碧霞有些愤怒,法官怎么能这样误导陈桂芝?法官的提问偷换概念,他假设两种可能,一个是拿钱,一个是没有拿,前提是不论拿还是没有拿,钱是客观存在的。碧霞抗议法官的暗示性误导。

住嘴。法官打断她。法官继续问陈桂芝,原告什么时候送的茶叶,谁看见了,里面有没有钱,你是否给被告公婆看过?陈桂芝逐一回答,基本上和焦奶奶口供一致。

现在,被告站在不利位置。被告对焦奶奶翻白眼,愤怒地盯着她。焦奶奶低下了头,她不敢直视媳妇的目光。她已经找陈桂芝打听过,即使媳妇败诉,原告要求赔偿一百元精神损失费,最多再加上一个诉讼费几十元,焦奶奶来给媳妇垫付。这个钱,她自己出,媳妇是冤的,是她告诉媳妇茶叶里有两万元钱。但是,她在这里不能讲真话,她不能毁了碧霞的前程,况且,她的孙子进这所名校念书,是碧霞帮的忙,怎么能恩将仇报?做人要有点良心。

现在,传证人学生出庭。学生相信他的真话一定会打动法官。学生陈述他和碧老师的关系,他是碧老师过去的学生,因为家境贫寒,碧老师资助他上大学。现在工作了,路过母校,回来看看昔日的老师。学生有些激动,以前,上高中的时候,同学们中午去食堂吃饭,我一个人躲在教室做作业,因为父母生病,没有钱给我上学,读完高一可能要面临辍学,我很珍惜这一年的学习时光。碧老师发现我没有吃午饭,就给我申请了助学金,这个钱给父母拿去还债了,我还是没有吃上午饭。碧老师就每天从家里给我带一份盒饭,高中三年,我是吃碧老师家的饭过来的。

每天中午,别的同学到食堂吃午饭,我到碧老师的办公室吃午饭,因为碧老师已经给我在微波炉加热好。有时候,碧老师有课,我就自己去加热。碧老师看我瘦弱的样子,总是给我的饭里带足鸡腿、排骨和鱼肉。学生讲到鱼的时候,口齿不清,重复了一遍,纠正自己的发音,眼泪趁机在眼眶转了一圈。

法官的孩子跟眼前的这个男孩一般年纪。人们喜欢关注和自己孩子一般年纪与性别的孩子,观察他们的行为、举止,他们这个年纪的人都在做什么。暗地里,跟自己的孩子比对,找出差距与不同,分析背后的原因,纠正自己的行为,以期让孩子得到公正的对待。

不论是电视节目还是现实中,富裕人家的父母总是会资助和自己孩子一般大的贫困孩子读书。他们在资助这个穷孩子之前,为他的命运鸣不平,想以自己的能力来改变他的命运,使得穷孩子达到和自己孩子同样的起跑线上。当这样的改变发生的时候,就是人们的心理试图得到真正的公平,在他们的潜意识里,期待这样的差距被消灭,期待人类社会终极的公平与公正将来会落到自己孩子头上。这是懂得教育学的孩子家长的一种同理心。法官就是这样的一个人。他被他的陈述打动,耐心地听他诉说。一个上午还有好几场判决,要是往常,法官早就打断证人这些不着边际的证词。

每次我考好了,碧老师会有额外的奖励。我在碧老师那里,有过很多第一次,比如,第一次吃到进口巧克力,第一次吃肯德基,第一次看3D电影,第一次听演唱会。这些,对城里的孩子不算什么,但是,对一个乡下的孩子,很重要。学生说了这么多,是在为他下面的真话做铺垫。

法官看了一下手表,下一场开庭时间要到。他打断学生的叙述。问他,你送给碧莨老师茶叶没有?学生说,有。法官紧接着问,你送碧莨老师钱没有?学生的情绪还停留在先前的叙述里,他说,我把自己生平第一次的年终奖金,学生说到这里,看到碧老师瞪着惊恐的眼睛看他,学生急忙改口了:我只给老师送了茶叶,没有送钱。

法官追问他,你的年终奖金交给了谁?这一次,学生恢复了理性。学生说,没有交给任何人。法官反问,既然碧莨老师资助过你学费,你现在工作了,有没有想过归还老师过去的资助?学生说,努力做个好人,报效社会是对碧老师最大的回报。法官无语。当庭责问被告还有什么话要陈述。被告没有,心里却是不平。法官宣布判决结果,劝原告和被告接受调解,达成和解。碧葭坚决不同意,她需要一份判决书,需要澄清自己的无辜,这关系到她的前途。

法官当庭宣布碧葭胜诉,择日去法院拿判决书。

碧葭请学生一起出去吃个便饭。学生回想起中学时代,他想在学校食堂吃个便饭,他很怀念那个地方。他相信碧老师没有收到这个钱,但是,钱去了哪里?他想把真相和自己的怀疑告诉碧老师,况且,他也是有一点点私心的,他想要报恩的心没有得到认领。他犹豫了一个中午,见到几个任课的老师,他没有说。他决定,在对的时间里说正确的话。碧老师需要的是正义的真相,而不是事件的真相。他在教室门口,用手机跟碧老师拍了一张合影。像这个时代的孩子们热心的自拍那样,很满足,心里想好,回去传到校园网上,让过去的同学们分享一下。

大宝夫妻被抓的事实,终究是被父亲知道了。老两口矛盾的焦点更加突出。碧葭稍稍猜出几分。因为,父亲求过碧葭,希望她能站在大局的关口,帮大宝退赔一部分赃款。父亲把自己一生的积蓄全部拿出来给大宝退赔,陈桂芝不同意,陈桂芝觉得自己辛苦一生节约下来的几个养老的钱,全部给了大宝,往后自己老了怎么办?

碧葭说,大宝自己有存款。他想减刑,自己会退赔。父亲说,他平时大手大脚惯了,吃顿饭就几千,去澳门给媳妇买个包,花好几万,他没有存款,不然,不会受贿。碧葭说,他就是没有存款,也有两处房产,卖掉一套房产,足够退赔的。父亲说,我担心他买房子的钱也有问题,所以,你一定要帮他退赔。我已经没有钱给他了,不然,不会求你。碧葭说,受贿的人,不是因为没有钱,而是因为贪婪。如果没有钱就受贿,下岗工人都要受贿,农民更要受贿。

问题是他们没有受贿的土壤。父亲不语,良久才说,碧苇是靠不住的,只有靠你。我这把老骨头,要是能换几个钱,你帮我打听一下,我想捐献器官,我已经活到岁数了,再活也没有意思,把我的身体捐出去,换几个钱给大宝退赔。

碧葭难过,心里说不出地难过。碧苇是个靠谱的人,大宝才不靠谱。父亲辩解,她那天晚上来送年货,衣服没有掉,非要你妈下楼去找,她总是跟你妈过不去。谁说的?你妈说的。你就相信她的话,她衣服肯定掉了,不然,她神经病啊?她就是没有掉衣服,不可能掉的。碧葭没有想到父亲会说出这样的话来,她把父亲的话用手机录音下来。他一再嘱托碧葭,我活着已经没有意思,现在要为大宝做一点事情,就是帮助他退赔赃款,你帮我打听捐献器官的事情。

几天以后,父亲重重摔了一跤,瘫痪在床上。他说他的器官是好的,他想全部捐献出去,要给大宝筹钱退赔。碧葭要母亲把父亲的工资卡给碧苇,好让碧苇把父亲接回家照看。母亲大吵大闹,口口声声要碧苇先把人带走,说工资卡迟早会给她,就是不肯拿出来。其实,母亲不是不肯拿出来,而是工资卡一直在大宝手里。

不能眼睁睁看着父亲饿死,最后,碧苇妥协,即便是没有父亲的工资卡,她也要把父亲接走照料。但是,父亲不肯跟她走,他不想连累她,他说他活够了,要是碧苇还能听他一句话,就去打听一下捐献器官的事情,他想换几个钱,再少都行。碧苇给碧葭打电话求助,希望得到她的声援,劝父亲跟她回家。

这是不可能的事情。碧葭知道。碧苇在电话里哭,哭求碧葭劝父亲一下。碧葭实在无奈,只好把那天录下的一段话播放给碧苇听。碧苇只听了一段,就崩溃了,坐在地上掩面大哭。她没有想到,原来父亲是这样评价她的,她在父亲眼里是这样不堪入目。她被父亲看成是一个十足的小人,一个极端自私自利的恶人。她把父亲当作神明一样,而她在父亲眼中,却是这样的荒谬之人。

这是什么原因?她双手抱头,追问碧葭,也追问自己。每天,她都在想这个问题。过去,她不能接受父亲的离开,现在,想到自己在父亲眼中是如此荒谬,这荒谬给了她一些安慰,教导她,这个世界上要发生什么的时候,一定会发生,她是阻止和改变不了的。她还在找理由,这理由使她想到一些从未想过的问题。被掩饰与被遮蔽的,她在心里反复重复这句话:被遮蔽的真相是什么?

判决书下达的第二周,新来的校长报到。碧葭即便是洗清了自己,也错过了升职的机会。她又回到锦城进修,开始她的学习生涯。以后还会有机会的,好好学习才是正道,她安慰自己。

陈桂芝除了晚上回家睡觉,白天不见踪影。打她手机,她就一个劲儿告状,破口大骂。越劝,骂得越凶。想到父亲一个人,孤单单躺在床上等死的样子,碧葭潸然泪下。她请了几天假,赶回去看看怎么办。

那天,她路过地铁站,赶火车回家。地铁里行色匆匆的人流从地下通道走上来,走了一段路,像是被风吹散的落叶,人流忽然消失。她看到了那天和陈老师吃饭的那栋大厦。大厦在晚霞中呈斜线在漂移,大厦离她越来越远,越来越模糊。她心里有些感慨。天黑了,也差不多是上次见面的那个时间,那个地铁口,他们就是一前一后地从这里经过。那个晚上的事,发生过吗?她开始怀疑。现在,只剩下她一个人的影子。她一个人走在从前的路上,有些恍惚。一切进入眼帘的景物都和他有关,都使她绝望,她被世界抛弃了。

眼泪忍不住流下来,挂在她的两腮上。她用手擦了一下,泪水是真实的。他想要一个孩子,她想给他一个孩子,一些简单的事情，注入了感情，就无法做到。如果没有感情的参与，她愿意吗？再多的外力，她也是不愿意的。人的主观意识是如此卑微，美好的往事就像梦幻。

人在他人羁绊的索道里摸索着，战栗着走完一生，在自己设置的羁绊中苍茫离去，人生真的是没有意思。她想尽快离开这里，一分钟都不能停留。这个时代，情感是多么虚无。

不会再有感情的付出了，就像一首诗里写的那样："不会再有痛苦，也不会再有激动。那些白色的峰顶沉没在苍茫之中，不会有人拜访沉寂的故居，黑暗的门上不会再有陌生人的留言，在我疲惫的心里，一条芳草萋萋的小路，洒满了阳光的断箭，通向一处泥潭。我还能听见脚步踏着石上青苔，看见鸟儿起飞前树枝微微地下沉，我这被未来遗弃的空壳，越来越薄，像蝉蜕混入流沙。"

第三章　眼前一亮

第一节　文艺青年

　　进二单位新来的一个女同事叶怜,经常在报刊上发表文章,写过剧本,笔头厉害,气质优雅,戴副黑边小眼镜,内框是橘红的,露两个黄点出来,显得神秘而俏丽的样子。她总爱穿蓝印花布的衣裳,从来不化妆。她低着头说话,很少正眼看人,气质和与进二厮混的女人不同,令进二耳目一新。进二是个嗅觉敏锐的猎手,他仿佛嗅到了一丝可以预见的腥气,却苦于人家对他不理不睬。

　　进二在暗处观察她,发现她总是坐在二楼,在设计室的电脑边打字,一条两条三条的,打了删除,删除了又打,打完了就上网,除了中午下楼吃个饭,几乎一步也不离开电脑。进二一直苦于没有机会和她说话,这天,机会说来就来了。

　　进二的办公桌边有阳光,天冷的时候,照得人暖洋洋的,进二没事时就坐在那里晒太阳。那天,叶怜就是冲着他桌边的太阳,过来坐到他对面的。他在抽烟,无名指夸张地在女孩面前弹烟灰。她一眼就看见了他手指上刺的黑字,环绕无名指一圈,细看是"巧珍我爱你"五个字。

叶怜眼前一亮,她指着他的手问,巧珍是谁?

进二对着太阳,故作深沉地把头往后仰了仰,眯起眼睛说,我家老婆。叶怜听了,就咯咯地笑起来,叶怜说,你真是够浪漫的。

进二看她笑的样子,天真无邪,不像是挖苦他。进二细查她的反应,做出一副沧桑的架势说,那时年轻,不懂,以为刺了好玩,现在想洗都洗不掉了。

洗了干什么?不洗多派头,走在街上,没有人敢欺负你,我下次和你一起上街时,也不会有人欺负我了。我再滋点事,你帮我去打。叶怜看着进二递来的手指头,眼神有点游离,咯咯地笑着试探他。

进二一听这话就来劲了。他接过她的试探说,肯定会帮你打,我是有功夫的,不是光靠文个老虎吓唬人。以后,只要你叶怜说一声,叫我揍哪个,我就揍哪个。要是哪个欠你爸爸钱,叫我去讨债,我没有讨不回来的,你说给我几个钱就给我几个钱,我是不会跟你多要的。

叶怜的爸爸是一家房地产公司的老总,妈妈是记者。进二内心一直以为,像叶怜这样出身的人会看不起他,她经常在报纸上发些文章,叶怜是有文化和素质的。

一想到此,进二心里就会无端地生出三分自卑、七分忌妒。特别是他膀子上和手指上刺的字,现在看起来,他自己也觉得幼稚。

今天的这场对话,使他心里一下子觉得,自己和叶怜靠近了许多。他觉得自己是一个成功的猎手,只要是他想搞的女人,他总有办法应付。他在心里盘算着,或许哪天就能把这小妞搞到手,在她身上榨出点油水。

有了叶怜的这几句话,他们一起出门办事的时候,进二的胆子就大了。看似不经意间,他递给她一张名片,虽然名片上的字眼一眼看上去有点浪漫,仔细看下去就读出了其暧昧的实质。

叶怜是做文案的,当然能读懂名片的意思。叶怜想,难道像我这样的女孩,还需要到那样的地方去找男人?她表面虽然不作声响,心里却很气愤,可是,她又找不到宣泄的出口,只好憋了一肚子气。

进二却不知道叶怜在生气,他以为她不露声色是因为小女孩害羞。他不知道的是,叶怜这样出身的人,骨子里是清高的,她有自己的道德标准。她压根就不屑进二那一套,虽然她竭力表现得很理解进二的样子,讲一些和进二一样的语言。

汉语是个奇怪的语言,在不同的场合,不同的人,说出来的含义是不一样的,甚至是完全相反的。比如她说的这段话,"洗了干什么?不洗多派头,走在街上,没有人敢欺负你,我下次和你一起上街时,也不会有人欺负我了。我再滋点事,你帮我去打",进二理解的意思是她要惹事,让他去打架,证明他对她的忠心。叶怜实际上表达的完全不是这个意思。她表达了三层意思:第一层是文身成进二这个样子,走在街上是没有人敢欺负的,这是一种信号,能靠武力解决问题的信号,当事人不怕惹事。第二层是她在恭维进二,跟他套近乎,释放出她没有轻看进二的意思,恰恰证明,她看不起进二的人生观。第三层意思表达出一个年轻女子独自走在街上的不安全感,进二的武力是不安全感的来源,当她和他打成一片,成为关系比较融洽的同事之后,这种不安全感反转成更有力的安全感。

过了一段时间,他们去电视台拿带子时,老板先下车。进二在车里,又递过去一张名片给她,这次不是原来的名片了,换了另一张,更加明目张胆。叶怜一看就知道不是好东西,即便是换了新面孔,叶怜也有了心理准备。进二却一脸正经的样子,还故作深沉,望着前方的红绿灯说,这里的男孩不错的,去看看。

话音未了,叶怜呼啦一下把名片丢到他脸上。叶怜涨红了脸说,呸,臭男人,留着给你老婆看吧。说完看都不看他一眼,双目圆瞪,直视窗外。

进二碰了一鼻子灰,两个人都不说话。这时老板从电视台出来了,进二看到叶怜生气的样子,心想惹祸了,叶怜要是跟老板告状,他怎么为自己澄清?

叶怜压根就不愿意再提这样的事,更何况是在老板面前,岂不是自己作践自己?她觉得进二这个人,实在是个龌龊下流的家伙,以后要和他保持距离,不给他放肆的余地。

进二却想不通,她老子这么有钱,这么有钱的人家的女儿,不去做有钱人该做的事,不是对不起自己吗?于是,再出去时,进二就准备给她洗脑,他问她,你在报纸上写一篇文章挣多少钱?

叶怜闷闷不乐地回答,一百块。

进二说,要写多长时间?

叶怜说,两三天。

进二在叶怜的话中找到了突破口,他赶紧说,那你还写什么?你爸爸是大老板,挣那么多钱,你也不缺这两个钱,人生该享受的时候要享受,不要错过年华,空欢喜。

叶怜不屑地翻了他一个白眼,回敬他,你什么人?呸,恐龙。进二就闹不明白了,他想她实在是不开化,他为她死心眼感到可悲,他一点都不生气,他甚至感到了她的可怜之处。他循循善诱地对她说,以后叫柳眉介绍你采访她们那个圈子里的人,你写她们的生活,看的人多,才能挣大钱,挣了钱,我也不多要,给两个给我用用就行了,怎么样?

叶怜听了觉得这件事可行,却不言语,下了班,回家问父亲,能不能写柳眉她们这样的女人。她父亲反对,叮嘱她,少跟进二这样的人来往,沾上了甩都甩不掉。下次出门办事,进二跟叶怜提起这件事情的时候,叶怜不作声,脸上的表情像梦游一样。

周末的那天,进二送完老板回家,又回到公司。他把几个年轻人带到南圩路上的一家酸菜鱼馆。叶怜一看到那里杂乱的气氛,眉头就皱起来,她两手本能地抱在胸口,脚步往回退缩,坚决不肯进去。她从来没有去过那么脏乱的地方吃饭。

进二早就料到了,没想到她反应会这么强烈。几个人好歹劝了半天,她才勉强进去。进二给她拖过一张凳子,她屁股刚挨上凳子,少一条腿的凳子就倒了,人也跌倒在地上,地面黑油油的,弄脏了她的裤子。进二赶紧拿纸巾给她,又把自己的凳子拖过来给她。

平时,进二看惯了她从容不迫的样子,今天,进二看到她手足无措的样子,心里暗自高兴。他最看不得女人在他面前从容不迫,女人要惊慌失措才是女人,他想,逼一个女人就范,就从让她惊慌失措开始。

进二喝了差不多半斤白酒的时候,他的眼睛红了,红了眼的进二再也不把哪个放在眼里,当然包括叶怜。哪个怕哪个?进二对着她嚷道,脸上依然挂着讨好的媚笑,但声音是挑衅的,眼神就像两把刀。进二知道,对女人说话是不能绷着脸的,如果你绷着脸,对她这样的女人说下狠话,她会站起来就走,她才不吃你这套。

为了不让她走,就要用笑脸勾住她的眼睛,既让她知道你的厉害,同时也让她脱不了身,不给她逃跑的机会,让她受到牵制,想走也走不了,从而服了你。怎样才能叫她服了自己呢?当然是酒精,酒精一滚到进二的血液中,他就找到了征服女人的话题。男人征服女人,第一步是先把她拉到自己的对面坐下来,第二步就是靠描述自己辉煌的历史,第三步是边吹嘘边观察她的表情,拣她感兴趣的话题吹,不怕吹过头,就怕不敢吹。吹得牛烘烘的才叫本事,只要她流露出一点儿好感,就扑过去,把她放倒。

进二掌控对付女人的经验。傲慢的女人第一次大都怕倒,第二次想倒,第三次是求着你倒她。于是进二的眼睛盯着叶怜说,不瞒你说,我的过去,随便抖一点儿头皮屑子,都够你写一辈子的了,你要不要听我抖一点给你?

叶怜被他带到这样的地方吃饭,本来就不高兴,再听他讲这样的话,觉得他简直是在侮辱自己。他算什么东西,要靠他的头皮屑子写作,真是荒唐! 叶怜气极了,气极了的叶怜在那样的场合,一句话都说不出来。

进二感受到了叶怜沉默中的愤怒,他自嘲地说,你不说话,并不代表我不知道你心里在想什么。你心里面在想,进二算什么东西,把你带到这个鬼地方来,你现在是坐立不安,恨不能长个翅膀飞回家。你们有钱人是不屑到这样的地方来吃饭的,这样的地方对你是活受罪。但是我喜欢,我就是要你到这样的地方来。我知道你是顶尖大学毕业的硕士,硕士算老几? 我的"大学"是在劳改队上的,那里才是真正的大学,那是人生真正要上的大学,我根本就不值得你写,但是我就是要你写,怎么样? 我告诉你,我随便抖一点头皮屑子,就够你写一辈子的了。

进二仗着酒量,放出狠话来。叶怜忍着自己的愤怒,听他说完这些屁话,就叫老板娘再开一瓶酒上来,她给进二的杯子斟满了酒,又给自己斟满。她看到进二耷拉着的脑袋上,血红的眼睛像两只蚊子,盯着她的脸,她忽然把自己的酒掀翻,倒进装酸菜鱼的盆里,压低了声音,一字一句地对进二说,我告诉你,我写陕西的老农民,也不会写你。

进二接过她的话,我知道你下面还有两句没有说出来的话,我替你说出来,你想对我说,你死了这条心吧,你以为你是老几。你想什么我都知道,不要拿我们穷人当呆子,我知道和你们比,我算是穷人,但是我们穷人也不是好惹的,搞不好,哪天我们穷人就会翻身,打倒你。

进二清醒的时候,把他说过的酒话全忘了,说是酒话,其实也是他内心的真实想法,他对这个社会的分配不公表示出的愤怒,借着酒劲,一股脑儿宣泄到了叶怜头上。谁叫她出生在有钱人家。就是叶怜父亲这样的极少数人,占有了社会的绝大多数人的资源。进二需要一场运动、一场革命,把叶怜之流的人家打翻在地。

进二只看到了有钱人有钱的一面,没有看到有钱人勤奋励志的一面。其实,进二对憨大也是有想法的。憨大上大学的时候,进二已经挣钱养家了。现在,憨大混好了,没想到带着进二一起混,把他弄过去当个一官半职。憨大见到进二还跟过去一样,提都不提这个事。憨大至少每个月要给进二两条好烟抽抽,这是进二心里不舒服的地方。进二没有想到,有不少成功人士的财富,是靠自己奋斗拼搏得来的,而不是上天掉下来的。憨大从小就坐得住,从小就听老师的话,好好读书,长大了勤恳做事,获得社会认可的同时也实现了自己的价值,他们是社会的精英和栋梁,而不是寄生虫。

叶怜知道他的糊涂心思,只是不去点破罢了,现在他又站在叶怜的电脑桌边,看她写稿子做文案,他没话找话地搭讪,写一篇,挣几个钱?不如去写桑拿女,我给你介绍一下。

你抽烟也不赚钱。叶怜的手指头在键盘上噼啪作响,头都不抬地反驳他。

抽烟怎么会赚钱呢?抽烟是因为喜欢,有烟瘾。进二解释。

你不要以为自己是硕士就了不起,我懂的很多你都不懂。

叶怜继续打字,她想如果写作是为了赚钱,那么写作还有什么意思呢?人是要有精神的,如果一个人没有精神和理想,这个人活着也是死了。不过跟进二讲这些,他是听不进去的,他们根本就不是同类人。

想到此,她边打字边对进二说,写稿子也一样,是因为喜欢和有瘾,不写难过。话说到这个境地,进二给叶怜堵得死死的,至此,他再也不劝叶怜去写桑拿女的色情故事,他想抽头赚钱的路是无法通行的。

一天上午,叶怜去酒厂送广告样片,进二给她开车。两个人一语不发,到了目的地,进二把座位放倒下来,腿伸直了,两手抱头打盹。

进二对叶怜说过的酒话,自己记不清,但叶怜对他说的话,我写陕西的老农民也不会写你,他却一直记得清清楚楚,这句话就像鞭子抽打在进二的心上,挫败了他自以为是的信心。进二觉得农民是最穷的人,他在她眼里连农民都不如。虽然叶怜能和他平等对话,但骨子里还是看不起他的。她就是仗着她老子有钱,才这么傲慢。他不明白叶怜的想法,叶怜觉得众生平等。农民勤奋种地,农民养活了城里人,农民才是了不起的人,进二只不过是一个想当寄生虫的混子。

他有点儿恨叶怜,更恨叶怜的爸爸这类有钱有势的人,就是他们的成功衬托了他的不成功,他们的有钱衬托了他的没钱,才导致他的失败感和惊惧感。他们掠夺了这个城市的财富,好肆无忌惮地包养女人。

他用食指从烟盒的底部弹出一根香烟,点着,深吸一口,蹙着眉,心事重重的样子。

今天酒厂的厂长在开会,让叶怜等了好久才见她。叶怜忙完样片的事出来,看进二有心事的样子,就没话找话地逗他,今天你到哪个奶家?汽车在上坡,进二加大油门,无所谓的样子,当然是二奶家。

叶怜说,我真是搞不懂你,你老婆现在瘦得跟过去比,好像换了一个人,越变越好看了,她哪一点比不上你的女友?要身材有身材,要长相有长相,你的女友简直没有一个地方能和她比,你还要拼命和她闹离婚。我都想给你老婆介绍一个比你强的对象,就怕你哪天醒过来,给我一刀子。

进二腾出右手,把落到墨镜上的头发往后一捋,意味深长地说,哎,男人的事,你不懂。心里在想,老子什么好事都落在憨大后面,离婚这件事情也赶不上他。

叶怜头一歪,调皮地说,我怎么不懂?还不是视觉疲劳综合征?

进二幽幽地说,你不知道,要是一个人,他从来不知道世界上还有这种东西,也没享受过,那就算了,就一直过着平凡的生活。可是有一天,他知道了,享受过了,却要叫他放弃,他多难过,享受得好好的,怎么能够放弃?

回到公司,叶怜把进二的这个话,原本地表述给办公室门边的女主管。女主管笑得脸都变形了,声音像弯弯陡陡的山坡。女主管抱着膀子晃着腿说,他的意思就是说,他的二奶床上功夫好。他跟你们小姑娘讲话还是蛮文明的。女主管笑着,弯着腰。

叶怜听了,笑得声音一浪一浪的,像海潮迎面推来。她学着女主管的样子,抱着膀子踢着腿,满房间溜达。

今天下班到单位来接叶怜的,不是她爸爸的司机,而是她爸爸。离下班还有两个小时,她爸爸就来了,说好了要带她去看牙齿,联系好了医生,过来接她。

女主管要出去,进二开车。刚到停车场,进二眼尖,一眼就看到一辆灰色的大奔缓缓驶进来,刚好挡着他的出口。他就脱口骂道,××。

回头看到叶怜也跟在他身后,一个激灵反应过来,打个冷战。心想撞到枪口上了,是她老子的车子。再一看,更是惊出一身冷汗,司机竟然就是她老子。女主管知道他骂滑了嘴,哈哈大笑。叶怜看进二惶恐的样子,也禁不住哈哈大笑,一副幸灾乐祸的样子。

救场向来是进二的强项,他快速跳上单位的车,急打方向盘,绕过旁边的几辆汽车,只见他的汽车在停泊的几辆汽车缝隙中穿行,像赛车手一样赶上叶怜爸爸的汽车,两辆汽车里的人几乎是同时摁下车窗。进二泛青的脸憋红了,从窗户伸出左手直拜,谄媚地笑着对叶怜父女说,对不起,实在对不起,看错人了。叶怜摁下窗户,笑得前仰后合,搞得她爸爸莫名其妙,还兴致不错地对她说,你们公司男有男样,女有女样,个性分明。

在楼下一家店铺等候女主管的时候,有个文身的年轻男人过来,敲进二的汽车玻璃,你挡着我的路,这是停车的地方吗?给老子滚!进二正在看手里新买的刀鞘,西藏买的,镶嵌了工艺宝石,图案对称,纹理精致。他看得入神,听到这话,头都没有抬,就缓慢地抽出一把长刀。对方"滚"字还没说出口,掉头就跑,汽车也不要了,飞快窜进路边的小巷。

第二节　回家

转眼到了冬天,进二还是没有回家。年底一到,巧珍就面临着回娘家拜年的事。平时可以对母亲推托进二工作忙,没有时间,大过年的总不能不回去一趟。巧珍想到这一层,决定抓紧时间,把进二哄回家。怎么哄?想来想去,还是先打个电话给他,探个虚实。

晚上,柳眉在家炒菜,进二帮忙,给她打下手。手机响,一看手机上显示的电话号码是家里的,进二就往厕所躲。柳眉看到了,不露声色,等他睡着后,拿过他的手机,调出已接电话翻看,看到先前的电话,是进二家的号码,柳眉就知道,她的对手,那个女狐狸出洞了。

第二天,柳眉就称病,不去商场上班。快到中午的时候,她赶到进二的公司,坐在进二对面,陪他上班。天天如此。好在公司办公的地方大,做文案和做平面设计的都是夜猫子,白天在家或公司睡觉,夜里干活,老板也知道,从不过问,多一个人少一个人,只要她不吵不闹,随她去。

公司雇的阿姨负责做饭和打扫卫生,都说众口难调,可是这个女人的饭菜做得特别好。她原先是老板家的住家保姆,把老板的女儿从出生一直带到上幼儿园。老板吃惯了她做的饭菜,舍不得辞她,就把她弄到公司来做了。每天,一到中午吃饭时间,各方面的电视制作人和电视台的人就会来蹭饭,大家都夸她饭菜做得好。

没有人搭理柳眉,她除了看电视,有点百无聊赖的样子。有时烧饭的女人跟她搭两句,她会很高兴。开饭时,她就帮着端端碗筷,招呼各个办公室的人。都是大老爷们,知道她是进二的相好,也和她点头打招呼,男人不太计较这些。唯有叶怜,从不正眼看她,好像她根本就不存在。

那天,楼上的设计室只有叶怜一个人。柳眉一向是躲着叶怜的,叶怜在楼上办公,她就坐到楼下。看到叶怜两只手抄在裤子口袋里,咚咚咚一路走下楼梯,她就赶快躲到进二的办公室。

叶怜不论是吃饭还是往 CD(激光唱盘)里插碟片的姿势,无不显示她才是这座办公楼里的主人,柳眉完全是一个外来的侵略者。她还发现,叶怜从来不看广告和新闻以外的节目。叶怜的无言,使得她就像一座耸立在她面前的冰山,叫她胆寒。她渴望叶怜开口,哪怕是友好地看她一眼。到了中午开饭的时间,柳眉上楼梯了,她轻声细气地朝她喊,叶怜,吃饭了。她就等着叶怜"嗯"或是"好"一声,就下去。

叶怜心里是要答应一声的,但是来自叶怜内心深处本能的棍子,把她藏在心底的就要发出来的声音夯了回去。叶怜什么声音也没发出来,只是木然地看了她一眼,眼睛又回到了电脑上。

事后,叶怜觉得自己有点过分,她在心里暗下决心,明天要对柳眉说话。她觉得柳眉没有什么过错,一个乡下妹子,远离家乡,本来就够可怜的。做什么,不做什么,不是她的过错。女人出卖肉体是万不得已的。如果她有钱,她就不会去做小姐,贫穷才是罪恶的根源。爱一个男人没有错,她也有爱的权利。叶怜在心里说服自己。

第二天中午开饭的时候,叶怜就迟迟不肯下楼,她等柳眉来叫她吃饭。柳眉果真"咚咚咚"爬上木质的楼梯,站在门口,硬着头皮朝她喊了一声,叶怜,吃饭了。就仰脸看着叶怜,期待着她的回应。叶怜看着她的脸,憋足了气,想开口搭理她一句,憋了半天,还是什么话都没有说出来,就耷拉下脑袋,把视线滑到了电脑上。

柳眉看她没有回应,转身,急匆匆下楼。叶怜心里有点难过,她想,我这是怎么了?不就答应她一声吗?怎么就绕不过弯来?过了一会,叶怜才磨磨蹭蹭下去,一只手揣在裤袋里,一只手捋头发,挑了一个离柳眉老远的位子坐下,心里觉得自己有点儿窝囊。

吃过中饭,几个人打八十分,三缺一。进二就上楼,喊叶怜下来,叶怜不肯。叫你家二奶上,正好四个人。你不要瞎搞,她连八分钱都数不清,还打八十分,搞笑。快点来,主管在等你。

既然是主管在等,叶怜只好硬着头皮去了。抽牌时,摊到叶怜和女主管是一家,进二和做影视剪辑的韦杰是一家,叶怜笑着对女主管说,我不会打,出错牌你不要骂。

女主管点燃一根雪茄,玩的就是心跳,骂什么人?不要怕,输了是我的,赢了是你的。进二笑嘻嘻地说,你看老板都讲这个话了,你还怕什么?我的这包烟快要抽完了,就等你输两个钱买香烟。

女主管起身去拿烟灰缸,坐下来后,大腿跷在二腿上,咳嗽起来。她眯着眼睛对叶怜说,雪茄有点呛。你爸爸他们在西郊的项目做得怎么样?是别墅吧,过两天我想去看看,搞一套独栋的,视野好的。

叶怜边摸牌边说,是别墅,已经做到三通一平了,我回家跟我爸说一声,给你留一套视线好的。进二听两个女人的对话,心里有点酸,她们过得滋润。他不舒服,他要在别的地方胜过她们。

韦杰的牌洗好了,摸牌时,叶怜的手气特别好,想要什么牌就来什么牌,她不会算牌,老是出错牌。进二就调侃她,你怎么老是帮我打你对家?你调什么主?我谢谢你。叶怜总是出错牌,可她们这一对还是接连跳级,一口气冲到老K。

进二说,没的办法,这就叫命,命好的人,摸牌都是要山得山,要水得水,哪像我们命不好的人,喝口水都卡牙。叶怜眼镜片后的眼睛一翻,反驳道,人家命都比你好,人家只有一个老婆,你命不好,大奶二奶团团转,三奶还在等你选。

进二一听这话就得意了。叶怜知道这话进二听了受用,故意讲给他听,女人多,是他最爱炫耀的事,他说过,男人活着,忙来忙去,最终不就是为了多搞几个女人?

进二起身去倒茶,这间隙,女主管笑得一脸暧昧,她趁机说,这算什么熊本事?韦杰附和道,是这个话,搞得后院一团糟,算什么本事?

这时,进二端着茶杯回来,几个人就转换了话题,摊到韦杰出牌,甩牌的时候,一不小心,把进二的茶杯打翻了,茶水泼到叶怜的手机上。她赶紧拨打电话,却不知,受潮的手机一打就短路。

进二看见,说,手机坏了吧,我有一个修手机的朋友,我帮你去修。叶怜把手机递给他。过了两天,进二说,你把发票找来,我带你去厂家修。

叶怜把发票给他后,迟迟不见消息,她等不及了,天天唠叨这件事。韦杰听到了,脸上就挂不住了,他跟叶怜说,我赔你一个新手机算了,中午吃过饭,我们两个去买。叶怜爽快地答应。

中午,叶怜坐在韦杰的摩托车后面,两个人去了手机商场。看了一会儿,选了一个带拍照和录音功能的,叶怜拿在手上把玩,很喜欢的样子,她对准韦杰,拍了一张他和女营业员说话的照片。韦杰也觉得这款手机不错,就和叶怜商量,两个人定下来,买这款手机,他跟在营业员后面,去收款柜台刷卡付钱。买好手机,两个人回单位,一路上,叶怜都很兴奋。

快下班的时候,叶怜找到会计,要韦杰的工资卡卡号,把买手机的钱,划转到韦杰的工资卡上。

韦杰月底收到银行的对账单,发现买手机的钱多出来了,估计是叶怜干的,却不问她,什么都不说,心里对叶怜很是敬重,处处护着她,每次去超市买烟,都要给她带回一只"可爱多"牌子的蛋筒。"可爱多"三个字,代表韦杰心里对叶怜的想法,他一看到冰柜里的这种蛋筒,就会本能地联想到叶怜。

晚上,叶怜加班,韦杰打电话叫饭店送外卖,点的全是叶怜爱吃的菜。韦杰对叶怜有一种姿态,在手机事件以后摆了出来。在外人看来,以为他是她的男朋友,进二感觉到了,就怀疑他们两个有一腿,他看韦杰的眼神怪怪的,目光就像一根一根的刺,竖在那里,却不敢戳进去。

每次韦杰因公用车,他都要找借口,尽量不出车。韦杰喊叶怜一起去学驾驶,两个人单独在一起的机会多起来。进二看在眼里,伺机报复。

过了一段时间,进二把叶怜的旧手机还给她。她都忘了手机这码事,进二说,主板烧坏了,修不起来。韦杰知道后,就悄悄拿去修,修的人打开手机说,你的主板被换过了,手机已经没有用了。

第三节　智取

巧珍记挂着过年回娘家的事,自从上次给进二打过电话,就再也找不到他。思来想去,还是到他单位去找找看。为了万无一失,去之前,先打个电话联系一下。

电话是叶怜接的,叶怜听出是巧珍的声音,就用手捂着话筒对进二道,你家老大。进二听了又眨眼睛又摇头,朝她直摆手。叶怜就对着话筒说,他现在不在,出去拍片子了。巧珍急切地问,什么时候回来?进二就朝叶怜摆手,叶怜说,不清楚,你打他手机问一下。

过几天,巧珍又打电话来,刚好是进二接的,这下跑不掉了,进二不敢当着柳眉的面和老婆说话,就故意朝楼上喊,叶怜,电话。楼上楼下本是一个号码,叶怜刚拿起听筒,进二就挂了。

柳眉没有发现这个破绽。进二怕老婆再打电话过来,躲到男厕所去。他在厕所用手机给老婆打电话,他说,我都忙死了,你找我干什么？巧珍在电话里笑,哈,哈,天冷了,你一个人在外面,我不放心,老妈也怕你冻着,叫我把你的毛衣和棉袄送过去。

最近天气转凉了,进二这段时间确实有点冷,冬衣都在家,没有带出来,巧珍要把衣服送过来,表示巧珍已经想通了,她送衣服来的话,刚好谈谈离婚的事。想到此,进二说,除了衣服,再带一床宽一点的厚被子来。

第二天晚上,巧珍就扛上一大包冬衣去了。开门的女子是和柳眉合租两间房子的,也是过去和柳眉在一家洗浴中心做桑拿的,巧珍不认识她,她听说是找柳眉的,就朝柳眉住的房间努了努嘴。

巧珍也不客气,径直朝柳眉的房间走过去。巧珍推开虚掩的门,看到柳眉正在屋子中间炒菜,满屋子的油烟,辣椒炒腰花已经装在盘子里,正在炒的菜是韭菜炒鸭心肝,都是进二平时爱吃的下酒菜。

柳眉炒好菜,随手关了火。她摆出一副女主人的姿态,对巧珍说,外面怪冷的,你吃了再走。进二把两盘菜放好,就去床肚子底下拿啤酒,巧珍也不推辞,三个人在床边,围着两张方凳拼起来的桌子,坐了下来。

巧珍端着饭碗,一边慢慢吃,一边和柳眉说一些天气之类的话。吃过饭,既没有吵也没有闹,客客气气地走了。搞得进二一头雾水,他想和她谈离婚的事情都没有机会。柳眉也在想,几个月不见,这个狐狸精怎么瘦成这个样子？她的葫芦里到底装的什么药？

曾经水桶一样身材的巧珍,如今变得这么瘦,原因有两个:一是少吃和锻炼,二是内心深处的焦虑。白天,她是忙忙碌碌的样子;到了夜里,独守空房,伤心的魔爪,每夜都抓得她遍体鳞伤。怎么回家和老妈交代？怎样才能渡过这一关？巧珍头疼。她觉得自己一个人无所谓,他不肯回头,也不是她能左右的。现在,老妈在邻居面前抬不起头来，她不能再给老妈丢脸。

既然已经瘦下来，她就特别注意保持住。荤菜基本不吃，每周要去美容院做两次美容，天天抽空去体育馆跳健身操。她原来是新区村委会的妇女主任，主管计划生育工作。现在，村里的土地给国家征收以后，村民大都上班去了，她的工作就轻松多了，村里又有了钱，划归街道管理以后，村里的干部急需提高文化知识和觉悟。这时，村里刚好分到一个上党校的名额，她就积极争取到这个名额，她去上党校。在党校上课的这段时间，巧珍的生活变得充实起来，气质也在不知不觉中有所变化，对付柳眉，更讲究方法。她基本上不会跟柳眉发生正面冲突，还主动给柳眉送过被子。

过了几天，天气预报寒流要来。柳眉的床铺底下垫得很少，她用钱很节俭，手头一向比较紧，床上除了床板，只有一层旧的发花的破布毯子。晚上，两个人睡到下半夜，越来越冷，她也能将就。进二提醒了她好几次，她都舍不得去买一床棉花胎来垫。

白天，进二到了单位，心里暗自盘算。他对叶怜说，柳眉做也做了那么多年，家里面再穷，再怎么样也该有点积蓄，少说十几万要有的。你看她什么首饰都没有，多一双鞋子都不会买，一个夏天就尽着一双凉鞋穿，连个换脚的鞋子都没有，这么省，肯定有钱。她跟我说过，你不要烦，等我们一结婚，我就去买一套房子，再也不跟人家合租房子住，连个厨房都没有。我就问她，你有多少钱？现在的房价涨成这个样子，你还买得起？她说，你不要烦了，我们会有房子住的。

叶怜说，你问问她到底有多少钱，你也好有个打算，她要是没有钱，你将来怎么办？进二说，是哎，她始终不和我说实话，我也搞不清。最近，我老婆娘家要拆迁，一拆迁的话，估计能分到几百万的拆迁款。我要是跟她离婚了，一分钱都拿不到。她两个姐姐都离婚了,她妈给两个女婿气得不轻,一分钱都不会给她两个姐姐的。老太也没儿子,现在身体又不好,就靠我家老婆伺候她,等她腿一伸,这么多拆迁款不给我,给哪个?

表面上,叶怜在跟进二分析柳眉的积蓄,骨子里,她对一个男人总是盘算女人的钱财,特别是柳眉的血肉钱,心里充满了蔑视。这个时候,她对柳眉产生了同情。自己挣的钱吃光花光,他完全是为自己享乐活着,仅仅是身体的欲望,他过得像动物一样,他是他身体的奴隶,他是一个没有精神的人,只有欲望。最重要的是他仇视社会上的精英阶层。父亲虽然是做地产的,父亲并不是有钱人,父亲和进二一样是打工的,拿工资,早起晚归,承担着很大的责任。世界上很多体面的人都是像父母一样的辛苦的人,为什么辛苦的人,一年忙到头,还要被进二忌恨?

老婆家的拆迁款,对进二来讲是一个很大的诱惑。他想,有了钱,什么样的女人找不到?再跟柳眉这样混下去,上半夜热火朝天,下半夜冰天雪地的,也不是长久之计。再提离婚结婚的事,进二心里的小九九,时不时地要盘算一下。

憨大知道他的小算盘,不去说破,只是讲一些场面上的话。憨大知道进二对自己有想法,对母亲的房子也有想法,只是碍于母亲还活着这个因素,没有提到议事日程上来。憨大混得好,母亲的房子当然应该留给进二。憨大上大学的时候,是进二开出租车养家的,就凭这一点,憨大也不应该和进二计较。这是进二自己的想法。

早年,进二借机套碧霞的话。碧霞跟进二表态,你家的家事,轮不到我管。你妈爱给哪个给哪个。你妈要是给我留什么,我全部给巧珍,你家老二、老三,见鬼去。

柳眉跟着进二上班有一段时间,这段时间,她没有发现他有什么情况。天天这样混,没有收入,也不是办法。柳眉是个要挣钱的女人,她小时候穷怕了。她去找过去玩得好的小姐妹。小姐妹介绍她去善西路的一家美容院做服务员,去美容院美容的多是一些女人,对这个工作,进二是能接受的。

柳眉去美容院上班的事,巧珍第二天就知道了。这个世界有的时候很大,大得很多人一辈子都不会碰面;这个世界有的时候也很小,不想见的人,总会狭路相逢。自从老公嫌巧珍胖,和柳眉混在一起以后,巧珍就在这家美容院办了一张包年的美容卡。

柳眉跟在领班的后面从她身边走过的时候,按摩师正在往她的脸上涂一层厚厚的咖啡色的海藻泥。柳眉当然不会注意到她,但是她是非常注意柳眉的,当她发现柳眉在这里上班以后,她感到机会来了。她出了美容院以后的第一件事,就是给进二打电话。

她故意用嗲兮兮的腔调说话,老公,你大后天要过生日了吧,我打算送你一件礼物。进二一听,飞来的好事,怎么能够拒绝? 就问她,什么礼物? 巧珍说,我带你到泰宝银楼去挑,拣你喜欢的买,怎么样? 进二一听这话,就赶紧问,你说话算数?

巧珍看他上钩了,嗲得自己都忍不住笑起来。巧珍说,我们村子的地被征收了,村委会现在有钱,刚给我们村妇联发了年终奖,不少呢,这下你相信了吧。今天,趁我二姐在家照顾我妈,我没事,陪你去泰宝银楼。

进二一下班,就赶到泰宝银楼去。他注意到,好久不见,巧珍瘦多了,一点都看不出来往日肥胖的痕迹。今天,她打扮得很漂亮,头发染黄了,直直的,像瀑布,从肩上一直流泻到腰际。她穿了一套时尚的职业套装,端庄又大方。她过去是从来不晓得打扮的,现在,人一瘦,看上去就有一种亭亭玉立的感觉,进二的心里,已经好久没有对妻子产生过这样的感觉。

她早就来了,已经转了半天,看到进二进来,就陪他又转了一圈。她想给他买一枚钻石方戒,但是进二不要,戴戒指的男人是俗气的,没文化的男人才戴个大方戒。

　　况且他的手指上还文有黑字"巧珍我爱你",怎么洗也洗不掉,再戴个戒指,更难看。他在每个柜台转了一圈后决定,买个金项链。

　　进二挑选了一根又一根项链,挂在脖子上比试,总觉得不够宽,不够大。营业员觉得这是一个有钱的主儿,客气得不得了,也不搭理其他的顾客,就围着他一个人团团转。

　　这正合进二的心意,他要的就是这种感觉。最后,他叫营业员到仓库,找了一根最粗的拿出来,给他戴上。他在镜子里看见自己的脖子上金灿灿的一圈,真亮,真炫。

　　巧珍想笑他,却用劲抿着嘴,最后还是忍不住笑出声来。巧珍说,跟我们家拴狗的链子一样粗。进二说,要的就是这个效果,怎么样?狂粗。

　　进二说"狂粗"两个字的时候,泛青的脸上,胡子楂朝外喷着一股股热气,两只眼睛亮得像刀,暧昧的眼神朝女营业员喷射,嘴一努,嘬过去,都要碰到人家的脸了,自我感觉好得不行。

　　两个人离开泰宝银楼的时候,天色已经不早了,到哪里去呢?老婆刚给他买了这么粗的项链,他也不好意思说走就走。我请你去南圩路的鱼馆吃酸菜鱼怎么样?

　　巧珍心里面想,你都不知道和柳眉去了多少次,老板娘都知道你找了个二奶,你不嫌丑我还嫌丑。但话到嘴边又咽了下去。她知道她只要一提到柳眉,他就会变脸,跟她来真的,那样,她的计划就全泡汤了。

　　小不忍则乱大谋,这是母亲在病榻上对她说过的话。两个姐姐离婚的事,把母亲搞伤心了,母亲变得有点神经质,再也经不起任何打击。母亲病了这么久,进二从来没有去看过一次,她每次都骗母亲,说进二去外地拍片子了。母亲一副唉声叹气的样子,似乎已经嗅到了什么不祥的兆头。

她顺势对他说,我妈病了这么久,在床上老是念叨你,你也不去看看她。今天我二姐在家烧饭,你想吃酸菜鱼的话,我就打电话叫她烧,我们一起回家吃,顺便看看我妈。我家的房子拆迁,已经和拆迁办谈好了,能拿几百万拆迁款,够我们买两套新房子,到时候,你只要不离婚,我妈肯定会给我们一套。

才买的金链子,话说到这个份上,不去也找不到恰当的理由,只好跟了巧珍走。进二到了丈母娘家,老太太一看到女婿来了,喜出望外,硬撑着要坐起来。进二就过去,把老太太抱起来,又往她背后腰部垫了一个枕头。二姐热心地忙前跑后,给他泡了杯茶过来,站在他对面,一个劲地夸他的项链好看。二姐说,衣服是新的好,老婆是旧的好,只有老婆对你才是真心的。进二接茬,那当然,老婆就像鞋子,虽然穿旧了,但是不磨脚,舒服得很。老太太听了这场对话,心里踏实多了,精神也好起来。

晚上,二姐陪他们吃了晚饭,要赶回家照顾小孩,就急匆匆地先走了。平时都是巧珍在家陪老太太睡觉,铃铛有进二母亲管着。今天,老太太看他们成双入对的,也不忍心分开他们,就劝女儿和女婿一起回家。

进二这么忙,能来看看我,我已经满足了,我也没儿子,三个女婿就剩你一个了,他们都不听话,提起来,我就生气,气死我。我这个病,就是给他们气出来的,还是我们进二好,不像他们。你要好好和巧珍过日子,她有不对的地方,你跟我说,我管她。进二呀,天不早了,你和巧珍回去吧。

巧珍不放心母亲一个人过夜,又怕进二跑掉。两个人犟不过母亲,只好双双回家去。

进二在心里盘算,这会儿去柳眉家也没好日子过,她肯定要对他三堂五审的,还睡什么好觉?不如就跟老婆回家算了。老妈和铃铛也许久不见了,回去后住一个晚上,明天顺便再拿一床垫被到柳眉家。

第四节　隐身

这边,柳眉在家急得团团转,坐在床上,饭也没吃,一个劲地狂打进二的手机,他的手机要不是事先关机了,早就给柳眉打爆了。柳眉找不到他,最后只好打到他单位。韦杰接的电话,说进二早下班了。柳眉一听这话,心里更急了。

第二天早上,进二一到单位,老远就看到柳眉站在门口等他,柳眉侧着身子站的,还没有发现他。他刚好转身就跑,跑到一个售报亭附近,躲在报亭的后面,掏出手机给单位打电话。电话是叶怜接的,他对她说,我家老二正站在单位门口,她等不到我,就会进去找,你跟她说,我昨天晚上的飞机,去东北拍大豆的广告片了,什么时候拍完什么时候回来。说完,进二就钻进隔壁的一个小区吃馄饨去了。

柳眉等了好久,不见进二来上班,打进二的手机,死活没人接。柳眉想,哼,我用你办公室的电话打,看你接不接。柳眉熟门熟路地进去。电话一拨通,进二接了,一听是老二的声音,吓傻了。不过他很快就镇静下来,他故意夸张地擤了两下鼻子说,这个鬼地方,真是冷死了。是柳眉啊,我都忙死了,我在东北拍大豆。

柳眉说,那你刚才怎么一直不接我的电话?怎么不和我说一声就走？打手机老是关机，急死我了。

进二嬉皮笑脸地说，我刚才在拍片子，哪能听到？要趁早晨的阳光，赶快拍，等会儿说没太阳就没太阳。再说，你不知道坐飞机不能打手机，当然要关机。才走一天你就想我了？

柳眉说，你少来这一套。挂了电话，柳眉还是不放心，她有点不相信他的话，女人的直觉叫她又拿起了电话，打到他家里去问，是他母亲接的，他母亲说，他到东北去了。柳眉这才相信，他没有给狐狸精拐跑。

柳眉是敏感的，一觉睡醒，她开始怀疑进二的话，拍大豆要拍这么多天？说不定跑到哪个桑拿房里鬼混去了。她去一些桑拿中心挨个找，她干这个行当多年，当然到处都有她的耳目，她通过小姐妹的内线，很快就摸到了进二的踪影，进二又有了相好的，是个新来的小姐。

柳眉知道小姐的情况后，打电话告诉巧珍，想联系她一起去抓。想不到巧珍却说，我讲的吧，他根本不可能爱你，你不相信，他不过是三分钟热气，过了就算了，他对我这个当老婆的都这样，对你又能怎么样？他要是两天不找小姐，他就不是进二，你要清楚这一点。他找过的女人，多得我都数不过来，随他去，我烦不了，我要去跳操了，来不及了。我挂了。

柳眉讨了个没趣，又不甘心。人到绝境就会像一个掉进大海的人，哪怕抓到一根稻草，也不放过。柳眉硬着头皮去找叶伶，请她看到进二立刻告诉她。她给叶伶送了一束从街边买的栀子花。叶伶看着花，嗅了一下，真香。她有些害羞地笑了一下，把花插到啤酒瓶里，柳眉去给啤酒瓶灌满了水。

第五节　离间计

　　进二过完生日以后,差不多就要过年了。他自从泡上新的相好以后,就完全躲着柳眉。柳眉把他看得太紧,总是把他像皮带一样系在腰上,时间一长,新鲜劲过去,进二有点不耐烦。他是一个要享乐的人,怎么能始终耗在柳眉一个人身上?算算看,还不如回家自在,回家要比和柳眉在一起舒服,只要他能回家,老婆就会迁就他。只是柳眉老来找他,他夹在几个女人之间,久了,也有点烦,搞不好就是一身臊。

　　只要进二不在外面乱找三奶,柳眉也认了。既然两个女人都不闹了,他就在她们两个中间找平衡。两个女人都想拴住他,把对方逼走,两个女人下了班就到他单位等,哪个来得早,他就跟哪个回家,两边住。

　　他私底下对叶怜说,不要看我潇洒,这种日子也很累,像猫捉老鼠似的,每天下班都要乖乖回家,不管回哪个家,天天回家也没有意思,不像以前,下班我们还能一起到南圩路去吃酸菜鱼,想到哪块玩就打个的过去。哪边新来了小姐,就跟韦杰过去尝尝鲜,现在搞得像坐牢一样。

　　看似随便一句话,叶怜一听到"韦杰"两个字,脸顿时就变了。她有点不相信,又有点怀疑。叶怜是敏感的,眼里容不得沙子。这是年轻姑娘的单纯之处,她怎么会想到,这是进二精心编制的一个局,让她上当,离开韦杰。韦杰小心翼翼地拉着她的手,刚刚朝前迈开的一步,给进二不经意间的一棍子夯了回去。韦杰约叶怜下班看电影,叶怜说要加班。韦杰前脚走,叶怜后脚就走了。屡次碰壁,韦杰得出一个结论,女孩善变,不跟她们一般见识。

第六节　过年

按民俗,大年三十的晚上,多数人家要在自己家过。现在生活条件好了,有不少人家在饭店预订包间,举家去饭店吃团圆饭。但是,饭后还是要回自己家的。进二在自己家。柳眉没有回乡下的老家,但进二怎么可能和她两个人冷冷清清地过?进二的老妈也不同意。传统意义上的民俗对进二还是有约束的,他喜欢热闹,所以会回家过年。

碧葭和巧珍已经忙了一下午,菜基本上都炒好,陆续端上桌子,就差个鸡汤还没有上,鸡汤在炉子上文火炖着,吃得差不多时,再热气腾腾地端上来最好。

巧珍在准备碗筷和酒水。柳眉笑盈盈地拎着大包小包进来。伸手不打笑脸人,大过年的,又是三十晚上,都讲个团圆和喜气,怎么好意思撵她走?不管怎么说,她一个人在石库城,怪可怜的。

老太太去接她手上的礼物,她笑眯眯地喊了一声,妈妈,不好意思,买少了。老太太撑她,买少了,下次多买一点。进二听了,笑起来打圆场,想不到老妈你还蛮幽默。

炉子上的老母鸡汤,因为过年,格外讲究,放了鲍鱼进去。热气飘出来,香味弥漫了整个屋子。柳眉在进二身边坐下,巧珍坐在老太太边上。憨大给大家的酒杯倒满酒,红酒、白酒,各种饮料,气氛就热乎起来。

先是憨大夫妻站起来给老太太敬酒,说了祝福的话,然后他们叫女儿小乖敬奶奶一杯。小乖慢吞吞地站起来,想跟奶奶干杯,碧葭说,你要跟奶奶讲一句恭喜的话才行。小乖憨了一会儿,想不出什么适合的话。碧葭不让她坐下,非要她讲。铃铛神气,他拽拽姐姐的衣角提醒,你就说祝奶奶新年万事如意,长命百岁。小乖学舌说完,喝了杯子里的可乐,方才坐下来。

轮到进二一家给老太太敬酒,进二刚站起来,柳眉就跟着他站起来,巧珍的动作慢了半拍,但她还是和进二一起端起了酒杯。碧葭不依了,碧葭瞪着眼睛,凶巴巴地说柳眉,你站起来干吗?坐下。人家一家敬酒,等人家敬完了你再敬。

柳眉喜气洋洋的脸瞬时就耷拉下来,她极不情愿地坐了下来。巧珍在心里笑,但是,巧珍却没有看着柳眉笑,她把满面的春风从碧葭脸上吹过,再吹到老太太这里。老太太没有女儿,把巧珍当女儿养,一向是心疼这个小媳妇的。老太太偏心,平时碧葭就不高兴,回来吃饭的时候,见到巧珍也是不冷不热的,知道进二搭上了柳眉以后,还有点幸灾乐祸。现在,碧葭看到柳眉竟然坐到家里的团圆饭桌上来,心里就不对劲,巧珍治不了她,碧葭则没有顾忌。

以前,谈恋爱的时候,憨大多么单纯,从来不会多看一眼街上的女子。自从跟进二、大宝搅和到一起,整个人像是变了一个模样,油头粉面,寻找一切机会出入寻欢场所。去马鞍头洗桑拿,家里的一大串钥匙丢到桑拿房。找过小姐,还要绘声绘色地讲细节给碧葭听,好像是多么荣耀的事情。憨大不知道,碧葭也是普通女人,她也有普通女人的心理。她的忍耐和包容也是有底线的。这种寡廉鲜耻的样子,使得她对憨大彻底失望。她决定以牙还牙,你出轨我也能出轨,凭什么女人只能承受,不能反抗?她要用自己的方式反抗他。

以前,碧葭和巧珍之间是妯娌之间的矛盾,属于人民内部矛盾,可以调和。柳眉的插入,就是敌我矛盾。虽然柳眉跟她坐到一张桌子上来吃饭,但并不代表柳眉跟她是同类。她被迫接受了柳眉的入侵,并不代表她们在道德层面上一致。

进二夫妻敬完了酒,铃铛就迫不及待地站起来,他和奶奶碰了一下杯子,大声地说,祝奶奶福如东海,寿比南山。老太太笑得那个开心,老太太说,就冲你这句话,奶奶也要多活几年。终于轮到柳眉说祝福的话了,她说什么好呢?她忽闪着睫毛,十个指甲尖也像睫毛一样翘着,涂了白颜色的指甲油,拇指还做了花甲,她想了想说,又到新的一年了,旧的不去,新的不来,祝妈妈十全十美,新新(欣欣)向荣!

说完,柳眉得意地坐下来。这就挑衅了,大过年的,让你回家过年已经是退让了。巧珍怒了,她刚要反击,进二抢先开口了,他擅长打圆场。他讲了一个牌桌上的笑话,扯远了,他不想让巧珍开口,也不想让柳眉在这个饭局上再有什么表现。他跟憨大一唱一答,像演二人转一样。母亲开心,两个孩子笑声朗朗。碧霞等着巧珍对付柳眉,她择机帮她撑她。巧珍却始终没有等到机会插话。

老太太一脸糊涂,心里是清楚的,反正都是儿子的女人,有什么对和错。等到她们到了自己这样的年纪,就不会吵了。蹦来跳去的都是些小猫崽子,哪个老猫不是躲在一边晒太阳?

碧霞给巧珍搛菜,眉飞色舞地说,弟妹你辛苦了,平时都是你在家照顾妈,今天你要多吃点。柳眉显然被冷落了,进二就给柳眉搛菜,进二的筷子刚把菜搛到柳眉碗里,碧霞的眼神就不对了,碧霞把眼睛瞪得像那个来自加泰罗利亚的画家达利,圆鼓鼓的,一动不动地瞄准进二,仿佛在警告进二,你再搛一筷子看看,你要是再给她搛一筷子菜,我的眼球就会变成子弹,把她击碎。

憨大赶紧给碧霞搛猪肘,这个菜是美容菜,你要多吃。碧霞矫情地说,你当我是乡下人啊,能吃那么多肉。憨大哄着说,这皮你吃了,肉我来吃好不好?

憨大在饭桌上压着妻子,她今天有点不像话,总在伺机挑衅。

憨大不给她开口说话的机会,兄弟两个不停地在三个女人之间救火,这顿年夜饭一波三折,总算是勉勉强强地吃完了。

晚饭后,老太太给两个孩子压岁钱,一人一个红包,装在红颜色的纸袋里。柳眉也去给两个小孩压岁钱,红纸头包好的,一人一个。小孩子不会客气,各叫了一声阿姨好,就把红包装在身上了。

憨大一家走的时候,碧霞把进二叫出去,她把柳眉给的压岁钱摔给他,碧霞说,你还给她,我们拿她的压岁钱算什么。碧霞前脚出门,后脚嘴里还叽叽咕咕地唠叨,不明不白的,算什么东西,老妈也是糊涂了。

憨大一家才走,进二就跑到朋友家打麻将去了。柳眉跟在巧珍后面收拾碗筷,刷锅洗碗。老太太和铃铛看春节晚会。两个女人手脚麻利,在家务活上配合默契,谁也不甘心输给谁,都表现得很利索,一会儿工夫,厨房的杂事就忙好了。

洗过手以后,两个女人前后出来,走进客厅,坐在老太太边上,一起看电视。11点不到,老太太就带铃铛去洗漱,洗完,先睡觉。

第七节 除夕夜

两个女人在看电视,彼此不说话,心里却在较劲。巧珍想,老太太都走了,你怎么还不走,要我撵你走呀,真是厚脸皮。

柳眉却想,进二怎么还不回来呢?早知道这样,就不洗碗,和他一起去打牌了。

新年的钟声敲响之后,巧珍想,好了,这下该走了吧。可是,墙上的钟都过了十分钟,她还是不走,而且坐得更舒坦的样子,她的屁股好像粘了胶水一样,纹丝不动,她还在津津有味地看电视。巧珍就沉不住气了,她不停地换频道,故意叫她看不起来,好像是自言自语,又好像是对柳眉发逐客令,她说,我困死了,我要睡了。

柳眉装着什么也听不见。她的耳朵像聋了一样,心里透亮,脑子快速转动,心想,今夜良辰,我怎么能将进二拱手让给她,他们两个团圆倒好,我一个人,孤魂野鬼似的跑回家算什么。我不走,坚决不走,我要等到进二回来,不把他带走不罢休。她抬头看了一眼床上,宽大的席梦思床上,铺着松软的花被子,巧珍已经躺在被子里。一想到进二回来会睡到她身边,柳眉嫉妒得一头恼火。

巧珍伸手拽住被角蒙住头脸,她睡不着,也不可能睡着。她在心里盘算,她老不走也不是回事,但是,如果她走了又会怎样?她肯定不会一个人回去,如果硬逼她走,她就会去找进二,她找到他的话,就会把他带走,我岂不是失算了?这样想来,她还是不走的好,就在我的眼皮子底下,看她能怎么样。想到这里,巧珍就爬起来对柳眉说,天不早了,进二还不晓得什么时候回来,你就先睡吧,不要等他了。

巧珍去大衣橱,找出一床盖的被子,又去外间抱了床垫的褥子,给柳眉搭了地铺。柳眉也困了,已经给她台阶了,就顺从地铺了床铺。这一夜,两个女人相安无事。屋子很安静,进二一夜未归。

当地的习俗,大年初二回娘家拜年,巧珍的娘家和别人不同,她的娘家只有一个生病的老母亲。昨天,大姐回家陪母亲的,今天轮到巧珍,她把家里的情况跟柳眉说了,希望她知趣一点,柳眉也表现得很谅解的样子,那我就先走了。

柳眉走了以后,进二才回来,看样子他赢了不少钱,一夜没睡,还是精神抖擞。夫妻两个人约好了,吃过中饭就回娘家拜年,巧珍已经准备好了礼物。

这时,进二手机响了,只听见一阵急促的断断续续的声音,进二呀,我已经吃了一百颗安眠药,我不想活了,你再也见不到我了。

站在一边的巧珍听出来了,是柳眉的声音。进二的脸色说变就变了,他对妻子说,我要去救她,晚了就来不及了。

巧珍说,骗人,我才不相信,她上次就说吃了一百颗安眠药,结果呢,全是假的,真想吃的人是不会跟你讲的,到处讲的人,就是不想死的人,你不要再上她的当。

进二猛地推开妻子,他一路狂跑,他说,不管真的假的,我都要去看看。

巧珍在后面猛追,你回来,我妈在家等你去拜年。眼看着进二跑远了,他跳上一辆出租车,她追不上他了。她两腿一软,身子扑倒,跌坐在路牙上,绝望得不知道如何是好。

第四章　蛀洞

第一节　消失

碧荙赢了官司，失去了升迁的机会。以后，还会不会有机会，什么时候轮到她，很难说。她有点沮丧，心情不好。她把最深的痛藏在心里。谁能理解她？这是一个无解的痛。父亲一日不如一日，他期盼自己快点死，他似乎知道了大宝夫妻的案子，又怕知道这样的结局。大宝夫妻半年没有回家，电话也没有，视频更谈不上。对外，陈桂芝总是说大宝夫妻两个办理移民，需要长期住在美国；对内，唉声叹气。

一个人最深的渴望，是获得另一个灵魂的注视与爱慕。比如母爱，抑或夫妻之爱。这些，碧荙没有过。这是命。她是别人眼中的成功者，却是自己内心的失败者。独立的人，注定要孤军奋战，以此抵御孤独。憨大爱过她吗？没有。他只爱自己。憨大不这样认为，但是，憨大也不觉得自己爱过她。憨大现在只是离不开她，越来越把她当作自己的一部分。母爱更别谈了，陈桂芝从来就没有爱过她的孩子，她像一个癫狂的人，控制周遭的一切。他们这一代人多少都有点陈桂芝的秉性。她知道大宝进去以后,第一反应是对着碧苕咆哮,我以后怎么办?哪个给我养老!碧苕听到这样的话,心里更难受了,她希望母亲至少是爱大宝的,到头来,她发现母亲更爱自己而不是大宝,她一点不关心大宝的情况,大宝的生死与她无关,她只关心自己的生死,她对母亲感到了至深的绝望。每晚在灯下读佛经,懂的,不懂的,一一念过去,像学生背古诗。深夜里,躺在床上,仿佛有一千条木鱼穿过她的大脑。

进二和碧苕行走在医院的急诊室,他们去找憨大,这次是进二找碧苕陪他一起,憨大已经失踪好几天了,他们在医院找到憨大的时候,才知道憨大醉酒跌倒,脑出血,那帮酒友把他送到医院就鸟兽散去。憨大虽然脑部出血,思维却进入了新的模式。夜里,浴室门口,地面有液体,混乱,交错。细辨,是稀释后的血迹。地砖上有物体爬过的迹象。憨大疑惑,站在门口发愣。哪来的血?他在思量,她已经过了青春期,过了在特定的日子,一不小心,大腿根部的血块顺着裤腿流下来的年纪。那个年纪,是女人生命力最旺盛的时期。现在,她枯萎了,像栀子花凋谢后的花瓣,蜷缩在枝头。

疑惑间,他回到卧室。听到他错乱匆忙的脚步声,她翻身醒来,慵懒地拖长了音调,憨大,你干啥?吵死了。

地上的血,怎么回事?憨大的语调有些结巴。听说有血,碧苕紧张,爬起来,跟在憨大身后,两口子在卫生间门口愣住。女人反应快,凭着直觉,她指着水桶说,你检查一下水桶里面的黄鳝,数一下,是不是少了。

他的手伸进装黄鳝的水桶,几条粗大的黄鳝蜷缩在一起,纠缠不清。他昨天把黄鳝放进桶里的时候,数过,是七条。现在,他抓住一条,黄鳝在翻卷,身体黏糊,挣扎。黄鳝柔软的身体有一股隐秘的力量,不可低估。终究是逃不过男人的手掌。黄鳝被抓到盆里。就这样,一条一条抓过去,数过,只剩下五条。一夜间,少了两条。该是越狱的这两条撕咬的痕迹。

碧葭现在吃素,信佛。她的佛教徒友人喊她皈依,她却迟迟没有皈依。她是一个较真的人,一旦皈依,她会完全按照教义去行事。比如,佛教徒是不能杀生的,这点,她想做到,却做不到。夏天,一只蚊子叮在她脸上,她甩起一巴掌,打死了蚊子。不使劲打死咬自己的蚊子,她要修炼到什么时候才能做到,很难预估。一个夏天,她会打死好几只蚊子。坐在草地上,对那些爬到她脚面咬了她一口的蚂蚁,她也会本能地踩死它,这是她从小就习惯的动作。现在,这么大年纪,叫她改掉这些小动作很难。本能、习惯,很难改变,她不可避免会杀生。杀了,就会愧疚,谴责自己,这种不断谴责自己的循环,不是她信佛的初衷。

端午节,石库城的人时兴吃苋菜、烤鸭、小龙虾、黄鳝、咸鸭蛋,俗称"五红"。这天,憨大去菜市场买了这几个菜。回家后,他拎着水萝卜一样粗的黄鳝,有些讨好意味地说,我们一年苦到头,节俭惯了,今天过节,犒劳自己一下,你不要嫌贵。

碧葭关注的不是黄鳝贵不贵的问题,和钱相比,这些黄鳝的性命更重要。憨大吃了那么多条性命,显然,对憨大来生不利。但是,他不自知,压根就不信这些,如果说出来,还会惹他不高兴。何必扫他兴致?这么大年纪的女人,知道求同存异。

碧葭蹲在地上,用湿纸巾擦干净地上的血迹。憨大看下水道的落水管后面有黑影,伸手逮住一条黄鳝。下水道的盖子是金属镂空的,中间坏了一个洞。也许,另一条从这个洞里逃生了。他去阳台找了一根塑料电线管,对准洞口,轻轻地捅下去。似乎有软物抵住,拿电筒照看,白色的落水管只看见黑色的水面,软物又变成弯头转角,硬了起来,硬的水管就戳不下去。抽回去再戳,感觉又软了,几个来回,忽软忽硬。心里想,戳到黄鳝的时候,它是软的,戳到落水管的时候,它是硬的。

在肉眼看不见的地方,憨大的手借助工具传导的触觉,判断黄鳝的位置。工具所到之处,一会儿是黄鳝的身体,一会儿是落水管底部。现实的范围使他恍惚。他被自己反复的测试弄得身心俱疲。一截下水道的暗流使得真相深不可测。他把电线管拔出来,扔到门外。

他吃力地移动洗衣机,尝试在洗衣机下面找到黄鳝的藏身之处,楼梯缝、床底下,四处张望。一只手拿着电筒,一只手拿着晒衣叉子。触觉形成的意识小到无法捕捉又无所不在。

还有一条,藏哪儿了?他给进二发微信,想听听进二有什么高见。进二说,你就等着闻味道吧,哈哈,哈哈,进二大笑。前几天,端午节,进二在车子里面闻到难闻的臭味,找了半天,最后在车下面发现一条黄鳝的尸体。现在,进二把憨大嘲笑自己的声音,悉数还给了他。

这么粗的一条黄鳝,要大几十块钱。憨大自言自语。他坐在客厅的餐桌边喝茶,年纪大了,开始计较起一条黄鳝的价钱。年纪大了,会突然打盹,又醒来。碧葭笑他,有本事,说睡就睡。小寐一会儿。他解嘲。

憨大年轻时一贫如洗,却不懂得钱的重要。一个男人对钱的判断,有的时候,和一个男人的成熟度成正比。碧葭在书房的电脑上忙碌。她时而两条雪白的胳膊悬垂下来,时而又急速地敲击着键盘。键盘噼噼啪啪的声响偶尔会透露出她的心迹。她在心里默默期待那条逃亡的黄鳝从下水道溜走,希望它成功越狱。下水道是通到河里还是长江?她想知道,并在网上搜索。网络告诉她,下水道通向化粪池。

她期待黄鳝能穿越化粪池。她在电脑上查询黄鳝逃亡的路径,希望能帮到它。女人总有奇怪的想法,不然怎么叫女人?女人就是幼稚、任性。憨大到了已经能包容妻子任性的年纪。

餐桌上的栀子花香气阵阵袭来,有的时候,会夹杂着腐臭的味道,难道是那条逃亡的黄鳝?再仔细闻闻,纯粹是花的香气,沁人心脾,浓到深处,渐渐地,飘出腐臭的幽灵。

整个晚上,憨大坐在桌边嗅花的味道。他在阵阵馨香中嗅到腐臭的分子,他要捕捉那分子。可是,嗅觉的分子总是在瞬间溜走,狡猾得不留痕迹。有时候,他似乎逮着了,站起来,依着嗅觉在客厅里踱步,踱到一筐水果边上,凑上去嗅,真真切切,是水果的味道,纯净得不含任何异味。

重新回到餐桌边,坐下。这个时候的栀子花没有了味道,像摆设。没有味道的栀子花和白色的瓷器混合在一起,看久了,花与瓷器融为一体。花成了瓷器的枝叶,渐渐地,瓷器中一缕缕香氛袭来,越发浓烈,浓到深处,腐臭倏然而至,那狡猾的味道忽隐忽现,难于捕捉。

抬头望去,电脑边的碧霞还在忙碌。栀子花白色的花瓣像她身上的真丝缎裙。香气正一缕缕袭来,灯光下,有些恍惚。女人与香。栀子花与碧霞。那样纠缠又贴切地呈现在橘黄色的柔和光线里。

如果初夏的房间里没有了女人与花,房间就不是房间,房间不仅会黯然失色,还失去了隐秘的引力。憨大过去没有意识到这点,过去,他的世界在外面,马路上密集的人群中,随便一个轻浮的女人,只要他愿意,就可能成为他新鲜的力比多。

年轻时候的憨大,几乎不把妻子放在眼里。他皮肤白皙,生就一张标致的小脸,出没于各类女人的甜蜜帷帐。现在,他年纪大了,父亲已经离世,母亲和他的关系有了越来越不可调和的对立。中年的他渐渐悟出妻子是陪伴自己后半生的伴侣,妻子和自己有着共同的过去,这种过去的经历与往昔重组了他的童年。男人要到怎样的年纪,才能忽略外面的女人?要到力比多散尽的时候,才能真正结束任性的童年。

现在,人到中年,世界渐渐缩小到两个人的屋檐。憨大嗅着,竭力分辨着他要找寻的味道。视线落在碧葭白皙的胳膊上。她的胳膊有栀子花瓣落下,一片片白色的花瓣飘落在她的手腕上、身上,越集越多。花瓣洒落在碧葭身上,掩盖了她的身体,几乎看不见她的肌肤;花瓣落在她白色的裙缎上,白色的花瓣和白色的裙缎交相辉映。瓷器凋敝。朴素中的异质华丽。分不清栀子花下的人是碧葭,还是碧葭组成了一朵硕大的栀子花。憨大的眼神发直,无法离开她的身体,倏然间,突起的花苞缩小了,平息了,就在他的眼皮底下消失了,像一场视觉的盛宴,隐秘地谢幕。

憨大在喝茶的间隙,小寐了几次,他记不清了。他的腿有些硬,无法迈动脚步。他呆在那里。回过神来,不相信眼前这一幕。他的心"嘭"地一下要爆炸,不知道如何是好。恍惚中,他站起来,走进书房,伸手去触摸桌面,瓷器与花瓣依旧,独不见碧葭。四下里巡视,座位空空如也。碧葭,他伸手去抓,神经质地大喊,碧葭,你不要跟我瞎哄,出来。

惯常,栀子花是不会掉落花瓣的,栀子花到死,花朵枯萎了、凋谢了,依旧栖息在枝叶的尖头。从青白相间的花骨朵,到白色的绽放,到棕色的枯萎,栀子花的花瓣从来就不曾分离过。

他想给进二打电话,拿手机,手机滑落,幸亏是地板,没有摔坏。电话拨通了,又突然断掉。

他想到了三维全息虚拟技术。不是的,碧葭不会搞这些玩意儿,她连电脑都玩不顺溜。

直觉不对,哪里不对,他不清楚。但是,不能给别人打电话,他的直觉告诉他。冷静,他提示自己。要在家里再仔细找寻一下,看看碧葭是否会藏在哪里,吓他一跳。碧葭年轻的时候是活泼的,喜欢开玩笑。现在上了年纪,寡言了,心里还住着一个少女,却竭力掩饰着。

他把家里所有的电灯开关打开,假装碧葭是在跟他躲猫猫。他的手上拿了电筒。碧葭,不要跟我瞎哄,快出来。每个房间找过去,衣橱,床底下。碧葭的身体要比黄鳝大很多,碧葭也像黄鳝一样光滑、柔软。但是,碧葭是多么干净,像她身上的白色绸缎。她能藏在哪里?家就这么大,一定能找到,他劝慰自己。

每个房间找一遍。餐桌下面,甚至厨房的吊柜都打开了。消毒柜,餐边柜,酒柜,冰箱。碧葭,你出来。声音是肯定的、气粗的,后来就不对劲了,气短了,自己都怯了。一个好端端的人,说不见就不见了。

这个时候,他想到了求助。110。

唉。他嘴里叹息一声。这一声叹息像他母亲惯常的那样,这样的叹息是过去的穷苦女人,日子过不下去了,下一顿就揭不开锅了的叹息。叹息的后缀还有一句脏话。这句脏话是石库城人嘴边挂着的后缀词。憨大不知道,碧葭是多么讨厌他的这一声叹息。这个后缀,在碧葭看来,凝聚了这座古老城市底层市井的全部低俗,既腐朽又晦暗。

如果,碧葭的消失,连亲兄弟进二都不能告知,能告诉谁呢?这个时候,他感到从未有过的孤独。父亲离世的那一天,他感到天塌下来,孤单。现在,天再次塌了下来。孤单,一种绝望的孤单,细思极恐的孤单。

有人敲门。他心里紧张。查煤气的踮着脚尖跳进来,直奔厨房煤气灶的仪表。以后,煤气的度数会减少。这跟碧葭不在家有关。

如果给110打电话,要等碧葭失踪若干小时之后。那时,如果上门办案的人员认真对待,他就是自投罗网,后面免不了无尽的麻烦。

不能在单位说。没有人会相信这样的事情。面对别人的怀疑和猜忌,任何解释都是苍白和荒谬的。

不能告诉进二,他女人太多,纠缠不休。转念又想,可以告诉进二。他们俩是亲兄弟,两个人一起长大。他在告诉与不告诉中纠结、对抗,自己找理由说服自己。他一会儿说服了自己,去找手机,准备打电话,一会儿又反悔。他像一个溺水的人,刚探出头呼吸了一口空气,又被河塘里的水漫过脖颈。最后,他站到椅子上,把手机高高地放到橱柜顶上,然后把椅子放到另一个房间。

好了,彻底死心。看不到手机,不会想起来打电话找人倾诉。人这种动物真是贱,不说真话会死吗?当然不会。但是,他不打电话,手机也会响。最终,手机焦急的铃声把他喊到橱柜的顶端,支派他把手机的机体接纳到他手上。

是谁找他?他咕哝了几句,有些不耐烦地挂了。又是广告。手机在手上摆弄,看看微信,没有什么有用的信息。忍不住给进二打电话。进二的电话占线。幸亏占线,他想,他进入犹豫的隧道。有些庆幸。如果打通了,进二不一定会相信这样的事实。可是,如果连进二都不相信他,这个世界上还有谁会相信他?

现在,他只求一个能相信他的人。

老妈会相信他。他从小就比进二乖,从不扯谎、打架、逃课。他是学校的三好学生,是老妈的乖憨大。他的考试成绩比进二好,是那种憨乎乎的书呆子,邻居孩子们的榜样。老妈在心底最疼他这个憨大。

如果老妈知道这样的事情发生,老妈会相信他吗?会吧。但是,老妈会进一步可怜他,担心他,为他忧虑。这进一步的担忧帮不了他,还会给他添乱。老妈会每时每刻给他打电话,恨不能住到他的家里,日日跟他生活在一起。老妈对他嘘寒问暖,重复那些已重复上百遍的话题。最终,老妈要以碧葭的失踪完成他们母子新的连接。而他,却要因为碧葭的失踪带给她的焦虑、不安、担忧,反过来去安慰她,劝解她。她成了他新的沉重的包袱。也许,她还巴不得碧葭失踪,这样,他们母子就可以重新生活在一起了。

碧葭的失踪成了谜。他抬不起头来。独自焦虑的时候,他甚至把水桶里剩余的一条黄鳝捉住,硬生生往下水道塞。黄鳝挣扎,不肯进去。他把它的头摁下去,松手。你不是要走吗?找你兄弟去,老子不吃你了,放你一条生路。

他是不信鬼神的。现在,冥冥之中,他却觉得黄鳝的逃亡跟碧葭的失踪有莫名的关联。黄鳝进了下水道。该去哪儿去哪儿,别烦我。求你,把碧葭还给我。他心里默念。他第一次意识到,没有碧葭在家,自己是多么无聊。孤独像绳索,无时无刻不缠绕着他的脖颈。碧葭不在家,他懒得去厨房烧饭。从超市买的现成的速冻水饺,他经常吃的晚餐,以前,吃饺子的时候还蘸点醋,现在,醋成了多余的味道。他赌气地把醋瓶子扔进垃圾桶。

憨大手上的电视遥控器不听指令,他换了两节电池。他在等《非诚勿扰》节目的开始。两排女嘉宾跟在主持人身后出场,像皇帝选妃子一样隆重。他喜欢看那些姑娘的表演,越浅薄越招人喜欢。他就喜欢那些无厘头的自己标榜自己的话。那些轻飘飘的自以为是的话,从她们甜蜜的小嘴唇里流淌出来,是多么招电视机前的老男人喜欢。

《非诚勿扰》结束的时候,憨大关掉电视。家里立刻冷清下来,仿佛从高山上的火焰跌入冰谷。憨大回到现实中,他躺在沙发上冥想。想到众人会以善意的名义,在各种意想不到的动机的伪装下去寻找,他只能掩盖碧葭失踪的秘密。其实,人们并不在意他的困境,并不真的在乎碧葭去了哪里,人们只关心自己的利益,人们需要一个自己心里想要的真相。他们有选择地去劝解、安慰,抚平他的创伤,抑或是增添新的创伤。

每个人都想在别人的事件中找到自己的切入点、起点,甚至是腾飞点。那个时候,事情就不会按憨大期望的样子发展。憨大期望揭开迷雾,还原碧葭失踪真相。这样的真相,在常人看来是多么荒谬。这样的荒谬恰恰给别有用心者建造了桥梁。憨大绝不做这样的造桥师。

憨大烟头的余火在地毯上自燃,他未察觉。手机的铃声突然高叫起来。他希望是碧葭打来的。无聊,又是广告,深更半夜不睡觉,发神经。他把手机关掉,又担心碧葭找不到他。他想给手机设置一个模式,只有碧葭一个人能打进来的模式。真是讽刺,以前,他想给手机设置一个模式,只让碧葭一个人打不进来,这样,他在外面应酬也好,找女人喝酒也好,自在多了。

憨大想,进二表面会相信他的描述,骨子里未必真信。如果不是憨大亲眼所见,他自己也不相信碧葭会那样消失。自己都无法相信的事物,为什么要希冀别人相信?这种自欺欺人的方式不是憨大想要的。憨大想,如果告诉进二真相,柳眉之流甚至会以此把他送进疯人院。这样,老妈的房子就被进二夫妇独占。虽然进二与他兄弟情深,进二不会做这样龌龊的事情,但是,人心隔肚皮,进二的女人那么多,都是拜金女,拜金女什么事情做不出来?很多好事情、好男人,就是被拜金女搞得一败涂地,兄弟反目。

　　淡定,沉住气,过几天再说,也许,她又神奇地出现了。憨大宽慰自己。好在碧霞的学校最近放暑假,不需要每天出门上班。也许,过几天,她会出现。他期待奇迹的出现。打定主意,这个事情绝对不能走漏风声,传播到外面。一旦传播出去,他就成了疯子抑或杀人犯。

　　刚巧,这个时候的网上新闻报道白银杀人案告破。真是大快人心。他在网上仔细搜索了那个凶手的作案细节,发现凶手对同类没有一点悲悯之情,残忍得不可理喻,是个变态杀手,伪装成良民的样子。而他憨大才是真正的良民,他只是喜欢女人,并没有加害她们的意思。如果不喜欢女人,难道要他喜欢男人?这是他历次婚外情后,面对碧霞质问的无奈辩解。

　　憨大若是不慎落入凶手的境地,会被迫杜撰细节,提供物证。想到此,他连死的心都有。

　　星期一的早上,他像往常一样出门上班。与平常不同的是,早上的厨房空荡荡的,不像往常,有一个忙碌的身影给他准备午饭的便当。以前,碧霞每天都要精心给他现炒一样小菜,荤素搭配,除了公文包,他还要拎一个小餐包出门。

　　他竭力表现得像往常一样。如果遇到对门的邻居,该怎么打招呼就怎么打招呼。对门的邻居从来不过问他家的事情,就像他们也从来不会过问对门家的事情一样。都说婚姻要门当户对,邻居也要门当户对。他们两家既互相关照、扶持,又不过问双方的家庭琐事,彼此保持了一定的距离,相安无事。

　　小区内有监控。他尽量注意自己的神情,不要失态。他去地下停车场开车,车库里面有些积水,他绕过积水,像什么都没有发生一样。

碧葭的失踪,就像一颗定时炸弹,迟早要爆炸。爆炸拖延的时间越久,对自己越有利。他在心里提醒自己。小乖暑期和几个同学去欧洲旅行,不会回来。碧苇给大宝带小元,也不会过来。岳母嘴碎,岳母会打电话找碧葭。如何对付岳母,是个麻烦的事情。

汽车开到一个十字路口的时候,电话响了,果然是岳母打来的。她问碧葭可在家,怎么不接电话。他的车跟在一辆公交车后面,只顾跟岳母说话,看不见红灯,稍微大意,闯了过去。

目前,没有人知道碧葭失踪,不必慌张。他暗示自己,尽量装着什么都没有发生。单位同事不知道碧葭失踪,警察也不知道。但是,一个活生生的碧葭,就在眼皮底下突然消失,不可思议。也许,她在他打盹期间溜达出门外,与谁私奔了。他竟然期望是这样的结果。想到此,憨大有些恍惚,就听见办公室有人敲门,是秘书进来送文件。憨大收下文件,观察了一下秘书的脸色,还好,一切正常。

中午休息的时候,同事们纷纷去微波炉热便当。秘书站起来,撸了一把长发,去冰箱找憨大的便当。翻遍冰箱也没有找到,敲门去问。憨大说,中午有应酬,不在单位吃饭。同事们都在吃饭的时候,憨大出门,离开了办公室。他想,不能在单位附近吃饭,免得被下属发现。他开车,绕过高架桥,去了一个平常从来不去的饭店,点了两个菜,没有吃完,又要了杯茶,拖延时间。出门应酬的人,不能这么快就回单位。

憨大一边喝茶,一边看网上的新闻。他现在特别关注失踪的案例。他在网上看到一些神秘的失踪案例:"1975年的某天,21点16分,一列地铁列车从白俄罗斯站驶向布莱斯诺站。14分钟之后,列车抵达下站,然而这列地铁列车在行驶途中载着满车乘客消失得无影无踪。突然的失踪导致全线地铁暂停,管理人员对全莫斯科的地铁线展开了一场地毯式的搜索,始终没有找到地铁和几百名乘客。"

"1912年4月15日,'泰坦尼克号'在首航北美的途中因触冰山沉没,在航海史上酿成一起死亡、失踪1500多人的特大悲剧。奇怪的是,在1990年和1991年,两名当时的幸存者分别在北大西洋的冰岛附近被救,一个是船长史密斯先生,另一个是女乘客文妮·考特。令人惊奇的是,二人外貌和失踪前一样,毫无衰老迹象。"

"1978年5月20日,美国南方的新奥尔良的一所中学内,体育老师巴可洛夫在操场上教几个学生踢足球,射门。学生巴尔莱克突然一球射入球门,14岁的他高兴地跳起来,大叫一声,当着众人的面,眨眼间消失。"

这些网上搜来的信息,憨大不能确定真伪。但是,他在读小学的时候,就在《参考消息》上看到过有关大西洋百慕大的报道。百慕大三角地带,经常会有路过的游轮和飞机神秘失踪。这里是举世皆知的神秘海域,失踪的飞机和航船不计其数,报道也是经年不断。

他想找人谈论一下神秘失踪的事情。找谁呢?最好是找权威的懂物理学的专家,霍金之流。霍金,不是哪个想见就能见到的人物。这想法有些荒唐。他自己笑起来,喊服务员添水。服务员身上有香水的味道,这味道让他想起碧霞,以及碧霞挂在嘴边的一句话:我们不在一个频道,我们生活在两个世界。

他们从结婚开始就睡在一张床上,住在一间屋子里。他们夫妻的世界就是头顶的那片天。她在家守着、操持着,养育着孩子,付出一个雌性动物的全部。他时常要游离出去,欣赏一下外面的云彩,尝尝那些甜蜜的肉体。他刮风,她就走在风里;他下雨,她就淋雨。她就在他的操控之下,别无选择地活着,一天也别想摆脱他。

他从来不把碧葭的话放在心上,好像他把碧葭的话放在心上,就是对母亲的亵渎。他是孝子,宁愿伤着妻子,把妻子打压下去,也不能让妻子在家里占了母亲的上风。只有抬高了母亲的地位,自己脸上才有光,才能当孝子。

第二节　诊室

回到办公室的时候,陈桂芝又来电话。碧葭今天一天都不接电话,你帮我问问她是咋回事。我舌头上长了一个东西,叫她带我到医院看看。憨大说,真巧,我下午刚好去口腔医院,不然,你也过去,我们在那里的挂号处碰头,你把医保卡和病历带上。

陈桂芝等候门诊的时候,坐立不安。他陪着她,内心有些烦躁。手机响了,又是广告。真烦,要不是担心碧葭,他基本不接陌生电话。岳母担心舌头上生了癌。憨大好笑,那么一大把年纪,还这么怕死,不知道那些活到一百多岁的老寿星还会不会怕死。人要怎样才能不怕死?人要活到对死亡不再恐惧的年龄,一定是人的生活中出现了比死亡更恐怖的事件。

碧葭失踪,不知道下落,而自己无法找到她失踪的真相,却要在这里耽搁一个下午的时间,陪老太太看舌头上的一个小息肉。

医生说,只是一个小息肉,你要是觉得难过,就割掉,不难过,时间久了,它自己也会掉。陈桂芝凄凄然,不知道咋办。又问医生,还有关系?医生就把刚才的话重复一遍。陈桂芝看看医生,又看看憨大。我做不做手术?憨大说,你还难过啊?难过,就切掉;不难过,慢慢地,时间久了,它长老了,自己就掉了。

陈桂芝其实是想问医生这是不是癌。但是,她问不出口,也不敢问。不问,又害怕是癌。憨大看出她的忧虑,说,妈,你不要担心,等它长老了,就掉了。

掉了,就不会再长了。她还是担心癌症,她自己不便说出口,想让憨大给她做决定,到底是割,还是不割。后面还有好多病人在等,憨大不好意思,搀扶起陈桂芝,对医生点头示意,谢谢。

憨大把陈桂芝带出诊室,弯腰对她说,这个东西就像我们小时候手上的瘊子,长老了,挂不住了,自己就掉了。陈桂芝说,哦,就是瘊子长到舌头上了,对吗?妈,你真是太聪明了,就是这个意思。

陈桂芝想,手上的瘊子长到舌头上,不怕。腿脚利索起来,有了劲,高兴得上头,要跟憨大一起回家。憨大说,我下午还要到单位,碧葭最近忙得要命,她也没有时间在家歇着,你还是回自己家,先歇着。要不然,我先送你回家。不用了,你直接到单位吧,我自己能回家,我坐35路公交车,直接到家门口。陈桂芝说完,从口袋里面掏出两颗荔枝,硬塞到憨大手上。憨大本能地推托,又不愿忤逆老人,就接过荔枝,放到口袋里,把她送上了35路公交车。

第三节　节外生枝

两天后的晚上,憨大下班,刚进家门,发现母亲来了,一个人坐在客厅。憨大吓了一跳。憨大说,你跑来干吗?累的,歇歇,我去给你剥个水蜜桃。母亲说,碧葭呢?她去哪了?碧葭到同学家去了,她同学的女儿在上海结婚,她去上海帮忙,过两天就回来。

母亲巴不得碧葭不在家。她打了几次电话,看家里没有人接电话,判断碧葭不在家,才匆忙从家里赶过来。碧葭不在家,母亲俨然就成了这里的主人。母亲去厨房冰箱翻看,其实,她之前已经看过冰箱,她把儿子家冰箱里的物品逐一仔细看过。现在,当着儿子的面,又看起来。老人不爱看书看报,除了家长里短,窥视冰箱是她的一大爱好。透过冰箱的内幕,似乎能看到儿子与媳妇的生活秘密。

她执意要给憨大做饭。母亲说,本来你们每个周日都要过来的,这个周日没过来,我担心,过来看看你们。这有什么好担心的?我一个大老爷们还能给拐走?你就安心在家歇着,不要乱跑。母亲说,电视里面放的,一个人,年纪轻轻的,说死就死了。

母亲还在韶,她在电视上看到的新闻,事无巨细,都要韶出来。看到憨大在超市买的净菜和熟菜,嘀咕,这碧葭,也不像个过日子的人,尽买这些贵菜,手指头也不比别人短,就是懒。巧珍比她勤快多了。这句话刚说出口,母亲就后悔了,赶紧打岔,扯一档电视节目,让憨大追剧。憨大说,我上班忙,下班累,不像你时间多,你慢慢看,我去给你开电视。

妈,你去客厅坐着,不要在这里瞎忙,电视开了,你去客厅看电视。你越忙,我越乱。不成我还帮你倒忙了,你小时候,哪顿饭不是我烧的?你去客厅坐着,等我烧好了饭,喊你吃。母子两个谁也不肯到客厅歇着,两个人忙得你撞我一下,我挤你一下,这样的热乎,母亲有种说不出的满足感。

有人敲门。憨大心里一惊。母亲也听见了,人老了,记忆力不好了,听力却没有退化。在他犹豫的间隙,母亲抢到他前面去开门。他几步冲到母亲前面,把母亲推回去。

是物业来催缴下半年的物业费。他说,知道了,把账号和开户行短信发给我,我转账给你们。

二人就快吃完了,还剩了不少菜。盐水鸭剩了大半只,一大盘凉拌五香干几乎没动,青椒土豆丝还剩半盘,西红柿炒鸡蛋吃光了。憨大站起来,要去倒掉剩菜。母亲说,你不要倒,给我带走,倒掉多可惜。你吃啊,母亲给憨大攃了块鸭子,憨大把鸭子攃回去,憨大说,你不要给我攃菜,我在自己家吃饭,不会客气的。

母亲讪讪地笑笑,又给他攃了一大筷五香干。你吃哎,母亲说。现在都什么年代了,我还会省着不吃?减肥还来不及呢,我都吃完了,这些菜你带走。母亲说,这么好的菜,我带走做啥?你自己留着吃,你明天吃。

我不会吃剩菜的,我都倒掉。憨大说着就站起来,把菜端着往垃圾桶走。母亲看他要往垃圾桶倒菜,急了,说,你不要倒,我带走。

母亲打包带菜的时候,执意要把鸭子留下来。憨大说,你带不带?不带走,我就倒掉。母子两个推来推去,终究还是打了包。憨大有些烦,为了一点剩菜,两个人像打仗一样,推搡这么久,真无聊。憨大说,妈,我专门给你买这些菜送给你吃也是应该的。你是我妈,把我养大,我是你亲儿子,你问我要点好吃的、好穿的,你开口跟我要,都是应该的,你怎么这么见外呢?跟我拎得这么清,说白了,你就是怕……话到嘴边,憨大自己都说不下去了。他再说下去,老妈非跟他吵起来不可。孝顺是什么?憨大不止一次想过这个问题。孝顺就是一个"顺"字,万事顺着她。

这个时候,天色已经不早了,差不多晚上 8 点多的样子,这个时候,对年轻人来说还不算晚,对老年人来说该回家了。母亲难得过来一趟,还想坐坐,特别是碧葭不在家,母亲想和儿子多待一会儿,聊聊家常,说说体己话。

但是,憨大心里有事,他希望母亲早点走。憨大站起来送她,母亲不要他送,我自己能走,我怎么来的,就怎么走。憨大说,你怎么来的?坐地铁吗?不是,我坐公交车来的,司机开错站,我走了好远,问了几个人,才摸索过来。

我们家到你家没有直达公交车,只有地铁直达。你以后来还是坐地铁。今天这么晚了,我开车送你回家。憨大送母亲下楼。母亲说,你回家,不要开车送我。母亲想跟儿子多待一会儿,又担心儿子浪费汽油。憨大看出来,就说,我们坐地铁回家,我有地铁卡。

母亲执意要坐公交车,我以前到你家都是坐15路公交车直达,怎么会没有直达车呢?今天是司机开错站了,害我走这么远。公交车司机天天开,怎么会走错?是你自己上错车。憨大想撑她,又怕和她争论,就默默不语,跟在母亲后面。

憨大把母亲往地铁站领,母亲执意要去公交站。憨大最近跟母亲的争执越来越多、越来越频繁,几乎见面就吵,都是些小事情。比如,中秋节晚上去饭店吃饭,憨大点菜,难免点多。走的时候,母亲总是要打包,一盘剩菜都不放过。大大小小的餐盒拎出门,母亲就把拎包递给憨大,执意要憨大带回家。憨大家不吃隔夜菜,隔夜菜有亚硝酸盐,致癌。网上都这么说,真真假假,即便是假的,憨大也不愿意拿自己的身体做实验。母亲往他手里塞,憨大拎在手上,看见一个垃圾桶,顺手就丢了进去。母亲大怒,发飙,她不能忍受憨大把这么好的菜倒掉。两个人吵个不休。

父亲去世以后,他陪母亲去银行领取抚恤金。柜员看母亲一脸憔悴,让她坐到一边去等。取款单填好,名字也签过,柜员准备付钱的时候,母亲挤到憨大前面。柜员是一对一办事,看到母亲过来有点烦,随嘴问了一句话,你父亲叫什么名字?憨大说,贾宝玉的贾,健康的健。母亲大声说,是简报的简。憨大说,是健康的健,怎么是简报的简呢?简报的简是这样写的。他把"简报"两个字写在纸上,母亲一把抢走纸条不让他写,大吼,就是简报的简,我看《扬子晚报》上写的。两个人在窗口争执起来。最后,憨大赔不是,把母亲拉到座位坐下,再把父亲名字写在取款单上递进去,母亲又冲过来叫嚷,就是简报的简。憨大说,你再说,人家不给钱了。银行柜员说,名字不对,钱不好付。母亲转脸说,我年纪大了,记不住,你不能好好跟我讲啊?你什么态度?母亲在银行,一个劲儿教训憨大。两个人争了半个小时,保安过来劝解,母亲拉着保安的膀子,教训憨大,一再强调是报纸上写的,简报的简字,她是有文化的人,天天看报纸的。

天气炎热,午后地表温度有六七十度。憨大让母亲在银行门口等他,他去停车场开车。他把车开到银行大门口的时候,母亲站在里面,不出来。他只好下车,去搀扶她出来。他让母亲坐后排,给她开车门,母亲执意不肯,非要坐前排,绕到驾驶室门,打开车门,要坐进去。憨大说,那是我的位子,你不要坐。母亲嚷道,你的位子我凭什么不能坐?你人都是我生的,我就要坐这个位子。

母亲半个身子坐了进去,她全力往里面移动,试图全身坐在驾驶室的椅子上。憨大的衣服汗湿了,汽车里的温度很高,真皮内置在烈日下晒得滚烫。空调开的一点凉气很快被热浪裹挟。憨大不敢强行把母亲拉出来,他怕她骨折。等母亲坐好了,他把车门关上,坐到副驾驶位置上。两个人坐在车里不动。母亲说,你怎么不开车?我热死了。

憨大把手伸到母亲前面的方向盘上说,我歪着膀子开车吗?母亲看看憨大,看看方向盘,说,你怎么不早说?我坐进来,你才讲。我老了,记性不好,你就不能态度好一点?你看你,这是什么态度!

母亲失去父亲,她不愿意接受这个现实,她在处理父亲后事的时候,竭力刁难抑或说是故意不让事态往前发展,是她的潜意识里不接受死亡这件事,就表现出对有关父亲各种身后事件的抵制上。

憨大这样想的时候,就理解了母亲,并对她产生同情,也是对自己的同情,他何尝不希望父亲能一直陪伴在母亲身边。

憨大经常反思自己,为什么总要和母亲干架,两个相爱的人为什么水火不容?最后,憨大想明白了,对母亲要孝顺,孝顺是什么?就是"顺"字当头。她一定要坐公交车,就要顺着她。憨大只好跟在母亲后面,像一个跟踪的密探,紧盯着她。

母亲往公交站走去。她看站牌,天已经黑了,借助街灯,勉强能看见站牌上的小字,老眼昏花,看了半天,这个站有4趟公交车,似乎没有一趟是直达她家的。母亲不甘心,就在车站等,她想,站牌上的字小,写得不清楚,等下问问司机。远远地来了一辆公交车,她追过去,拍打车门,跨上车去,问司机,这个车还到孝陵寺吗?

不到孝陵寺站,要转车。司机看她年纪大,怕她摔倒,尽量耐心等她慢慢地下了车才关门,踩了油门,赶紧开走。

等了一会,又一辆车过来,母亲重复着先前的动作,上车,询问,下车,再等。

憨大有些烦。母亲相信这个世界上的很多人,陌生人、街坊、小贩、搞传销的、卖保健品的、滴滴司机、电话诈骗的骗子,就不相信儿子。他在马路边点了一根烟,抑制自己的愤怒,吸完,又点一根,又吸完。母亲还是不走,坚持要等下一班车。已经是晚上十点多钟了,母亲还是没有找到自己回家的公共汽车。憨大长长地吐出最后一口烟圈,走到路边的树林里,用拳头捶树,双手扇自己耳光,一边扇,一边自语,孝顺是什么?孝顺就是"顺"字当头,"顺"字当头,记住了,不要对老妈发火,要发火就对自己发火。

两腮扇得发烫的时候,憨大无力地靠在了玉兰树干上。他想哭,说不清为什么想哭。女人真麻烦,家里的那个刚失踪,街上的这个又在折磨人。女人,就是来给世界添乱的。憨大抬头仰望星空,天上没有一颗星星,只看见玉兰花的花瓣落下来,掉在地上。玉兰花的花瓣质地和栀子花是那么相像,玉兰花的花瓣在夜晚的灯光下,就那么静静地落在地面,发出轻微的叹息。憨大忽然担心起母亲来,她会不会像碧葭一样突然失踪?他走出树林。

母亲说,这个汽车站没有直达我家的公交车,斜对面的那条街,走一段路,还有一个公交站,那里的公交车有直达我家的。憨大说,那里的公交站拆迁了,早就没有了。怎么可能?我以前到你家带小乖去游泳,是从那里乘公交车的。那是多少年前的事情,现在没有站。大楼一栋接着一栋,绕来绕去,走了一会,又绕到之前的公交车站。母亲说,就是这个站,我记得就是这里,我说有公交站就有。

母亲又去看站牌上的字,还是刚才的那些字,但是,她已经不记得刚才看的是哪些字了。她眼前的记忆力变短了,短得稍纵即逝。过去的某些事情却记忆得那么深,深到顽固不化的地步,成了她存在于世的可怜的一根绳索,把她牢牢地拴住了。

憨大没有办法。他蹲在路边翻看手机里的关于失踪的信息:"1915年12月,英国与土耳其之间的一场战争,英军诺夫列克将军率领的第四军团准备进攻土耳其的达达尼尔海峡的军事重地加拉波利亚半岛。那天,英军陆续爬上山冈,高举旗帜,欢呼着登上山顶。忽然间,天空中降下了一片云雾,覆盖了绵延的山顶,山顶在阳光下呈现淡红色,并射出缤纷的光芒。在山下用望远镜观看的指挥官们,对此景观感到惊奇。片刻后,云雾慢慢在空中升腾,向北飘逝。军官们惊讶地发现,山顶上的英军士兵集体消失,一个人影都看不见了……"

母亲跟他走到地铁口的时候,他伸出手,搀扶着母亲下楼梯。他怕她跌倒。老人最怕摔跤。地铁下行要走步行台阶,走下去后,母亲摆脱了他的搀扶,自己走到前面。看到脚下的电动扶梯,母亲就站到扶梯上,手扶住把手,电动扶梯很快就把母亲重新送回地面。憨大不放心,跟在母亲后面。他不知道母亲上去做什么。母亲在上面东张西望一番,继续走下步行楼梯,然后,她又转到电动扶梯上面,顺着电梯上行到路面。来来回回,好几趟。

憨大的心情糟糕透了,想发火。他提醒自己,孝顺就是"顺"字当头,老子今天倒要看看她到底要做什么。憨大不语,跟在母亲后面,假装不认识这个老太太。其他搭乘地铁的人,有两个发现了这个游戏,停下来,看着这母子俩。这个男的想对老太太做什么?他尾随她好久了,有一个眼尖的乘客意识到这点。

来回几趟,大概母亲也发现有什么不对头的地方。她站在地铁口,无助地看着憨大,你怎么还不走?你回家去,我自己走。

哼,憨大鼻腔里哼出一口气来。我回家,你走丢掉,我到哪里找你?我更麻烦。你还是跟着我走吧。憨大伸手去牵母亲的手,母亲不再挣扎,母子俩并排走下台阶。

在地铁车厢,有年轻人给母亲让座。憨大站在母亲膝边,说,你刚才上上下下绕着好玩,为什么?母亲说,我坐地铁啊,我想往下面走,不知道怎么搞的就走到了上面。我看到墙上的箭头是这样指示的。憨大说,电动扶梯都是朝上的,箭头是告诉你电动扶梯的方向,不是坐地铁的方向。

我哪里知道啊,母亲噘着嘴巴,她是不会认输的。我们下来是为了找到地铁,搭地铁回家。憨大说。我知道,母亲不满地看着他。

我哪里知道地铁躲那么远?我到哪里找它?我就不喜欢坐地铁,是你非要我坐地铁。母亲有些撒娇。憨大说,地铁真坏,总是藏在你找不到的地方,我哪天把它找出来,把它当废铁卖掉。母亲被逗乐了,想笑,又忍住。

地铁快到孝陵寺站的时候,母亲叫憨大回去,不要送她到家。憨大说,这么多东西,你一个人拎不动,我送你回家。母亲节省惯了,能不用的钱,尽量不用。她心疼地铁票,如果憨大不出站,继续往回坐,就不要再刷卡。

母子两个在地铁里推搡起来。憨大犟不过她,假装依她,眼睛叮着母亲,怕她走失。他已经丢了妻子,不能再丢了母亲。母亲跟他摆手,在人群中大声嚷嚷,憨大,你钱包装好,不要给小偷摸走。众目睽睽之下被母亲叫小名,憨大有些难为情。他假装母亲喊的不是他,回头走,一路尾随。钱包收好,嚷那么高调子,分明是引贼上门。在地铁出口,他看到母亲又奇怪地上演了先前乘地铁的那一幕,上上下下几个来回,拎着打包的菜和憨大给她的水果,有些吃力。

憨大突然出现在母亲面前,不容分说,强行把她抱起来。母亲挣扎,看清楚是儿子,喊道,你做什么?快松手,我自己会走。憨大不理她,把她抱得更紧,乘上电动扶梯,直接就到了地面。

你赶快回去,母亲推他,我自己走。他把母亲手里的大包小包夺过来,母亲不松手,两个人在马路上争执。附近有人过来围观。母亲说,你回家,我马上过街就到家了。他不理她,跑到街对面等她。母亲过了街,一路跟在他后面喊,憨大,你回家去,我到家了,我自己上楼。

楼梯道黑乎乎的。父亲就是在黑咕隆咚的楼梯道里摔倒,再也没有爬起来。社会迅速进入老年社会,他要讲孝道,一定要把母亲送回家才安心。

第四节　真相

　　憨大到家的时候,夜已经很深了,差不多是搭地铁的末班车回家的。憨大看到空落落的客厅,心里有些失落,又有些不甘。他重复先前的动作,打开所有光源,手拿电筒和晒衣叉,床底下,桌肚子,四处捣鼓一通。碧葭,你出来,不要再跟我开玩笑了。楼上楼下找过一遍以后,憨大沮丧地坐在楼梯上叹息。他心里明白,碧葭不可能这样被他找出来,碧葭到底去了哪里,他真的不知道。

　　他想给进二打电话。夜深了,一个人坐在空荡荡的家里,他要跟进二倾诉一下碧葭失踪的真相。但是,进二能帮他什么呢？进二只有在憨大自身出了故障之后,才能帮助他。两个人的力量大于一个人的力量,但他不能保证两个成人的观点完全一致,特别是进二没有亲历碧葭的消失。

　　这夜,憨大累了,睡得深沉。醒来的时候,天快亮了。他看了下手机,时间还早,再睡会儿。就这个把小时的光景,他跑到4号线粉红色地铁的车厢里,捏一个姑娘的屁股,姑娘发现了。他跑,姑娘满地铁车厢追他,他跑快,姑娘跑快,他跑慢,姑娘跑慢,始终不放过他,一直追到他上班的地方。这下丢人了,脸丢大了。他唯恐同事知道他在地铁干这样的勾当。这样,他以后怎么做人？焦急中,惊醒了。醒来才发现,这样的事情根本就没有发生。没有发生,多么庆幸。如果碧葭失踪的事情,一觉醒来也没有发生,是多好的结局。抑或碧葭就是跟哪个男人私奔了,即便这样,也比失踪好。

　　下午清闲,公司开大会,学习讲话。有人在下面开小会。憨大听到两个女人聊天,单位对面的肯德基遭到一群爱国者的示威和抵制。这种示威和抵制到底算不算爱国,两个女人争论起来。

　　憨大打开自己的手机,在微博看到一个视频,肯德基内,一群示威者围攻几个在店堂吃鸡腿的大学生。大学生旁若无人,照吃不误。示威者在诅咒大学生,骂他们卖国贼、汉奸。他们好像来自另一个星球的人,好像是聋子和瞎子,根本就看不到眼前局势的危险。四个大学生面对面坐在一张长条桌上,悠然自得地谈论着什么。这份悠然有内心的一份坚守和支撑。显然,胃口受到了影响,他们正是饕餮的年纪,一桌子食物,没有看到他们在咀嚼。

　　抗议者愤怒地盯着他们,把他们包围在一个角落。也许,他们内心是胆怯的。这是他们第一次经历这样的阵势,被自己的同胞围攻。但是,他们没有犯法。他们只是在该吃饭的时候去了一家不合时宜的餐厅。大学生越淡定,示威者越焦虑。有人怒吼,让他们离开,滚回老家去。他们就像没有听见一样淡然。示威者的包围圈开始缩小,缩小到只剩一张桌子的距离的时候,视频结束。

　　一天的工作以宣布会议结束告终。虽然延迟了一个小时下班,因为是夏季,天还是透亮的。憨大回家后才发现冰箱里已经没有什么可以果腹的食物。一个男人的冰箱,除了碧葭之前放的一些乱七八糟的调料、干货外,就是憨大的茶叶。几乎找不到什么可吃的东西。去街对面的超市买速冻水饺,韭菜肉馅、白菜肉馅,他喜欢吃韭菜的。翻到一袋荠菜肉馅的饺子。碧葭喜欢吃荠菜,鬼使神差地,他拿了荠菜肉馅的去结账。

第五节　隐秘的地方

　　晚饭后,他去碧葭的书房。他有她电脑的密码。这点,碧葭不知道。他在她的电脑里面游走,寻找她的秘密,她想去哪里的蛛丝马迹。他看她的设置,各个文件夹内容,除了她工作的内容,基本没有个人隐私,也不见她要去哪里隐匿的踪迹,好像她是一个没有隐私的人。

鼠标进入电脑的 C 盘,有三个文件夹,一个是工作笔记,一个是她主持过的一些大型活动手册,还有一个是读书笔记。他有些奇怪,做读书笔记干啥?这么大年纪的人,像小孩一样幼稚。他不想看她的读书笔记,他只关心她的私人日记以及日记里面记录了什么。他仔细地在她的各个文件夹中搜索。连续两天的搜索,没有看到日记之类的私人信息,百无聊赖,他打开她的读书笔记。

自从她消失以后,他已经习惯于用她的电脑。她的电脑是有线的,网速快,他给自己找借口。其实,潜意识里还是想在她的电脑中发现一些秘密,一个微不足道的端倪,都会使他如获至宝。还有一个连他自己都没有意识到的原因:一个男人对一个女人的掌控欲。他们生活了大半辈子,他试图掌控她,却始终无法达到目的。

电脑的每一个盘都搜索了,没有他想要的东西。他给碧葭的电脑下结论,像一台办公室的公用电脑。她真的这么透明,还是蓄谋已久,早早清理了?他不甘心,鼠标随手点击进入垃圾站,他把垃圾站里的文件夹调出来查找,看看有没有自己想看的秘密。有一个文件夹名称是"岁月有痕",点击开,似乎记录了什么。

憨大语录:"娶老婆是天下最亏本的生意,每个月的工资都要交给她,自己等于白忙活。结婚不自由,男人最好不要结婚。需要女人的时候可以去找鸡,鸡婆年轻又新鲜,每个鸡都不一样,找一次 200 元,一个月的工资够找很多次,基本用不完,还能有结余。"

碧葭不仅记录憨大讲过的话,还有实时点评。下面是碧葭的点评:憨大不愿意买房,一直住在他们单位分配的小房子里。在我持续多年的催促下,不得已买了大房子,跃层。部分公积金贷款,商贷,还有外债。虽然有压力,但是,我相信未来,我对生活又有了新的希望。下班回家的路上,坐在憨大的车里,和他闲聊单位里的事情,聊我们家的未来,快要到家了,他平静又怨愤地说出上面这些话。我有些惊讶,也不奇怪,他还不够成熟。我侧脸看他说出这些话的表情,他的表情是无辜又受难的,叫我心里有说不出的难过。他忽然间谈到这个问题,暴露了他的人生观。他就像一个没有感情、没有灵魂的行尸走肉,他的话让我看清他骨子里是一个极端自私的人,甚至可以说,没有人性,是一具傀儡。我为自己感到悲哀。2006年5月16日。

我说过这样的话吗?我不会这么说,也不会这么想。即便这么想过,她怎么知道?憨大竭力回忆那个时空中的那个场景,他一点都不记得自己有过那样的言论,即便有,也是气话。他继续往下看。

憨大语录:"你没有什么了不起的。不要像一个圣人一样指责我。你再了不起,也不过是我的老婆。再大本事的女人,成为一个男人的老婆后,就被这个男人罩住了,再了不起的女人,也不过是一个男人的老婆而已。老婆不过是男人的一件衣服而已。男人对自己的衣服的态度,不过是想穿哪件就穿哪件。现在是新社会,只能找一个老婆。要是旧社会,一个男人能找好多老婆,你看着我纳妾不是干着急吗?"

碧葭点评:憨大的办公室情人给他买了一件廉价的羊毛衫,他从单位带回家,想穿。我不让他穿,让他去还给她,他坚持要穿。我去抢他手上的羊毛衫,我想用剪刀把衣服剪碎,把剪碎的毛线一路撒到他办公室门口。他把羊毛衫举很高,我够不到。他顺势把我推倒在地上。我哭着离开了他家,一边哭一边骂他不要脸,搞婚外情。他的母亲和巧珍在楼道走廊的窗口用蜂窝煤砸我,雨点一样的煤块从楼上飞下来,我走得快,没有砸到我。当我决定和一个人结婚的时候,我就打算为他献出自己的一切,从今往后,我可以为他捐献心肝五脏甚至生命。我对他有多好,他心里清楚。他知道,我无论如何都不会抛弃他,所以,他才肆无忌惮地在外面瞎搞女人。

泰戈尔在诗里写道:让我的爱像阳光一样包围着你,而又给你光辉灿烂的自由。我一直把泰戈尔的话当真理,并这样来对待爱情,原来泰戈尔说的只是一个人的感情,或感觉。感情是相互的,不是单方面的。男人的自由越多,越不把妻子当回事。我不相信,这个世界还会有比我对他更好的女人?会有一个比我年轻、比我美貌、比我愿意为他付出的女人吗?不可能有了。同时,我也明白,书本上的话是不能当真的,我受书本的欺骗太久太深。如果一个人按照书本说的那样去生活,这个人会是一个生活中的失败者。社会这样现实、严酷,所以,我决定和他离婚。我要过有尊严的生活。1997年5月19日。

这个话可能说过。记老子黑账,想不到她还留有这一手。她早就想和我离婚,另攀高枝。也许,是她搞了什么三维动漫,什么视觉新玩意儿,把老子耍了,跟人私奔了。他忍住,没有发作,继续看。

憨大语录:"我宁愿和你离婚,也不会放弃喜欢她。你不要到我办公室来找我,影响我和她一起吃午饭的心情。中午时间,是我和她一起吃午饭的美好时光,你三天两头来搞破坏,你滚走,不许到我单位,不许进我办公室门一步,再来我用椅子砸断你的腿。"

碧葭点评:现在的憨大再也不是我初恋认识的那个老实透明

没有城府的憨大了。他的小市民出身、爱贪小便宜的本性尽显。送上门的女人不吃白不吃的观点深入骨髓。他既不愿意离婚娶那个女人，又不愿意跟那女人分手。他母亲、进二，连巧珍都站在他一边。这种屈辱，我一天也不能忍受下去。爱情是一件美好的事情，如果没有爱就放手。我愿意成全他们。我们去离婚的路上，我给憨大买了油条，他喜欢吃油条。但是，真的到了民政局，他又不肯离婚了。他给我妈打电话，求她。他是老妇杀手，我妈一见他就心软，就站到他一边，劝我看在小乖的分上，原谅他一次。其实，这何止一次？他已经无数次出轨了，只是没有被我逮到现行。那些女人给他发的肉麻的爱情宣言，真叫人恶心。他就喜欢女人的甜言蜜语，就好这点虚荣，而我就不肯表露，吃了那么多苦，不会说动听的话。吃亏就吃在笨嘴拙舌。1998年5月20日。

这个话，热恋中的情人，有可能说过。那个时候，我确实出轨了，像着魔一样差点跟她结婚。只是理性觉得她没有碧葭好，才没有走到那一步。憨大叹了口气。我没有离婚娶她，搞得她对我恨之入骨，一辈子都揪住我不放，想方设法地整治我。我受这些罪，都是为了碧葭，如果没有碧葭，我们顺理成章结婚多好。碧葭对此一点不领情。我是早年的名校本科生，专业能力强，就是时运不济。那个女人像鬼影一样在后面不停地举报老子，幸亏老子没有什么把柄在她手上。

憨大语录："我妈说的，我们两个谈恋爱，一周见两次太多了，一周见一次面就行了。"

碧葭点评：婚前，他的工资都是交给母亲的，婚后第二个月，他把工资交给我，他母亲知道，很不爽，他母亲甚至流下了悲戚的眼泪。面对母亲的泪眼婆娑，他更加觉得对不起生养自己的母亲。他要加倍偿还母亲的养育之恩。

我只是他生活里的一个旁观者,一个配角。结婚这些年,他没有把母子关系过渡到夫妻关系上。恋爱的时候,母亲左右了他对我的感情,他对我有过感情吗?他已经习惯于和母亲亲昵,他深信,他和进二、母亲、父亲,才是真正的一家人。妻子和他没有血缘关系,不过是繁衍后代的工具。1993年4月10日。

这话,我妈确实这么说过。憨大想。当时我也是这么跟碧葭说的,于是,就每周见一面。见一面也结婚了,老妈说得对,还省了时间和约会的钱。也许,在过去贫穷的岁月里,正是因为把工资悉数交给她,才使得她有了基本的安全感,我们才能过到现在。憨大庆幸自己在这个问题上没有听从母亲的话,婚后继续把工资交给母亲,而是交给碧葭掌管。

憨大语录:"今天,我们班的同学聚会,混得好的,都带小秘书,混得不好的,就自己去。我算混得不好的,所以,没有带小秘书,以后争取带一个。我虽然没有固定的小秘书,但是,我经常换女人,只要我愿意,没有搞不上的女人。"

碧葭点评:这些人的行为能代表这个社会的价值观吗?也许能。现在,整个社会都这样,大家都拜金,有了钱就纷纷找小二,挂小三。影视媒体渲染一些小三斗小二、小四捉小五,原配靠边站的剧目。其实,这个不过是表象而已。真正有道德感的人是不会这样的。那天,在文艺社的台阶上遇到小虎,他看我沮丧的样子,一脸正经地说,这个世界上的男人没有不出轨的,看淡一点。我以前一直以为这个世界上出轨的男人是少数,但是,小虎不会骗我,既然他这样说,也许是真的。如果是真的,我的祖父也会出轨吗?我父亲也会出轨吗?我伯父呢?还有小叔呢?他们都是有范儿的正人君子,一想到他们也会出轨,我头就大,我觉得地球都要爆炸了。

如果生活就是这样,书上讲一套,现实又是一套,我们从小要读书做什么?我们不如做野人去。如果家里的这么多男人都要出轨,我宁愿让憨大一个人出轨好了。想到此,心都碎了,有一种被掏空的感觉,我真的太绝望。2005年4月18日。

憨大想,这个话有可能是我讲的,当时的社会风气就那样,当时,我们班同学聚会,有一大半男生都带了小秘书。基本上混得好的、发了财的,都离婚娶了小秘。我一个人去吃饭,身边没有小秘书,属于混得不好的,感觉有些丢人。

憨大语录:"现在世道不一样,官越是做得大的,越是愿意带原配出去吃饭、交际,这样,才能说明这个男人靠谱,是正派人。怕老婆没有什么丢人的,我现在不怕别人笑话我怕老婆。我到哪儿吃饭都可以带碧葭去,只要她愿意,开心就好。"

碧葭点评:难怪,现在憨大到哪里都不避讳我了,晚上出去吃饭,也愿意带我去,说明,现在社会风气好转,价值观在回归正常。为什么经济好转的时候,人类的价值观就倒退,而经济不景气的时候,价值观又得到回归?神就是这样鞭策人类,一会儿愚弄一下,一会儿又觉醒一下。2016年4月28日。

憨大语录:"今天中午吃饭的时候,听秘书说,我以前的那个她死了。我想知道她是怎么死的,到底是什么癌,怎么这么快,又不好意思问。"

碧葭点评:憨大能把这件事情告诉我,我真高兴。那个曾经让我痛苦异常的贱货终于死了,去年听说她得了癌症,一点都不奇怪。她那么邪恶,心机太盛,她生活在算计别人的阴谋中,最终,这些阴谋裹挟了她,使她不得安宁,癌症就找到她。有些人得病是命运的无奈,而她,是自找的。她从不放过任何人,老天也不会放过她。精明一世,不如糊涂一生。2016年9月16日。

这个文件夹的记录就这么多。憨大继续在垃圾站寻找文件夹,每一个都拖出来,打开看看。有些陈旧的照片他没有见过,有些陌生的男人在她的影集里。她的性格开朗,社交圈广泛。这些男人,有的他认识,有的不认识,基本都是工作中的同事和相关单位人员的工作照,他也懒得逐一问她。他相信她不会在外面瞎搞。但是,如果有人喜欢她,也不奇怪。

为了做一个孝子,他对母亲言听计从。这些年,他忽视了和她共存的夫妻关系。他没有把她当作自己的亲人、生命中不可或缺的一部分。没有她,他一样过得很好。他对她说过。那个时候年轻,想法偏颇。那个时候,憨大手上有一些重要项目,每天到单位,办公室已经坐满了等他签字的各类人员,他的小二楼烟雾缭绕,年轻女子进进出出,她们为了让他盖章,可以随时出卖自己的肉体。

憨大从不索贿受贿,他抽屉里经常有各路财神塞的红包、存折,他都如数上交财务。他风流倜傥,有个人魅力。碧荭这点不好,心眼小,好吃醋。她把他送给别的女人的化妆盒里的眼霜偷走,这是多年以后,小乖悄悄告诉他的。小乖还说,她把他送给别的女人的香水调包,真的换成假的。口红也是。那个时候,他已经想不起来是送给哪个女人的了。他感觉自己一直在恋爱中,每周都要跟各色女人调情,去最好的饭店尝鲜,给那些女人送化妆品。

人是会改变的。憨大现在觉得碧荭的存在对他很重要,男人的成熟总是姗姗来迟,现在,他成熟了,知道了妻子的重要性,他指望她跟自己共度晚年。与其说这是一个成熟男人的回归,不如说是力比多的平息。就像曾经纷繁的枝头,秋天,落叶凋零前的平静、沉寂。

想在碧荭的电脑上搜索到她隐秘的内心世界,希望越来越渺茫。除了她的读书笔记是她私人的,就是照片夹。照片很多,各个时期的都有,还有童年的扫描照,扫描的照片里有碧葭和憨大各自三个月大的照片。他们来自不同的家庭,三个月大的碧葭瞪着惊惧好奇的眼睛注视面前的世界,而憨大的三角眼耷拉着,是对世界不闻不问的逍遥。

还有一些扫描件,是小乖小时候的绘画、作文。他读了一篇作文,那些充满童趣的作文和绘画,他以前从来没有注意到,小乖就大了。他记不清小乖童年的那些事情。那些时间,他的心思都沉湎在女人身上,那些女人使他失去升迁或是提高自己的机会。年轻的时候,没有想到要在事业上奋斗。回想往昔,憨大还是有些悔意。

手机响,奇怪,这么晚,谁找他?是进二。进二约他周末去钓鱼。到周末,碧葭已经失踪一个星期了,他期待一些事件发生,使他有机会说出碧葭失踪的事情。但是,碧葭究竟怎样失踪,全在于他如何虚构。虚构,这个词贴切。如何虚构,关系到他的切身利益。

他想,他要出一趟远门。等他回来的时候,有关碧葭失踪的一切就顺理成章了,谁也不必对谁负责。

现在的社会风气讲究廉政、朴素,公款应酬基本取消。憨大现在的生活方式也改了,基本下班就回家,一个人吃晚饭,下速冻水饺。他吃过饭,歇一会,看看微信好友圈,大家都发了些什么内容,微博有什么新闻。然后他上电脑,查找碧葭的蛛丝马迹。这几天翻遍了,除了垃圾站里的憨大语录,没有什么其他秘密。

百无聊赖,鼠标转到她的读书笔记,竟然有目录,有页码,点击开有536页,文字记录的是《时间简史》,第十章,蛀洞和时间旅行,主要说的是时间与光的关系,以及由此产生的蛀洞。为了进一步搞清楚蛀洞的来历,他看到她又开始读《超越时空》。根据爱因斯坦的相对论,当一个物体达到光速,那么时间就会变慢,这一现象被称为"时间膨胀"。而当这个物体的速度超过光速,那么时间就会倒流。

P12页,爱因斯坦把长、宽、高、时间定性为四维空间。高维空间是不能用眼睛观察的,人们无法想象他们自己这个宇宙之外的宇宙。

P14—17页:任何一种三维理论都"太小",不足以描述控制我们的宇宙的力。光和引力的定律在高维时空中找到了一种天然表述。统一自然规律的关键步骤是增加时空的维数,在更高维中,我们有足够的"空间"来统一所有已知的物理力。

时间倒流,跟碧霞失踪没有关系。倒是虫洞吸引了他的注意。

《超越时空》P19—20页:"穿越时空的旅行,超空间理论重新提出了超空间是否能用于穿越时间和空间的旅行。为了理解这个概念,想象一下生活在巨大苹果表面的小小的平面虫。显然,对于这些虫子而言它们的世界像它们自己一样是平的和二维的,它们称它们的世界为苹果世界。然而,一个叫哥伦布(Columbus)的虫子,不断地被苹果世界不知何故在它称之为第三维的某种东西中有限且弯曲的观念所困扰。它发明了上和下两个新词来描述在看不见的第三维中的运动。然而,由于它相信苹果世界会在一些不能看见或感觉到的维数中弯曲,所以它的朋友们称它为傻瓜。有一天,哥伦布开始踏上一场漫长而艰苦的旅程,并且消失在地平线处。最后,它回到了自己的出发点,证明了苹果世界在看不见的更高的第三维中确实是弯曲的。尽管旅行使它疲倦,哥伦布还是发现在苹果上彼此远离的两点之间旅行还有另外一种方法,即通过在苹果上挖掘,能挖出一条隧道,这就在苹果上远离的两个点之间建立起了一条捷径。哥伦布称这些大大减少长途旅行的时间与不适的隧道为蛀洞。这些隧道证明了两点之间最短的路径不一定是别人告诉它的直线,而是一个蛀洞。

"哥伦布发现一个奇异效应,就是当它进入某个隧道,并且从另一端出去时,它发现自己回到了过去。显然,这些蛀洞连接着苹果上的不同地方,而这些地方的时间却有着不同的节拍。一些虫子甚至声称这些蛀洞能造就一架可以运转的时间机器。

"后来,哥伦布又做出了一项更加重大的发现——苹果世界在宇宙中实际上并不是唯一的一个世界。苹果世界只是巨大苹果园中的一个苹果。它发现它的苹果与其他数以百计的苹果并存,一些苹果上有虫子,而另一些没有。它猜想,在某些罕见的情况下,可在苹果园里的不同苹果之间旅行。

"我们人类自己就像那些平面虫。常识告诉我们,像平面虫的苹果一样,我们的世界是平坦的三维世界。无论我们跟随我们的宇宙飞船走到哪里,宇宙似乎总是平坦的。然而,正如苹果世界那样,我们的宇宙在我们不可见的一维中是弯曲的,这个看不见的维度超出了我们的空间理解力。这一事实已经被大量的精确实验所验证。在光束所经的路径上做的这些实验证明,星光在宇宙中运行时是弯曲的。"

P21页:"我们做事有一个根深蒂固的偏见(这个偏见永远是正确的),即我们的世界是单连通的,我们的窗户和门不是连接我们的家到遥远宇宙的蛀洞入口。"为什么不是呢?憨大想,可是,碧葭并没有在窗户和门口消失,她就坐在电脑前不见了。他继续往下读。

"用一片纸和一把剪刀就能演示用眼看到的蛀洞。拿一片纸,在它的上面剪两个孔,然后用一根长管重新连接这两个孔。只要你避开虫洞而不走进去,那么我们的世界就似乎完全正常。在学校里教的通常的几何定律是成立的。然而,如果你掉进虫洞,你就立即被输送到不同的时空域。只有原路返回并且撤离掉进的虫洞,你才能回到你熟悉的世界。"

看到这里,他感觉碧葭是掉进虫洞了。在书房放电脑的那个位置就有一个虫洞,也许虫洞是运动的,并不是恒定不变的。门窗只是人类给自己造就的一个平面三维的出入口而已,虫洞却是我们肉眼无法看见和寻找的。

虫洞到底有多大? 他在 19 页的注释中看到这样的文字:弗罗因德被问及我们何时能够看见这些高维时,他报以一笑。我们不能看见这些高维,是因为它们"蜷缩"成非常小的球,这些球无法被检测到。按照卡鲁查·克莱因理论,这些蜷缩维的大小叫作普朗克长度4,相当于质子的万亿亿分之一,小到用我们最大的原子对撞机也无法探测的地步。高能物理学家曾经指望造价 110 亿美元的超导超级对撞机(简称 SSC)能够间接揭示超维空间的某些线索,但 SSC 建造计划于 1993 年 10 月被美国国会否决。

碧葭的失踪和她的读书笔记给他打开了一扇窗户。他在心里冷笑,原来人类不是宇宙的主宰,人胜不了天。这使得他重新审视自己,审视他的社会属性,他自身在这个世界的价值。过去,他从来没有想过这些问题。现在,他感到从未有过的静谧、空寂、孤独与无力。他似乎从一个热闹非凡的现实世界,一下子跌入一个阔大无边的黑暗星空。

掉进虫洞的可能性存在,却无法验证。如果不是亲眼所见,憨大也不会相信。但是,谁会相信憨大说的真相,进二也不会相信。进二会劝他,带他去看精神科医生,做各类检查。如果进二抵御不了巧珍的谗言,就会把他送进疯人院。

除了老妈不想他去疯人院,一定有很多人巴不得他去。憨大感到孤独,说不出的孤独。人在不被信任、不被理解,甚至被误解的时候最孤独。他双肩耸了耸,翻到下一页。

　　碧葭的读书笔记里有一行加粗加黑的字:"困扰我们的,不是事件本身,而是我们对于事件的看法。"他似乎找到了救命稻草。事件本身不重要,重要的是怎样解说这个事件,怎样虚构这个事件。他的心里豁然开朗。

第五章 拆迁

第一节 交租

　　进二接憨大出院的时候,憨大理清了之前的思绪,他住院一个多月,一直在梦游中,这几天才清醒,碧葭不是在端午节的夜里倏然消失,而是他自己爱上了女秘书,抛弃了碧葭。确认了这点,他有点伤感,不是对碧葭的愧疚,而是女秘书转走了他卡上的钱就跳槽了,他默许的,又不能报案。

　　进二和母亲住一起,在河西南的沿江一带,属于早年搭建的私房,现在私房的拆迁安置能补偿不少钱,这里迟早是要拆迁的。所以,为了能多分点拆迁费,进二就整天在家里忙违章搭建。憨大出钱,给他在网上买建材,他指挥几个小工,在沿江大堤边砌墙盖房。执法队来制止的时候,进二一手拿煤气包,一手拿打火机,对执法队员喊道,你们哪个跟老子过不去,老子就炸死哪个。

　　执法队员看到他身上的文身,知道他不是省油的灯,到派出所一打听,果真是山上下来的打砸抢分子,到处收保护费,这一带的混混儿没有不知道他的。进二以此为豪,他曾对叶怜说过,你到了河西南这个地方,要是有人敢欺负你,你就说是我的朋友,就没有人敢欺负你了。

进二的房子建了两层楼,还有一个院子,厨房、卫生间、书房、卧室一应俱全。在这些主体建筑的后面,他另外搭了一小间卧室,这间卧室是专门给柳眉搭的,免得她一个人在外面租房子不方便。

柳眉每个月交给巧珍几百块钱,算是房租。就是说,柳眉是巧珍家的房客。明里,两个女人不再吵闹,她们的关系就这么确定;暗里,柳眉交出去的钱,是进二给她的,进二的工资是从来不交给巧珍的。巧珍为了笼络他,每个月还要倒贴他几个烟钱。这样,三个人的关系,表面上就扯平了。

巧珍家的房子因为靠着主干道上很快就要拆迁。进二为此专门和拆迁办的人谈过几次,态度蛮横霸道,狮子大开口,搞得拆迁办的人见了他就头疼,想躲都没有办法躲,总要面对,总要给这个癞痢头拆迁补偿款。多给一点罢了,多给几倍怎么可能?但是,不按照他开的价给,他就不搬。强制执行,生病的老太太睡在家里面。进二拎着煤气包,站在房顶上面,他事先把电视台的节目组叫过来,说是有好戏看。这样的人,是拆迁中最难对付的。

进二在巧珍家的拆迁问题上出了大力,老太太当然不会亏待他,老太太拿到第一笔拆迁款,就如数交给了巧珍。进二也会时不时地跟在巧珍后面,来看看老太太。柳眉还有什么可说的?柳眉虽然明里不说,但是暗里还是会说的,柳眉说,你一个礼拜至少要到我这边睡三次,不然我就闹。

柳眉的姿态明里是放下来了,确切地说,是给巧珍娘家的拆迁款压住了风头,柳眉知道这笔款子不少。

进二说,谁知道蛤蟆还有翻身的时候?想不到我进二也有发财的这一天,打了一辈子架,没打出个✕样,说拆迁就拆迁了,一夜之间,老子就从穷人变成富人,哪个能想到?

进二是一个要享受的人,家里一下子有了那么多钱,他就开始打这笔钱的主意。他和巧珍商量,你看我一年到头给老板开车,却没有一辆自己的车子,车子开得再好,有什么用? 我们家现在也有钱了,我们也买部车子,要是有了车子,我天天接你上下班,你就能像叶怜一样摆谱,在同事面前露露脸。这件事情,夫妻双方达成一致,买车,而且,买豪车,盖过憨大的车,也盖过大宝的车。

每周三次去柳眉屋里睡觉,巧珍是默许的,不这样怎么办呢? 不同意的话他连家都不回了,一点点慢慢来吧,想管也要讲究方法。有时候进二明明是睡在巧珍床上的,下半夜就忽然不见了,肯定是去了柳眉的屋里。巧珍能去闹吗? 儿子还在家呢,儿子已经长大了,已经上初中了。儿子听见多难为情啊,他们两个无所谓,巧珍是有所谓的。

有时候,铃铛上学起得早,发现爸爸不在妈妈床上,铃铛会问,老爸呢? 他去哪里了? 这个时候,巧珍就会替进二撒谎,编各种各样的理由搪塞,次数多了,就会有穿帮的时候。这个时候,是巧珍最尴尬,也最委屈的时候。儿子不是对父亲,而是对母亲起了疑心。儿子会反问她,你不要爸爸了,你把他赶到阿姨那边去了,是不是因为婆婆给了你一笔钱,你就变心了?

巧珍在夫妻关系上,自己受了委屈还能忍,被儿子误解,她就不能忍了,她要想办法扭转这个局面。她很茫然,不知道怎么办才好。有一点她是知道的,靠她自己的这张嘴巴,就是再巧,也解释不清楚。

第二节　报复

孩子天生对世间的事情怀有好奇之心,铃铛虽然读书成绩一般,但是脑袋瓜子还是很灵活的,他对大人之间发生的事情,特别是关系到自己父母亲的问题,是很敏感的。他怕他们离婚,单亲家庭的孩子是可怜的,父母亲总为这些事情吵架,多数是父亲不对。现在,妈妈隔三岔五地把爸爸撵到阿姨那边,又怪哪个呢?他最担心的就是他们会离婚。

一天晚上,他上床睡觉。父母亲也上床。他睡了一觉醒来,去上洗手间,从洗手间出来那会儿,他突然想到看看父亲到底睡在哪里。他蹑手蹑脚地摸到父母亲的房间,他发现父亲不在母亲的床上,这个发现,促使他悄悄地来到院子里。

夜很黑,星星都躲到云层里去了,但是,他一点都不怕,他相信自己是勇敢的人。平时他就是个有主见的人,同学之间闹了矛盾,只要他出面,基本都能解决,有时候比老师解决得还快。想到此,他增添了信心。

他看到柳眉的窗户灯是微亮的,他摸到她的窗户底下,屏住气息,他听到父亲狎昵的短语和柳眉娇喘的声音。懵懵懂懂之间,他好像一下子全都明白了,心里就乱起来,但是他很快就镇定下来,他有了主意。

他走到厨房的窗户底下,厨房的窗户下面有堆红砖头,他捡起半块砖头,狠狠地朝柳眉的窗户砸过去,玻璃"砰"的一声就碎开了花。他的心头有一种胜利的喜悦,立刻转身,兔子一样,敏捷地溜回自己的房间,关上房门,钻进被窝,装作睡沉了的样子。

不用猜,进二就知道是谁干的。他没有把那小子从被窝里拎出来,他知道是他理亏在先,他怎么好教训儿子?他长到这么大,还是第一次吃这样的哑巴亏,并且是栽在自己儿子的手上。他站在他的房门外,蹙着眉头,点了支烟,想着如何伺机教训儿子一顿。

柳眉现在见着巧珍不像先前那样低眉顺眼。那天夜里的事情,她怀疑是巧珍唆使儿子干的,她很想找机会报复一下巧珍。她欺人太甚,自己住在这么小的一间屋子里,还是给她交了房租的,至少也是个房客。怎么说,巧珍也不能这样对自己啊,这股子怨气不出,以后还怎么过日子?

特别是巧珍在过道里和她撞面,总是装着若无其事的样子,笑眯眯地和她打招呼。巧珍的笑容那么灿烂,巧珍一开心,她心里就不爽;巧珍要是面露难色,或者是愁眉苦脸,她心里就偷偷乐开了花。难道进二和巧珍有什么秘密瞒着她? 她紧锁眉头,处心积虑地瞅着巧珍,想找到巧珍的破绽,最近,她每日都疑神疑鬼的,变得像狐狸一样警觉。

第三节 试镜

韦杰是一个对艺术怀有敬畏之心的人。他时常会在商业片和艺术片之间困惑。他现在独当一面,拍些颇有创意的广告片。有时也拍些影视片,主要在后期制作上下功夫。他在圈子里小有名气。一些想上镜头或是学表演的年轻姑娘,会跟在影视圈子里外混的一些老男人后面,找到韦杰。

这些女子大都是傲慢的,对生人充满戒备和敌意。她们表演着拿捏不准的矜持,看上去像是没有生命的芭比娃娃,却没有芭比娃娃的天真。她们在韦杰的办公室沙发上忐忑不安地坐着,心里像有十八只小兔奔来跑去,动荡不安。韦杰抬头注视她们的时候,她们立刻变得像只温顺的小羊,一脸期盼。韦杰说,站起来,她们立刻全部站起来;转圈,纷纷转圈;第三个,左转一下。韦杰还时不时地要她们来个即兴表演。她们看韦杰的眼神,就好像看她们的上帝,韦杰的一个"用"字或是"不用",能决定她们的未来。

往往这样的时候,进二只能站在一边转悠。一拨一拨来试镜头的女孩子,没有一个会看他一眼,仿佛他这个男人根本就不存在,这使得进二有点失落和郁闷。进二以前说过的一句话,拆散了韦杰和叶怜这一对儿。韦杰知道是他放的黑水,韦杰是清高的,不会去找小姐,也不会玩潜规则。但是,韦杰会记仇,他不会把给美女摄像的机会交给他。所以,尽管他的名片上印着"制片主任",充其量不过是个满场打杂的差役。

对这些想方设法讨好韦杰的镜头美女,进二是没有机会了。他每天按部就班地回家,过日复一日的生活,这种生活,进二厌倦。他想在网上和陌生女人聊天解闷,寻求刺激。他让叶怜给他申请了一个QQ号,可是他不会打字,就无法和别人说话,看着那些摇头晃脑的女人头像闪烁不定,他干着急。

于是,他下了班就学打字。他们公司都是小有文化的人,进二一点文化都没有,他想打字,不学会打字,怎么在这样的单位混?巧珍支持他学打字,他只要往电脑跟前一坐,要茶是茶,要烟是烟,就是半天打不出一个方块字来。字呀字,快点出来吧,平时大家都认得的,怎么关键时候就不认识进二呢?进二打了几个晚上,也没打出一行字,打字真难,进二愤恨地骂道。

不会打字,怎么和女人聊天?要等到学会打字,再跟女人瞎聊,可能胡子都要等白。进二是没有这个耐心的。他开始用数字和图标去撩拨那些陌生网友。屏幕后面,总有陌生女人会被他逗乐。聊天的时候,非用汉字不可,就问身边的随便哪一个人,凑一两个字,或是一两个字母,渐渐地,也就摸索出聊天的大概用语,时间久了,也就钓了几个女人出来见面。

他每次去和女人见面,都会开着新买的凯迪拉克轿车,停在和他约会的女人面前。这些女人一看到他崭新的轿车,打开车门的刹那,心气就顺服了大半,再加上他不错的外表、"作战"时候的骁勇,有不少网友,甚至有着正当职业的女人,都被他迷惑。

但是,他很快就对这些女人厌倦。他发现,这些女人或多或少在年龄上对他有所隐瞒。年轻姑娘是不会在网上和四十多岁的男人约会的,这样的局面,成了她们玩弄他,而不是他玩弄她们了,他感到心理上的不平衡。

进二借去苏州拍片的机会,溜到观前街,去会女网友。这个网友看上去还蛮年轻,不到三十岁的样子。他给了她一张名片,并告诉她,他是摄制组在苏州拍片子的制片人,她要想当上演员,他有的是机会。女网友跟着他的车子,欣然到了摄制组的长包宾馆。

两个人正热火朝天的时候,韦杰来电话了。韦杰片场要拉道具,四处找不到进二,就在电话里发火。当他赶往片场的时候,接到了儿子班主任打来的电话,老师要他立刻赶到学校。他问老师什么事情,老师说到了学校再说,很严肃的语气,像是发生了什么事情。他只好跟韦杰请假。等他赶到学校的时候,老师已经下班了,儿子也没见着,不知道那小子跑哪儿玩去了。

进二在苏州拍片的这个把月里,巧珍在党校学习,儿子已经好几天没有回家。班主任告诉家长说,小孩偷了同学的两百块钱,给同学咬出来了。进二逮着儿子就是一顿死打,叫他把钱交出来。儿子说,钱早就花了。钱花哪儿去了?儿子经不住皮带的抽打,实话招来,给外面的一个女孩打胎用了。

女孩打胎需要八百块钱,她没有钱,就把和她有关系的四个男生全部喊到医院。四个男生谁都不承认是自己的种,但是,四个男生在这段时间都和她有过关系,女孩自己也搞不清楚到底是哪个的,最好的办法就是平摊她的手术费用,进二儿子的钱就用在这里。

儿子是怎么走到这一步的,巧珍最清楚。要不是进二的影响,还处在是非不辨时期的儿子怎么知道去搞女人?有什么样的老子,就有什么样的儿子。巧珍在家里骂骂咧咧。

单位的体检报告下来,医院让进二去复检。进二说,复检干啥?我身体这么好。老板说,医院让去就去吧,费用单位报销。全公司只有他一个人需要复检,复检的结果出来后,进二整个人瘫在医院走道的椅子上。他一言不发,闷头抽烟。到下班时间,医院里的人都走光了,他还没有走,他不知道自己要去哪里。他眼睛好,看到走廊尽头玻璃上反射的一条线,那条线露出三个大字,回归线。他盯着光线发呆。医生出来看见他在抽烟,说,你这个病就不能抽烟了,该治疗治疗,回家去吧。

这一次,他真的在思量,他想起医生讲的话,治不好也要治,哪怕有一线希望,人不是为自己活着的。进二第一次听到这句话,他上有老,下有小,一直为自己活着,糊涂了这么多年,他感到愧疚,他要重新开始,却不知道上苍会不会给他这个机会。他站起来,准备回家去。

第六章 相遇

第一节 母女出游

　　航班上,前排座位的一个中年男子屏住呼吸,身体往椅背上贴近,恨不能耳朵里伸出一些无形的细爪,窃听后排碧葭母女的对话。刚才,在飞机旋梯上,他注意到前面的小乖,十五六岁的少女,亭亭玉立,红色的腰带,编结成一只醒目的蝴蝶,束起细致的小腰,匀称的双腿闪着亮泽,呈现出少女特有的轻盈。走路时,柔软细嫩的腰肢像蒲公英的茸毛,优雅、飘然,叫人想起湿地仙鹤的步态,这样的步态电击般地勾起这个中年男人沉睡中的遐思。多么美妙!她是谁?飘然而至,坐在他的后排。她身边的女子又是谁?似曾相识。她们很亲昵的样子,是什么关系?

　　飞机晚点,在跑道上滑行的速度很慢。小乖的座位在舷窗口,她在看窗外的跑道。碧葭盼着飞机能准点起飞,忍了一会儿,忍不住说,真慢,还没有我跑得快。小乖听见这个说法,笑起来。她的笑,鼓舞了碧葭,碧葭得意地说,我骑自行车,速度会超过它,小样,滑行那么慢。说完,两人不禁咯咯笑起来。

她们不约而同地发现了前排的这个男人,他在窥视小乖。小乖已经十八岁了,看上去却要更小一点。她是石库城外校的尖子生,被保送到本地的一所知名高校。她对成人世界的认知,多数和母亲相反,所以,更多的时候,与其说她在观察别人,不如说是在看表演,她觉得成人更多的时候是在演戏,她不喜欢这个戏里的世界,她要走出去。

飞机提速,很快上升到云层。小乖在心里想,这些千变万化的云层,有没有重复过?一定没有。而生活,就像复印机,日复一日地重复。重复,就等于没有生活,她讨厌重复,她不要复印自己。

她不在意前面这个男人窥视她,这样年纪的男人,在她的字典里,就一个小老头,她不屑一顾。

透过航空座椅的空隙,碧莨却在看他。目光从后面往前直视,没有了遮拦。他意识到背后目光的犀利,有些慌乱,慌乱引发焦躁,不安地把自己的双手交织在一起,搓自己的手指头,借这个动作,掩饰不可名状的内心,这越发引起她的好奇。碧莨开始注意他的相貌,挺拔的鼻梁,柔软的头发稀疏地披散在脑门上,有些谢顶了,指甲修剪得干净整齐,棱角分明的脸,年轻的时候算得上英俊,现在也能看出当年的痕迹。这个男人在搓手的间隙,眼睛的余光会钻过椅子缝隙,绕开碧莨的视线,飞快地扫描一眼小乖的笑靥。就像一个吮吸手指的婴儿,吸完一口之后,会流下更多的口水一样。这个男人的手指,现在更加慌乱地揉搓起来。

穿越云层后的飞机飞行得异常平稳。碧莨用手捂着嘴角,怕声音传出去,她对小乖耳语,前面的这个大叔,像我的一个同学,他在窥视你,你问问他姓什么。小乖觉得母亲的这个要求有些唐突,她不屑理会她。

碧莨相反,她觉得这个男人就是自己的同学,她曾经暗恋并满心喜欢的。两个小时的飞行已经过去了一半,空姐过来,推车上堆满了各色饮料。她要了两份咖啡,声音一如学生时代般清脆。她相信声音有时候是返回过去的通道,有着无法言说的奇妙,她试图用从前的嗓音,把他引领到往昔。他随后也要了咖啡,这是她内心渴望的。这是否就是一种呼应呢,他已经进入那条通道?她注意了一下,坐在他左右两边的人,是一对青年学生,看他和他们交谈的姿态,似乎是师生。以学生的年纪,该是他的研究生或者博士生。他说一口石库城方言,基本可以断定,他是她失联很久的同学。

她想跟他搭讪,不能错过。他们在一个街区,两条马路上的房子里长大,虽然没有说过一句出格的话,但是,内心又何尝不曾渴望?

记得上图画课,她跟他借过橡皮。回头看他,有些害羞,拿橡皮的时候,偷偷乜了眼他画的图画,图画像吸盘,一下子吸住了眼睛。她看到,老师布置的题目是画桌子,他却画了一匹飞奔的黑马。她是多么喜欢他那匹奔跑中的黑马,她的心里一直住着这样的一匹黑马。这么多年,她以为自己忘记了,其实,从来就没有忘记过。她是记得他、在意他的。

下课的时候,他把手掌摊开,给一个同学看掌心的物件,同学欲抢,他跑,引得一群同学跟着跑。她也跟在几个同学后面疯跑,追赶他,想看看他手里拿的是什么玩意儿。他跑得比兔子还快,操场上,跑不到一圈,就把他们甩掉,像是摆脱了猎物追赶的小兽,远远地站在制高点,回头观察他们。等到那几个大个子同学悻悻地走远了,他回过头去找她,把自己攥在手心、握出热汗的石头给她看。石头上有汉字,是些什么字,她已经记不清了。但是,他的这个动作,表明了他对她的友好,她感到他内心对她的那份柔情,那份柔情一直深埋在心底,时间的幕布覆盖了一层又一层,无论刮风下雨,波澜不惊。现在,这场意外的相遇,刮开了时间的幕布。

飞机到达目的地,平稳降落。碧葭装了水果和旅行杯的手袋,躺在头顶的货舱里。想了一会,她总算找到搭讪的理由,吐了一口气,酝酿了情绪,精神饱满地站起来,对他绽开笑脸,优雅中混杂着求助,帮我拿下舱位里的手袋好吗?他受到她情绪的感染,神情有些放松,微笑,点头,帮她拿下了手袋。手袋口的水杯滚落在舱位里边,有一串红提也滚到一起,两个人站在走道上,面面相觑,会心地笑起来。他说,我帮你拿。

机舱的门已经打开,过道上的行人开始移动。再不追问下去,恐怕以后就没有机会。碧葭这样想,鼓足勇气,故作轻松,依然掩饰不住内心的羞怯,像个怀春的少女。她说,你是袁老师?男人也羞怯,低头说,是的。她的心狂跳起来。似乎也认出了她,男人说,我们是同学。说完这句话,低下了头,眼神是默契的,却顾及身边两个学生的感受,很快就装着没事人的样子,心思却是越发沉重起来。

她是碧葭。少年时代,他初次暗恋的女生。当年她坐在他座位的前排,抬眼看人的时候,羞涩的脸庞和身边的少女如出一辙。现在,她坐在他的后排,他依然能感受到她当年的眼神。有些恍惚,时间在往前走,他的心上人还是当年的十八岁。

碧葭和小乖跟随袁浪平一行走下飞机。袁浪平快步走在前面,他的两个学生紧跟着他。他不知道自己为什么要走这么快,是想甩掉她们?显然不是,她们的出现,使他激动、紧张、慌乱。他不想让两个学生看到他的样子。慌乱,一个教授,学科带头人,怎么能在机场这样的地方慌乱?很快,他们消失在长长的走道里。

碧葭却唯恐被丢掉一样,快步跟在后面,不时抬头张望前面的袁浪平。取行李处,几个人再次相遇。袁浪平忍不住回头乜了一眼小乖,见她身材苗条挺拔,像画上的仙女,低头站在画里玩手机。他立刻转过身,装着什么都没有看见的样子。但是,他的脸色和神情显然出卖了他,他怎么又慌乱了?碧葭注意到了这点,他为小乖所动。

第二节 少女

第二天,袁浪平找到她们住的酒店。他没有进房间,在门外站着。电话里,他和她们约好了同去香港,他在香港大学有合作项目。袁浪平的车停在酒店的路面停车场。他接过碧葭手上的行李,快步去了电梯间。在停车场,碧葭让小乖坐在车的前面。在家里,她总是理所当然地坐前面。小乖对他有些生疏,不肯。碧葭不再坚持。

汽车缓缓地朝前开,母女好奇的目光注视着窗外的景色。原来,他在这个城市的一所大学已经工作了二十多年。沿途,他给她们介绍这个城市的海岸线和建筑、小岛上筹建的歌剧院、他的妻子和双胞胎儿子,好像他们是多年不见的老朋友。

袁浪平不急不慢的话语,依旧带着石库城男人的卷舌音和尾音,这样的节奏,使小乖找到了认同感。随着他的叙述,她对他渐渐熟悉起来,两人的气息分子对接之后,她的身体前倾过来,挤在母亲和袁浪平之间,偶尔点个头,微笑一下。少女的笑靥明艳生动,三个人的车厢里顿时有了阳光。碧葭知道,小乖认可了这个陌生男人,她不再排斥他。女性对陌生男人会有本能的戒备。她们往往通过语言、气息、嗅觉、眼前所见以及话语,来判断面前的陌生人是否同类。当小乖加入了他们的话题,就是小乖认可他是同类的时候。袁浪平起了兴致,他看小乖的眼神不再闪烁,恢复了常态。

袁浪平开车的时候,碧葭注意到他握方向盘的右手,拇指弯曲的线条明朗、刚毅,扁圆的指尖修长,古铜色的手背皮肤,偶尔露出衬衣袖口的尺骨,吸引着她的眼球。袁浪平把汽车停在地下停车场,三人打车去海洋公园。

暑期里,海洋公园到处是游人。碧葭给小乖拍照,然后,袁浪平给她们母女拍合影。碧葭和袁浪平拍了生平第一张合影。两个人站在一起,想亲昵一些、自然一些,却有些拘束,各自站得很正。只是碧葭把左手象征性地放在了袁浪平的后腰上。照相的小乖看不见母亲的这个动作。袁浪平意识到她的手,身体抖动了一下。照片没有拍好,有些模糊。

水族馆,海底世界的珊瑚和小鱼呈现在眼前。他们看海马,海马真小,小得像拼接的木偶玩具。看头顶游过的锅盖一样的大鱼。有些地方一片漆黑,三个人要牵着手才不会走散。碧葭左手牵着小乖,右手牵着袁浪平,黑暗中,眼睛看不见手指,手指却是明亮的,看得见另一只手指。碧葭的手指纤细柔滑,被袁浪平的大手牵引着、紧握着,仿佛怕她的手像海边的细沙,从指缝间流失。袁浪平展开手指,碧葭的指尖便插入他的指缝里,袁浪平紧紧地钳住了她。有时候,小乖不见了,很快,袁浪平找到她,回到原地。步入水母区,三个人看见雾霭一样的水母,白色的、红色的、紫色的水母,三两只,一群群,聚集在一起又飘散,像烟雾散落在水里,溶化开,聚集成新的烟雾。多么自由的生命!

去迪斯尼乐园,是小乖最开心的时候。游乐场到处是排队的人。碧葭去飞越太空山排队。袁浪平在幻想世界排队。小乖排到了明日世界的队伍后面。还有几个游乐项目,袁浪平和小乖一起玩,袁浪平成了她的玩伴。小乖玩得开心,在高耸的跳楼机面前,她脱了松糕鞋,无所畏惧地坐了上去。袁浪平也坐了上去,他给她扣皮带,叫她抓紧扶手,两人相视一笑。小乖的笑容羞怯、甜蜜。少女似曾相识的眼神,看得叫人心动。跳楼机往地面坠落的时候,所有的人都在高声尖叫,袁浪平和小乖也闭上了眼睛,尖叫,大笑。碧莨在下面拍照片,她细心地记下了这一幕幕,这些生活中的欢乐,是值得以后回味的。

　　他们到达浅水湾的时候,碧莨发现山顶的楼房和青山很不协调,夕阳正在挣扎,慢慢被黑暗吞噬。山顶的楼房露出星星点点灯火的时候,那只藏在"蛋清"里的"蛋黄"终于坠落下去。有年轻的情侣在沙滩上支起了帐篷。小乖脱了鞋,追着海浪跑。碧莨担心夜晚的海浪卷走她,袁浪平脱了鞋子,追小乖而去。

　　一对母子站在碧莨身边,母亲示意男孩脱了鞋子下海,男孩不依,注视着水里戏耍的小乖,看得出神。一股神奇的力量在引导他,最终,他脱了鞋子,随小乖而去。他去和她搭讪。两位母亲在沙滩上看着水面上的孩子。袁浪平在浅海中牵了小乖的手回到碧莨身边的时候,那个男孩也追了过来。没有说上话,小乖就甩开双手,又朝浪花跑去。男孩羞怯地问碧莨,阿姨,妹妹上几年级?碧莨反问他,你上几年级了?男孩说,高二。碧莨笑起来,告诉他,过完暑期开学,妹妹上大一了。男孩又问,你们从哪里来的?碧莨说,石库城。他笑起来说,我去过石库城,喜欢石头库,那里有外滩、城隍庙。

　　男孩落落大方,他告诉碧莨,他们来自珠海,父亲在广州上班,广州的房价太高,父亲在一次旅游的时候发现珠海很美,就在珠海买了房子,把他们母子接到了珠海。碧莨问他,你叫什么名字?男孩低下了头,半天不语,有些害羞,真的不好意思说,我在乡下长大的,名字是在乡下起的,很土。碧葭鼓励他说,乡下起的名字有地气,有利于小孩长大,说吧。男孩看她期盼的眼神,欲说还羞。这羞怯,激起了碧葭的好奇,她越发想知道,自己就变得像个孩子般期待着。男孩看她没有取笑的意思,这才吞吞吐吐地说,我叫阿根。小乖从水里过来,听到他的名字,细语叫了一声阿根,阿根已经羞怯得不知道如何是好了。

袁浪平领碧葭母女去饭店吃晚饭的时候,又遇见了阿根母子。阿根的羞色红到了耳郭,却装着没有看见小乖的样子。当小乖穿过大厅,去门外买冰激凌的时候,阿根的脸涨得通红,有些手足无措,坐立不安。他在心里试图出去和小乖搭讪,又不愿意大人看到他的窘样,他为她知道自己的名字叫阿根而难为情,他后悔刚才听信了她母亲的蛊惑,不然她是不会知道他叫阿根的。碧葭会心地看着袁浪平,他们都注意到阿根的纠结和慌乱。袁浪平内心不屑,表面却不动声色。碧葭却掩饰不住对阿根的喜爱。小乖买了冰激凌,回来后说,要是我真的找一个阿根这样的男朋友,妈妈一定不会同意。袁浪平问,为什么?小乖说,妈妈不喜欢农村来的。碧葭说,如果是像阿根一样真挚的孩子,即便是农村来的,我也是喜欢的。小乖说,我不喜欢姐弟恋,我要找比我大的。

小乖在化妆品专卖店流连,她选了五颜六色的指甲油、一瓶香水,袁浪平跟在她身后付款。小乖看变色镜,选了一款,戴在脸上,不太适合,又换了一款,这一款真好,香港夏日里的阳光刺眼,小乖需要这样一副眼镜。袁浪平说,好看,就买这副。碧葭反对,一副眼镜几千块钱,不能这样。袁浪平铁了心,要给小乖买,他要买她喜欢的物件。

每次小乖选好后,碧葭总是找各种理由推托,拽着小乖就走。袁浪平就跟在后面数落她。在一家首饰店,小乖又看上了一款项链。袁浪平执意要买,碧葭就是不肯,她要回石库城买,石库城什么都有。袁浪平说,小乖这么喜欢,就给她买了。碧葭拽小乖的膀子,拉她走。小乖甩开她的膀子,嘴噘着,有些不乐意,她实在太喜欢那条项链了,站在那里,一条腿别在另一条腿上,像仙鹤独立,又像是被粘在了地面。

袁浪平把碧葭的手拉开,用了一把力气,碧葭被他拽到门外。服务员已经开好票据,袁浪平付了港币。小乖收好项链,潜藏着高兴,不露声色。碧葭不想被店员看出自己内心的想法,出了店门,把钱还给袁浪平。袁浪平捏着碧葭抓钱的手,一言不发,她的手被捏得生疼,有些无奈地缩了回去。

旅游旺季的酒店,一房难求。他们只好住在远离市区的酒店。昨晚,来酒店的途中,他们嫌远。现在,这里万籁俱寂,仿佛是没有人迹的世外桃源。人在旅途中,沿途的景色又添了新的风景,是意外的欣喜。这是一个入梦的地方。清晨,一切还在曚昽的曙光中,窗外的海面被朝霞抚慰。袁浪平躺在床上,他似乎听见海水下鱼虾的呢喃,看见寄居蟹钻出贝壳忙碌的影子。当人类的喧嚣平息的时候,自然呈现出它本来的面貌。袁浪平被这声音触动,它细小,忽隐忽现,他竖起心灵的耳朵,听到那声音一阵阵传来。他念起隔壁的母女,想领她们去聆听。小乖玩累了,贪睡。碧葭呢?她起来没有?他想给她打电话,又怕惊扰了小乖。他在犹疑中起来,痴痴地看着海面越来越热烈的波纹和驳岸的石头、游艇靠岸的码头。他一个人走出了酒店。

第三节 大三巴

香港之旅结束后,他们乘船去了澳门。现在是暑假,袁浪平有足够的时间和她们一起旅行。在威尼斯赌场,奢华的大厅、柔软的地毯、二楼的水晶吊灯;墙壁顶上雕刻着大型《圣经》故事壁画,活灵活现,仿佛米开朗琪罗刚刚离开那里。碧霞给它们拍照,被工作人员阻止。

袁浪平说,小乖,你已经十八岁了,今天算是成年礼,带你赌一把。小乖来了劲头,这样的成年礼,真是太与众不同,她心里有些得意,紧跟在袁浪平身边,像一只停在父亲衣角上的蝴蝶。

袁浪平带母女在大厅走着,找着感觉,感觉那张桌子气场不错,便站定下来。小乖手气好,今天,好赌一把。他抽出一沓港币换成筹码,兴奋地看小乖下了赌注,他教她压筹码。小乖把筹码压在"庄家"两个字上,工作人员把摸出的牌递给小乖,他用手掌压紧了说,看,我们小乖是厉害。他捂着筹码,掌心似乎有好运转来,一对号,果然是赢了钱。

换得筹码,他们出门,去了第二家赌场。还是赢钱,赢来的筹码赎钱以后,袁浪平把钱给小乖。第二次给钱的时候,小乖跳起来,有些羞怯地对袁浪平说,我们分吧,你也感受一下赢钱的快乐。袁浪平说,都是你赢的,归你所有。碧霞慈爱地看着小乖,目光却在暗中观察着袁浪平的神情,她在想,他这样宠小乖,是在讨好她,还是讨好童年的自己?她一时想不明白,却知道,他是善意的,一个善意的男人,将碧霞的心结打开了。

晚上,他们早早地回到酒店。酒店的二楼平台有露天泳池,泳池面朝大海,可以听见海浪拍打礁石的声音,这种声音,让她产生在海里游泳的幻觉,这是碧霞向往的。她提议去游泳,拿了泳衣。小乖不肯,她要去三楼的游乐厅玩。南方少女的反抗,柔韧而不露痕迹。她不言不语,不和母亲唱反调,却坐在床边磨叽,不肯走。她的泳衣就丢在床上,她看都不看一眼,更不屑穿在身上,这件她压根就不喜欢的泳衣,没有一点美感,不能包裹她娇美的身体,她想把它从窗户扔出去。碧葭不耐烦了,她由不得小乖使性子,径直去了泳池。

袁浪平对母女的分歧笑而不语。碧葭前脚走,他后脚便拉了小乖,两个人互相扮鬼脸,像一对成功逃学的少年,手拉着手,一蹦一跳地蹿到了游乐厅。小乖玩得尽兴,很疯。袁浪平也是。他和她打对手,毫不相让,其实却在暗里让着她,不被她发觉。玩得投入,忘记了年龄,恍惚中,就觉得回到了少年时光。在学校的体育运动场,小乖就是过去的碧葭,十几岁的碧葭,不爱说话,腼腆,抬眼看人的时候,满目的青涩,还有一丝潜藏着的调皮。袁浪平要飞起来了,四肢矫健,他在展示自己,像一个少年,有使不完的青春活力。

第二天,他们去逛街,走到一家卖哈根达斯的冰激凌店铺,袁浪平说,小乖,进去选一款吧,选你喜欢吃的。转过身,对碧葭试探着,你也选一款,选你喜欢的。碧葭说,我不吃冰激凌。她笑眯眯地看着小乖,你选吧。小乖乖巧地选了一只外带的小甜筒,她一路走着,一路开心地用小勺子舀着,自己吃一口,舔干净小勺,舀一勺,追上前面的袁浪平,喂他嘴里。

她喂他的神情,那么认真,像一个大小孩喂襁褓里的小小孩。一股说不出的甜蜜在融化,他感受到一种真切的从未有过的幸福,往昔时光的逆行,行走的欢愉。袁浪平分不清,有些沉醉。大街上来来往往的行人,匆忙而急促,小乖再次喂他的时候,他几乎眩晕,不能承受。你自己吃吧,他说,还是张开了嘴巴,却加快了脚步。他没有想到女儿可以这样贴心,真是如谚语所说,是小棉袄。他的两个双胞胎儿子,从来不会这样,一天打闹到晚,没有一刻安宁。如果家里安静了,就是他们睡着的时候。

走到叶挺故居,袁浪平停下来,看了一眼门牌,若有所思。小乖笑容灿烂,用指尖擦拭嘴角的冰激凌,一只手举起哈根达斯,一只手打着手势。哈根达斯高调地展示出一种年轻的生活姿态,她生活在乔布斯时代,比尔·盖茨时代。她穿着时尚的豹纹连衣短裙,站在青砖木头窗户前面,袁浪平给她在窗户边上拍了照片。

这里是怀旧的地方,他把她和这里定格起来,这里就变得绵长了,可期待了。这里,对她是背景,对袁浪平是怀旧,是过去。她不需要过去,她只要未来,她才开始,而袁浪平已经开始需要过去了。

澳门图书馆,碧葭去楼上查阅书目,她想看看这里的收藏。袁浪平和小乖两人并排坐在一楼大厅的长椅子上,脑袋挤着脑袋看相机里的照片,看完,袁浪平问她,你爸爸在家?在家。他不和你们一起出来度假?他不知道我们出来。他惊讶起来,为什么?妈妈说,要给爸爸一个寻找的过程,寻找的过程就是反省的过程,他会一个人在家反省。碧葭出来听到他俩的对话,一挥手,走吧,我们去圣母堂。

逛到玫瑰圣母堂门口,碧葭累了,她说,进去坐一会儿。外面的街道,人头攒动,人们从一个店堂拥挤到另一个店堂。教堂里面却很安静、宽敞。小乖选了个位子,坐在前排,伏在桌子上,看手机里面的穿越小说。袁浪平和碧葭坐在后排。碧葭说,定下心来坐着,坐久了,觉悟一下,或许就能跟神灵通上了。袁浪平点头,是的,是这样。

他的目光盯着小乖的后脑勺,她的马尾巴把他拉到三十年前的课桌上,他开始走神。碧葭问他,你信神吗?袁浪平回过神,说,信,我是有神论者,但不相信任何教义,世界神秘,不可解释,我对那些言之凿凿、真理在握、看似无懈可击的人深表怀疑。你呢?碧葭告诉他,信,只是没有皈依,我是一个无宗教的信仰者,神,在我心里。袁浪平点头,默认,两个人相视一笑,默契地看着小乖的背影。她的马尾就是碧葭昨天的马尾,生命就是这样往复,母女在一个时间段相遇,最终,失去彼此。

离开教堂,走了一会儿,袁浪平说,前面不远处就是大三巴牌坊,这间教堂与火结下过不解之缘,从其雏形开始,到现在仅存的前壁牌坊,经历过三次大火,屡焚屡建,幸好教堂最珍贵的前壁没有被烧毁,保存到现在。

碧葭没有爬到大三巴的顶部,她有些疲倦,坐在石雕扶栏上面喘息。她左右两边的台阶上,坐了一些休息的人。这里很热闹,她却安静地坐着,什么也不想,静静地看,仿佛她生来就是一个看客。她前面的台阶上坐着一对男女,男的是一个欧洲小伙子,英俊,吸引了她的注意力,女孩是一个并不漂亮的中国姑娘,二人似乎不太般配,却彼此吸引,一定有理由。

小乖一口气爬到大三巴的顶部。袁浪平也跟着她上来。大三巴的壁面精雕细琢,袁浪平耐心地给小乖解说壁面上精致的浮雕及其意义。

在刻有耶稣会圣人的雕像前面,阳光照耀着小乖明媚的笑脸,仿佛是雕塑前面移动的天使。袁浪平给她拍照。他一会儿蹲着,一会儿爬到石墩上,小乖摆出不同的姿态。袁浪平面对小乖娇媚的姿态,有些恍惚,他希望时间静止。

他在恍惚中回到从前,从前的碧葭,放学回家,在这个奇妙的下午,走在他前面。那是他的少年光阴暗恋过的第一个女生,那时,他是多么希望她能回头看他一眼。现在,她像只仙鹤,如此美妙、如此优雅地在对他微笑,好像等待了三十年,才明白他的期待。今昔是何年?他问自己。今昔是何年?又问了一遍。

拍完照片,袁浪平坐在石雕围栏上。小乖与碧葭,过去与现在,时间有些混乱,他在相机里翻看刚才拍下的照片,试图厘清什么。母女两个,是时间的翻版。小乖凑过去,紧挨着母亲,看得投入。忽然间,一阵大风吹过,大三巴出奇地静,时间静止,意识空明,抬头看去,仿佛整个天空都是晃动的霞光,小乖的面影,出现在布满霞光的大三巴的壁面上。

第四节 世界本来是透明的

碧葭旅行后意外回家,带着小乖、大包行李。憨大既惊又喜。这是最没有想到也是最好的结局。有点像一只猫出去流浪一段时间,回来的时候,带了一窝小猫。女人就像猫一样。碧葭就是乘憨大住院,悄悄离开了家。母女俩约好了时间出发。她们没有告诉憨大这次旅行计划,她们觉得憨大有女秘书陪着,不再跟她们有关联。憨大完全是局外人,憨大确实是自己从局内跳到了局外,潇洒了一段时光,从高处跌回到更低的地方。那段时间,他的口头禅是中年男人三大宝:升官、发财、死老婆。他第一项占到了,后面就是离婚又破财。人生古难全。就像人必须选择是在海洋、高山,还是在平原上生活一样,不亲身经历,怎么会有判断?憨大理直气壮地回撑母亲。

旅行结束两周后的一天,碧葭在石库城的家里,接到物业管理处打来的电话,小区道路上的路灯被毁坏,通过监控发现,怀疑是小乖干的。

你们搞错了吧,她胆子那么小,怕黑暗。再说,她也不需要去偷电线。碧葭态度坚决,她不相信是小乖所为,她的女儿一向乖巧,一路名校,不会干这种无厘头的事情。

物业说,从监控图像看出,是你家女儿,她最后回了你们家的单元门。碧霞说，回我们单元，不代表就是我家女儿。我们单元好几个女孩。物业说，最好你抽空亲自来看一下再说，我们也不想随便报案，影响小孩前途，不管哪家小孩，家长来协商处理一下。

物业的这段话打动了碧霞，不管是哪家的小孩，找到根源，还是以教育为主，至少这个女孩跟她的女儿一般年纪，碧霞生出一份恻隐之心。她去物业管理处的监控室。工作人员调出那个时间段的监控，她很淡定。图像出来，砸灯、剪断电线的人，确实是一个戴帽子的女孩。碧霞有些紧张。放大侧脸，走路的姿态、衣服、帽子，果然是小乖。碧霞心跳突然加快，有一种窒息、想要自己扇自己耳光的感觉。她窘迫，羞愧难当。道歉，答应赔偿。希望物业尽快修复，她支付一切费用。当场要付钱，她觉得付了钱，这件事情才算了断。她希望尽快了断。离开物业公司回到家，小乖不在家，给她打电话，忙音。微信留语音给她，不回。四处寻找她，直到夜里，依然不见踪影。

她开始检讨自己，翻看小乖的抽屉和练习册，在一页纸上，她看到这样的文字：我害怕漆黑的房间，虽然知道没有坏人；我不怕坏人，我怕的是鬼。妈妈说没有鬼，世间本来是无鬼的，可是，她却相信有神灵。我觉得有神灵就有鬼魅，它们像一枚硬币的正反两面，相互依存，无法摆脱另一面而独立存在，就像光与影、善与恶。妈妈说，神灵是高于人类智慧的生命体，比人类高贵的生命，怎么会有恶的存在？我想说的是，人类是比动物更加智慧的生命体，可是，人比动物更加善良吗？历次战争证明，人类的残忍怎是动物可以比拟的？

翻开若干页，碧霞看到小乖端庄规矩的字体：世界真如我们看到的那样？一定不是的。也许世界本来是透明的，只不过人类的角膜给它界定了颜色。夜里，大地归于平静，我的心却不得安宁，躁动,激越,我看到藏匿于黑暗中的万物生灵,听到小鸟归巢、风吹林梢的窸窣声响。迷人的黑夜,法桐树的落叶蜷缩着,像一只只历尽沧桑又极其温柔的小手,眷恋着掌心中不愿消融的积雪。山上的树林是多么美。东面的那条路,路边的林子里,青蛙,蝉,此起彼落,心中忽然就有了脱俗的诗意,一路想的都是蝉声响起,蛙声落下。天堂就是这样美吧。当整条亮化的街灯被我亲手熄灭的瞬间,我又看到了这一切,欢乐来临!

我要去远行,不要四处找我,那样,我很烦。我会照顾好自己的,别担心。当我一个人远行的时候,请你们在家好好反省自己的过失,该是断奶的时候了,你们要学会断奶,而不是我。

终于自由了。摆脱了父母的羁绊。小乖一直在上网。她看了一部日本电影《菊次郎的夏天》,年幼的菊次郎在这个暑假,萌生了去海边寻找母亲的愿望。而她已经成年,她要摆脱家长的桎梏,离开石库城。她要独自去一个遥远的地方,送给自己一个成年礼。这么多年苦读,这是一个轻松的假期,她不再循规蹈矩。她要放松一下,做一些平时母亲不让做的事情,越离谱越过瘾。她看完电影《非洲历险记》之后,心里有了想去的地方。

天露白,碧葭才回去。憨大说,都是跟你学的,现学现卖。有什么样的母亲,就有什么样的女儿。当然了,你家铃铛就跟进二一样。碧葭也不示弱。我家的事情不要你操心,你先说说没有身份证,怎么在外面混。碧葭说,身份证在我包里。憨大拿出抽屉里碧葭的另一张身份证,在她眼前晃动,这是什么? 这是挂失的,上次找不到。我身上带的是新办的。憨大说,你太过分、邪恶,我差点报警人口失踪。亏你是当老师的,这样不辞而别,太不讲信义。他们两个虽然离婚了,还是为了小乖经常走到一起,他们又拉拉杂杂地吵个没完。小乖失踪,他们本来无心吵架,发现小乖是自己出走,还留了言,两个人悬着的心才落了地。憨大不痛快,伺机找碴,两个人一直吵到天透亮才迷糊睡去。与其说是吵,不如说是一场新的磨合,憨大觉得这段时间太窝心了,他要发泄一下。

小乖在床上滚动,有些兴奋,睡不着,在习惯性地听母亲的动静,她在潜意识里期盼母亲快点回来。细想,不对,自己已经离开了家,摆脱了母亲,她要独立,她再也不要听到母亲在家里指手画脚的声音。

她相信,即便没有母亲的陪伴,袁浪平也会一如既往地照顾她、宠她。父亲从来没有这样疼爱过她,父亲总是喜欢跟舅舅在一起鬼混,小姨告诉她的,母亲还装着不知道的样子。母亲所拥有的,她一定能拥有,甚至要超过她。她要让袁叔成为她的皮夹子。嘿嘿,想到此,她笑了起来。她用袁叔的钱越多,母亲还的债越多。母亲宁愿把钱大把地交到别人手上,也不愿意直接给她。从母亲手里要钱很难,她什么都不让买。还是袁叔好,她喜欢什么就给她买什么。想到此,她笑起来。

第二天,她飞到了他们第一次见面的机场。袁叔老远就看见了她,她在低头玩游戏,她这个年纪的孩子,还不会换位思考,更不会想到别人的难处。他们极尽所能地享受着一切时光,仿佛时光就是用来享受的。上了袁叔的汽车,很快就到了海边。袁叔问她想去哪里。她说想沿着海岸线散步,多美的海岸啊,还是第一次看见这样美好的夜景,像童话世界里的一个地方,这座浪漫的城市,比起石库城的外滩,生动、自然,从植物到规划布局。袁叔说,心中有浪漫的人,才能看到城市的浪漫。

袁浪平把车开到一个辽阔的地带停下来。他们穿过草地,来到护栏,三三两两散步的人从海边走过。头顶上是高大的大王椰,天上有星星点点的亮光在闪耀,袁浪平看到一张长椅,牵着她的手走过去。一个小伙子看出他的意图,快步抢占了长椅。袁浪平急于坐下来,可是小乖的心情好极了,这么长的海岸线,慢慢走吧,总有一把没有人坐的长椅在前面等待他们。

他们坐下来,静静地看着海岸对面。澳门灯火辉煌,像一座不夜的水晶宫。墨蓝的天上,斜斜地挂了一个亮点,小乖说,是星星或者灯塔。袁叔说,是起航的飞机。可是飞机为什么不动呢?他们一直注视着那个不动的亮点,一会儿,亮点缓缓移动,向更远的天际划去。小乖发现,原来真是飞机,这里视线真好,能这样眺望夜空,像童话世界。说完,幽幽地望着远方的海面。

不安的蚊子咬了小乖的腿,她开始不安。袁叔帮她撵蚊子。去一个可以在窗口眺望大海的酒吧?袁叔征求她的意见。小乖笑起来,她很乐意。两个人起身,去找路边的汽车。袁叔告诉她路边的别墅里居住的都是什么人物,小乖听不进去,这些人物跟她没有关系,只有海和天上移动的亮点引起她的兴奋。到了那间酒吧,两人并肩坐在角落里,灯光太亮,刺眼,叫服务生把光线调得暗淡下来。灯光暗到一定程度的时候,窗外的大王椰就清晰起来。袁叔说,白天是黄色的海水,现在是黑色,光,给世界带来色彩和改变。小乖说,不对,是感觉给世界带来了色彩,你觉得世界是白色的,它就是白色的;你觉得世界是红色的,它就是红色的。

服务生拿来酒单,袁叔挑了一支波尔多帕蒂酒庄的陈年红酒,征询小乖的意见。小乖眼睛闪光。两个人笑起来,服务生开了酒,拿来大杯的冰块。小乖面前放的是杂乱的果盘,草莓冰激凌。袁叔给她要了酒杯,两个人都倒了酒,加了冰块。那时,酒吧奇静,他们碰杯,开始谈论光带来的色彩诱惑,自然界的假象,人造的假象,世界的真相是什么;谈论苹果产品为什么每一款都让人心动,却不尽完美,就是为了给新款留有空间,占领市场份额,狡猾的乔布斯;

谈论学校对学生的控制,家长以爱的名义操控孩子。人,为什么活着?人是为了寻找欢乐才活着,小乖噘着嘴,调皮地说。袁叔问她,你的 QQ 签名为什么用 destroy?小乖说,没有特别的意思,好玩。

酒要喝干的时候,蚊子又咬了小乖的腿。袁叔要求服务生给他们的桌子下面点盘蚊香。她的两条腿开始盘上椅子,给蚊子咬过的皮肤涂抹风油精,长条椅子,她和袁叔挨得很近,裙摆是短的,遮不住大腿,少女光洁的腿展露在裙子外面。她面色潮红,目光迷离,噘起肉嘟嘟的小嘴,像电视里的成人那样,朝袁叔喷吐着酒的气息,酒的醇香和薄荷的清凉缭绕了他们。她没有任何意思,只是模仿,模仿网上看到的一些视频,成熟女人都会这样吧,她想尽快成熟起来。袁叔在想,找机会问问她,为何旅行刚结束,又跑了出来,妈妈知道吗?袁叔不知道小孩子的心,他们的人生就是不停地考试、做题,好不容易有了一个放松的假期,这是十八年来第一个真正的假期,碧荍给小乖报名了托福班,小乖无法接受,高考都结束了,还要逼她上课,母亲真是邪恶。

这里是酒吧的大厅,他们的姿势引人注目,服务生走过来,仔细地看他们,他们坐得太靠近了,身体却是分开的。服务生又退了回去。

第五节　肯尼亚

飞机像只巨大的金属鸟,掠过葳蕤的原始森林,平稳地降落在肯尼亚海上门户、印度洋之滨的蒙巴萨。走出机场,小乖立刻打开遮阳伞。前来接站的黑人小伙子丹尼斯矫健、活泼。他接过小乖的行李,跃上一辆越野车,带领他们一行人,穿过热闹的市区,一路西行,临近傍晚的时候,丹尼斯把车径直开到了森林酒店。下了汽车,原始森林的清风迎面扑来,热情的丹尼斯迈着舞步,把旅客送进房间。

晚饭后,小乖玩游戏。袁叔吩咐她早睡,明天一大早要出发。他想趁她睡着去大堂和碧葭联系,告诉她小乖的情况。之前,小乖不愿意让母亲知道她的行踪,她认为,这是她的人身自由。如果什么事情都要告诉母亲,她就停留在孩童时代,可她已经十八岁了,有权利主宰自己的生活。但是,袁叔觉得有必要告诉碧葭,他是两个孩子的父亲,孩子杳无音信,对家长来说是不能承受的。他在电话里告诉碧葭,这里是旱季,晚上九点,她已经睡了,蚊子不多,紫外线强,但比石库城凉快许多。明天大早,五个小时车程,进入肯尼亚野生动物保护区,我会照顾好她,放心。

这一天,我无法停止等待你们的消息。现在是凌晨两点,多么牵挂!感谢你陪伴她,正是叛逆的年华,请谅解小乖。爱你们。思念夜中,我看见你穿着藏青色T恤,深邃的目光注视着海面。那目光深沉、坚毅、有力,使我无比眷恋。那是你看我的目光吗?不记得了,你是怎样看我的?

袁浪平现在是恍惚之人,他竭力理清思绪。他回应她,开始,苦苦寻觅,想不起来你现在的样子,脑海里,是你上学时候的样子,后来反复看照片,天天看,渐渐地清晰了。有段时间,总是出现你小时候的样子,那个样子住在我心里,和小乖的样子重叠,你被时间断裂成两个样子,现在,时间的碎片渐渐被记忆缝合。

早上,空气中弥漫着植物的馨香,丹尼斯带领他们一行五人,进入非洲原始森林马赛马拉。一望无际的草地里,非洲雏菊已经凋谢。越野车行驶在高低起伏的山峦之间,从高处向坡下疾驰的时候,车轮震动,仿佛是骑着马儿,穿越在层次分明的各种浓荫里,令人目不暇接。

　　山间探头探脑的小动物,是好奇的长颈鹿。一群黑白相间的斑马,大大咧咧地在林子间悠闲地食草,有几只若有所思地窥视着行驶中的汽车。成群结队的角马、斑马和羚羊由南部的坦桑尼亚徜徉而至,场面壮观。

　　一群羚羊迎面过来,像放学回家的孩子,欢蹦乱跳的,发现了他们,惊愕地伫立在路边,不知所措。淡紫色的晨曦里,它们光洁的身体发出柔美的白光。雄羚头上有一副弯曲的犄角,身边跟着几只如影随形的雌羚。小乖激动起来,大声对丹尼斯说,停车,让我下去,我要去看羚羊。丹尼斯说,不要大声喧哗惊吓动物,不要给动物喂食,不要投掷物品。如果你侵扰了羚羊,将会面临起诉和高额罚款,这是动物保护区。请大家遵守当地的法律法规。

　　小乖羞惭,不语,频频回头,看消失在视线里的羚羊,车子已经开到一群麋鹿跟前。小乖在玩手机,袁叔朝她摆手,示意她看眼前的麋鹿。没有发现汽车的麋鹿优雅、淡定,绛红色的圆眼睛似花园里羞答答的花苞,四只玲珑的小蹄子咯嗒咯嗒地敲打着地面,鼓点一般。它们的目光和游人的目光对视的瞬间,有些神经质的惊异,忽然间,倏地一下逃之夭夭。它们的逃离让小乖再次感到羞惭,她说,在麋鹿的记忆中,一定深藏着人类的伤害。

　　一群一群的角马钻出丛林,悠闲地漫步。丹尼斯歪过脑袋,黝黑的脸上闪现出神秘的智慧,像魔术师,翕动的嘴角,递给伤感中的小乖一个意外的惊喜。眨眼间,几只花豹从天而降。花豹皮毛的图案是空心圆,像花朵一样花团锦簇,世界上,没有两只豹子的图案是一样的。小乖兴奋地举起了照相机,她在捕捉豹子的瞬间跃动之态。

　　同时,她听见袁叔在接电话,说的是石库城方言。她有些惊诧,难道是妈妈？袁叔不得不承认,是你妈妈。小乖脾气上来,你为什么要给她打电话？袁叔解释说,是她打来的。我再也不想见到你,你这么猥琐,小人。小乖气坏了,眼神里布满刀枪。车上还有别的游客,她努力控制住自己的愤怒,站起来,爬到了丹尼斯身边坐下。

在乞力马扎罗山上,几朵蓝眼雏菊吸引了小乖,她离开汽车,朝花朵走去。袁叔跟过去,拉她回来,她甩开他的手。不远处,一只非洲猎豹发现了她。丹尼斯一个箭步冲到她面前,抱起她,跳上汽车。小乖尚未反应过来,就看见猎豹凶蛮的目光,她和猎豹对视的眼神开始游离、恐惧,她在丹尼斯怀里瑟瑟发抖。

丹尼斯告诉她,亚洲猎豹温驯,古代中国的达官贵人为了摆显,在家里豢养过,但由于猎豹不能在驯养中繁殖,中国的亚洲猎豹就灭绝了。现在仅存的三百多只亚洲猎豹生活在伊朗。非洲猎豹生性孤独,不群居,不会主动攻击人类。猎豹的脸上,从嘴角到眼角有一道黑色的条纹,口鼻两侧有明显的黑色泪腺。世界上仅存一万多头非洲猎豹。小乖想,它们的孤独,霸道地刻在脸上。而人类的孤独,却胆怯地藏在心里,是因为人的软弱还是狡诈？

漫步中的角马悠闲地过来,猎豹发现了目标。猎豹为了保存体力,追逐的过程不会超过五公里。它们不发出声响,以身体的掩护色,缓慢地靠近动物,然后,以雷霆万钧的气势,在树林间掀起黑色风暴。

角马意识到了危险,它们的速度像飞镖,身体呈波浪般地狂奔,渐渐地,两只弱小的角马落单在群马后面。猎豹如闪电,奔跑的速度达到每小时112公里。丹尼斯在丛林起伏不平的小路上加大油门,依然被猎豹远远地抛在后面。丹尼斯追到面前的时候,那两只可怜的角马,顷刻之间,只剩下两堆血肉模糊的皮囊。小乖恐惧地蒙上了自己的眼睛,悲泣起来。秃鹫从高空俯冲而下,悲声嘶鸣,仿佛世界存留于荒古之中。袁叔在她身后轻柔地拍了拍她的肩膀,想要跟她交流一下什么。她躲开了他的双手,猥琐,她说,不屑搭理他,她还在生他的气。

　　没有见到狮子,一行人不甘心。丹尼斯吹着口哨,晃动着双肩,他的大眼睛像是会说话的铃铛,看人的时候,发出声响,不断翕动的嘴角告诉小乖,没有他找不到的动物,他才是森林里真正的动物之王。他会带她见到狮子王兄弟,还有辛巴小侄子,她小时候看的电影里的那只小辛巴。无线对讲机里,丹尼斯在跟同伴询问——他们在追踪猎物的时候,会相互通报信息。丹尼斯越过两座山坳,在一片灰色的灌木丛中,突然停下汽车,一只刚刚从梦中醒来的小辛巴,睡眼惺忪地看着他们,一脸茫然,模样娇憨。

　　小乖惊呼,小狮子,我的辛巴。她在心里默念,辛巴两个字裹在嘴里含混不清,音节中藏不住的不仅是期待了很久的那个破旧电影院里的一场电影,还有那段羞怯纯白的时光。她记得那家老电影院的位置,在路口向左拐,穿过两条弄堂,之间还有一座青石板路的小桥,却不记得电影院内部的样子。她记得母亲牵着她的手走在路上,却不记得自己当时的模样。自己的样子是给别人看的吧。时间是那么神奇的东西,像黑暗中藏在床底下的怪兽,有庞大而蓬松的尾巴和让人无法反抗的沉默又温柔的力量。它缓慢地将鲜活的彩色记忆,割裂成一张张细小的照片,而这些照片一定是它随意挑选出来的,否则,那些重要的情节,怎么都模糊不见,只剩下细枝末节的碎片,随着一个被偶然唤醒的记忆,被加工成"花月正春风"的模样?记忆中有着大眼睛和生动表情的辛巴,正和眼前懒懒别过头去的小狮子,奇迹般地重叠在一起。

　　命中注定,他们要在这里相会。时间往回流,十多年前,坐在电影院里的姑娘小乖,在看荧幕上的辛巴,她和它内心有过交流,她记得它的忧伤、希望。现在,她来到非洲丛林里,看到了她童年的小伙伴,怎能无动于衷?她有些战栗,仿佛回到那个时空,那个午后的电影院。她要下车,去和小辛巴亲热一会儿,回忆一下他们共同的过去,他们相见的那个下午。她伸手去拉车门。丹尼斯飞快按下中控锁把车门锁死。

他的黑脑袋摇得像货郎鼓,卷曲的头发似乎要弹起来。不可以,它是肯尼亚的辛巴,不是电影院里的辛巴。言语间,就看见几匹雄狮过来,长发飘散,不可一世,仿佛丹尼斯的汽车不过是脚下的一片瓦砾。它们威风凛凛、心无旁骛地沉浸在自己的世界里。它们,才是这个世界的主人,它们眼里的世界和我们眼里的世界不大一样。小乖受到雄狮的威慑,不敢造次,调侃丹尼斯,动物之王要有它们一样的长头发,你的头发是卷毛刺。丹尼斯把小乖的长发抓起来,放到自己的脑袋上,他快乐地憨笑。

傍晚,丹尼斯把他们送到马赛马拉的一家酒店。丹尼斯邀请小乖去参观马赛人的村庄,购买木雕、石雕等手工艺品。小乖欣然而往。袁叔不放心她一个人晚上出门,跟着去。丹尼斯质疑小乖,为什么要跟一个叔叔出行,而不是父亲?小乖做了个鬼脸,算是解释。丹尼斯满眼迷惑,难道他是你的老管家?小乖调皮地说,我没有钱,他是我的钱包。丹尼斯有些无奈,笑了起来,露出一口坚固的牙齿,他的笑容,像路边跟着汽车奔跑的孩子,天真无邪。两个人上了丹尼斯的越野汽车,小乖依偎在丹尼斯身边。沿途,看到许多披着红披风的马赛人,他们是那样的偏爱红色。马赛人放牧着牛羊,星星点点的红色,一定是村子里的牧人。

夏天的非洲原野,是旱季,赤道下的黄昏,晚霞中的七色光晕,把金色的大地映照得恍若一幅铺天盖地的油画。袁叔在摄像,他的手臂力图平稳。

丹尼斯要把一头腿部受伤的牛犊拉回村里,他跳下汽车,奔跑。小乖跟着跳下去,他们牵手,在夕阳下的草原飞奔,朝牧马人的牛群跑去。他们朝夕阳奔跑的影子越来越小。袁浪平的表象意识,开始被一种巨大的力量屏蔽,处在静止不动的状态,但潜意识里的心理活动,更趋于活跃,似乎在穿过重重幻象,抵达他不曾经历过的境地。他的思维以光的速度在旋转,他感到自己的渺小,小得微不足道,心里有些震撼。记不起了,什么都记不起了,就觉得世界特别好,仿佛宇宙全是阳光。

天空完全黑下来的时候,他们去了马赛人居住的村庄。丹尼斯知道哪家的木雕好,哪家的石雕精致。他高兴起来,把小乖举过头顶跳舞,叫她小蜜蜂。小乖看什么都喜欢,一切都令她新奇。袁叔跟在后面付账,把剩下的先令倒在几个围观孩子黑色的小掌心。孩子们乌亮亮的大眼睛,立刻闪现出喜悦的欢欣,目光单纯、野性,叫人看了有些战栗。丹尼斯把木雕和石雕装进一只大口袋,顶在头上。一路上,袁叔怕出意外,牵着小乖的手,小乖不再反抗,似乎忘了先前的争执,两个人像是一对逃学的少年,欢蹦乱跳地跟在丹尼斯身后。

袁叔忘记了,忘记了今昔是何年。他没有生过女儿,没有陪伴一个女儿成长的体验,这种生命的全新体验是生活恩赐给他的意外惊喜,这个惊喜,他是有意识的。父母在养育孩子的过程中,付出艰辛的同时,也收获了一个幼小生命的成长过程,就像凝视一朵花苞,从春天发芽,到盛开。

夜已深沉,袁浪平在酣睡。渐渐地,有细碎的声音传来,断断续续的,他被惊醒。听了一会儿,迷惑间,起身,下床,打开门,小乖的室友告状,说小乖吵得她睡不着。袁浪平跟过去,走到小乖的床边,侧耳细听,原来是小乖在哭。他轻轻摇醒她,醒醒,小乖,你怎么哭了?小乖神经质地跳起来,一把抱住袁叔,怪兽,打怪兽,她尖叫,哭得更凶了,瘦小的身体在他怀中战栗。

袁叔坐下,温柔地拍着小乖的后背,一任她尽情地哭下去。告诉我,发生了什么,你怎么哭了?他听到她断断续续地诉说,她梦见妈妈把爸爸拐跑了,他们不要她了,她一个人在家,来了一头怪兽,脸长得像火烈鸟,追打她,她一直在和怪兽打架,一个人打了一天,也没有把怪兽打跑,她被怪兽逼到了床底下,无处可逃。很累,很绝望。

袁叔说,妈妈是世界上最爱小乖的人,她的母爱,盲目、原始、野性,就像白天看到的狮子。小乖说,你喜欢狮子吗,你会抛弃我吗?袁叔说,不会,永远不会抛弃你。大人不会抛弃小孩,等大人变老了,小孩长大了,小孩反过来会抛弃大人。当然,不是所有的小孩都会这样。

可是,你怎么给她打电话?你背叛了我。说好了不告诉她的。现在,小乖觉得自己不是孩子,是一个女人。所以,她没有说妈妈,而是她。

袁叔解释说,她找不到你,一定会去公安部门报警,我们有出境记录,很快就会被抓获,我成了拐卖人口的贩子。难道你希望警察通缉我?

我是自愿的。你想拐卖我,没那么容易。

可是,警察不会相信你的解释,警察只相信一个学生离家出走,而且,还逃到了非洲,似乎没有回石库城的意思,因为,她爱上了一个黑人小伙子。说完后面的一句话,他有些后悔,自己无意中对一个少女的瞬间情绪做了一种强化性的暗示,于是,他很快辩解道,我、丹尼斯,都爱你,但是,男人的爱,不可以细察。有人喜欢你的青春,有人需要你的身体,有人爱上你的生命力、创造力,有人只是大潮中的水滴。只有母爱是没有目的、不需要回报的,现在说这些还早,等你当了母亲,你的身体会告诉你。

小乖眨着长长的睫毛,静谧的夜里,似乎能听到睫毛扑闪的声音。她说,我和丹尼斯的身体在一个世界里,而我们的灵魂永远不会有交点。这样的结果注定我的灵魂要孤独一辈子,所以,不会有结果的。也许,他也是这么想的。她细嫩的手指头交织在一起,任性地说,你不要那么严肃。

小乖睫毛上挂着的泪珠,在灯光下闪烁。她的话语,像一片开放的花瓣,叫人悲伤,莫名地悲伤,让人生出怜爱。袁叔俯下身给她盖好被子,我想知道怪兽的样子,让我来守候怪兽,你安心睡觉。

袁叔回到自己房间的时候,长时间无眠。他想,养女儿看上去省心,其实,也是操碎了心。有时候,比养男孩还要操心。但是,生命也借此而完整。

碧霞在石库城有些焦虑,她把能想到的和不能想到的,都想了一遍,她不知道在那片丛林里会发生什么,只能祈祷,愿他们平安、快乐。她相信,他会把小乖平安送回石库城,她相信自己,相信小乖,也相信袁浪平。相信,使她变得克制而理性,是什么,使她如此相信他们,仅仅是爱吗?当然。相信的动机不可以细察。虽然,她更多的时候,像大多数女人一样,是感性的。

窗外的上百只犀鸟已经活跃,叽叽喳喳的声响,仿佛是每天的晨会。辗转中的袁浪平被它们叫醒。草地上,树上,它们昂着俏皮的花脑袋,从容地点着碎步,稍有风吹草动,便倏然消失。

两天后,在博格利亚,他们见到了迁徙中的数以万计的火烈鸟,在天空盘旋的、水里觅食的,铺天盖地。翱翔着的白色的火烈鸟飞过,遮蔽了碧蓝的天空,它们的白色翅羽中透着娇艳的红色,天空瞬间变成了红白相间的幕布,惊艳绝伦。

踟蹰而行的大象从天际走来,远山,勾勒出它们帆船般的剪影。分不清哪是天空,哪是地面,如此壮观。小乖怦然心动,他们兴奋地在草地上旋转,打滚。同行的游客,纷纷架起三脚架,捕捉这奇异的景象。

小乖躺在草地上,一半是任性,一半是撒娇,她试探地说,我要留在非洲,不走了。袁叔说,这里的男人可以多妻,你不能忍受。我不会结婚的,结婚很累,只谈恋爱,和像丹尼斯这样彪悍的男人谈一场恋爱。为了一场恋爱留下来吗?当然不是,我已经找到了未来的生活道路。袁叔注视着远方大象变幻的剪影,故作轻松地说,别任性了,当你能够认知世界、有所把握的时候再来。现在,回去读书,像狮子王一样,把自己武装好,才能立足非洲,不然,就像前面看到的角马,会沦为狮子的美食。小乖鼻子里吐气,哼,你不懂。袁叔真的不懂小乖的心思,她只是随意抒发,少女的随意抒发且听着,切莫当真。

他们到达甜水的时候,看到了群居的黑猩猩。黑猩猩是最接近人类的动物,它们有着与人类共通的情感,它们粗糙的脸庞上,毫无保留地呈现出一些活泼、害羞、愤怒、孤独的表情。小乖有些动情,它们一定有自己的语言,我要学会它们的语言,到这里来和它们做伴,我要和辛巴生活在一起。丹尼斯说,好,欢迎,求之不得,我随时去机场接你。

正说着,头顶传来直升机的轰鸣声,巨大的犀牛四肢被绳子捆住,眼睛蒙着面罩,倒吊于直升机的下方。丹尼斯解释犀牛搭乘飞机的缘由:空运犀牛是为了躲避盗猎者的疯狂捕杀。动物保护组织用直升机空运犀牛,能够躲避盗猎者先进的追踪设备,直升机能迅速、轻松地抵达人类尚未涉足的地界,有时候,只需要几十分钟飞行,犀牛就能抵达新家。空运犀牛的另一个好处是帮助犀牛减少近亲交配,犀牛经过短暂的迷茫、失落之后,遇见年轻的异性,便很快地进入乐不思蜀的境界。

第六节　返校

　　假期结束,新的学期开始。小乖开始了她的大学生活。她不肯住校。碧葭强烈要求她住校,理由有:住校可以学会跟同学交往,建立自己大学时代的人脉关系;离开家长,学会独立。

　　小乖住校以后,碧葭解脱。从小乖出生,碧葭仿佛就从世界隐身了,小乖成了她的全部世界,抑或说是替身。现在,她像桑蚕脱茧一样,一点一点显露出自己的翅翼,她开始有了自己支配的时间,属于自己的生活。

　　这几天晚上,她想起和袁浪平邂逅的一幕幕,忍不住想去开电脑,上网和他诉说。但是,理性控制了她,一切都过去了,时过境迁,不要像孩子一样任性,她在心里告诫自己。

　　她强迫自己躺上床,看了一会儿书。看了几页,渐渐地,书上的字迹变得模糊起来。心里有一些莫名的东西,不知不觉间占据了她的身体,身体本能地爬起来,走到书房。弯身去开电源开关的时候,腰椎有些疼,痛感提醒了她,痛感说,算了,还是躺在床上看书。她缩回了自己的手。

　　她随手拿了一本霍金的《时间简史》,回到床上。打开第四十五页,是一些计时器的插图,插图下面的注释是:现在时间和空间被认为是每个单独粒子或者行星的动力量。下面一句看不进去,只看见时间测度几个字,袁浪平的脸从字迹模糊处冒出,占据了她的视线。这一次,他的脸是清晰的。忍不住,一股强大的莫名的力量推动她去开电脑,弯腰的动作那么快,没有一点迟疑,腰椎的疼痛瞬间被一种强大的引力吞噬。电脑一开机,她知道,自己冲出去,想和他说说话的感觉是那么强烈,就随便说两句心里的话,也许,他根本就不在线,这样,就什么也不用说了。

袁浪平在线,他在等人。他等的人是碧葭吗?他只不过在冥冥中坐在电脑面前。碧葭给他发了一封信:岁月的手指在我们青春的脸上划下痕迹,渐渐地,我把你遗忘在生命的河流里。一粒粒沙石,静静地沉淀在河床里,沉淀在自己的青春岁月里。以为不记得你了,以为早已把你遗忘。飞机上,当你慌乱的指头不安地交织在一起的时候,我感觉,那颗积蕴了三十个春天的种子,冒芽了,顶开了记忆中冰封的闸门,原来,我是记得你的、在意你的,从前的点点滴滴,缤纷呈现。

现在年轻男女相爱,隐秘的激情悄悄绽开,像没有成熟的花骨朵,青涩、干净。不含任何世俗的东西,奔跑着烂漫的清甜气息。我们有过吗?我们没有隐秘的激情、绽放的初恋,没有玫瑰,没有异性间的友谊。那些失落的宝石,现在,借着你传递过来的红提,闪烁,发光。

当我们像云朵一样汇集到一起的时候,在故乡,在我们少年时代走过无数次的操场上,在月色朦胧中,我依附在你的肩头,随着内心的音乐晃动着舞步的时候,我感到你厚实的胸膛,那热烈的心跳,那一刻,我被融化了。我的心是如此柔软和温润,我的青春小鸟、失落的同学情谊,都飞回来了。那些失散在河床里的记忆碎片,终于浮出水面,越过历史的尘埃,相聚了。这一段生命里注定的缘分、纯洁的渴望,历经三十年岁月的洗礼,仿佛是出水的莲荷,连接着水下的根系,果实累累。

发完信,碧葭忐忑不安。一会儿工夫,她收到袁浪平的回复,迫不及待地打开:记得在海边,我对你说过不止一次,一个少年走在你的后面,隔着一条马路,远远的,当然,他是希望能近一点儿,再近一点儿的。怀着一种无法形容的心情,期盼着能和她说一句话,哪怕,只是转过脸,向他投来一个不代表任何意义的淡淡的微笑,就足以让他心花怒放、融化,或许还会勇敢地向她说出他三十多年后的今天才说出来的三个字:我爱你。

其实,我的内心和你的一样,像春天的嫩芽必定要绽放一样,我总想着读你的信,和读别人的信不一样,感觉就像个孩子,静静地聆听,你在细细地叙述曾经的过去,如果我们能回到过去多好。你知道吗?我还是一个懵懵懂懂的少年的时候,你是我第一个喜欢的女孩儿。放学回家的路上,天空是干净的,你走在道路的左边,我跟在你的后面,远远地看着你的背影,你的两根乌溜溜的长辫子,一甩动,我就盼望着你的脸,能跟着辫子的节奏,回头看我一眼。但是,从来没有。如果,你能看我一眼,我一定会冲上前去对你说,说什么呢,也许自己都不知道,只是发傻。我原以为这样的感觉是突然的,是可遇不可求的,后来我知道,尽管过去了如此之久的三十多年的时光,我还是像梦一样地记起了,我当年是那样期盼,就像今天的我从没有过的期盼一样,期盼得我的心在流血,期盼得恨不能和你立刻融为一体,我就是你、你就是我一样。

袁浪平的回复令碧葭备受鼓舞,她给他写道:我知道你是一个内心柔软的男孩,如果,那个柔软的空间有一条有氧的通道,我会自然而然地走进去。三十年时光的重叠,无法覆盖那些青春的脸庞,回忆少年时光,闭上眼帘,眼眶里依然是翩翩少年模样。奇怪,我们从上飞机邂逅的那一刻起,度过了愉快的一周。可是,现在想起你,还是小时候的样子,现在的样子始终出现不了,那个男孩多么可爱啊。后来,天天看照片,这几天,脑海里你是现在的样子了。

在这个安静的角落,我上来对你倾诉,希望能得到你恒久的注视。因为,没有人像你这样真实。我知道什么是爱,但是我从来就没有过。人们最爱那些和自己相近的人,我们应该是最相近的人。多少人需要多少磨合,才能同时到达生命的顶点,上帝啊,神奇的力量,柏拉图在这里是虚无和苍白的。

袁浪平的手在抖,无法打字,忍不住拨打她的手机号码。我也是,起初看到你,总是想起你上学时候的样子,慢慢地接受了你现在的样子。你现在的样子,比那个时候的样子更好看,更让人怜爱。其实,你现在的样子才是最美的,雪白的肌肤,高雅的气质,不变的笑容,灿烂如斯。我喜欢秀发盘起的你,真的!我每天都在想你,实在太想了,趁没有人的时候,翻看你的照片,欢心满满。喜欢你,为什么三十年的情感到今天才得以爆发?柏拉图一定没有体会过两个生命融为一体的感受。有时候我想,所有的艺术和科技的发展,都是从这样的融化里得到力量和灵感。我的手不住地颤抖,你唤起了我的激情。这是我一生中幸福的时光。原先,我有一些胆怯,但是,往昔的记忆让我恢复了人性。我想我变了,我开始知道什么是爱情。

碧莜告诉他,我还好,手还听使唤。但是特别想抱紧你,好想你,真的,想把你紧紧地拥在怀里。终于正式见到了你。我的生命因为你的出现,忽然有了幸福的意义。朝思暮想,思念也会叫人心痛,隐隐作痛。想起你在短信上说的话,要是能想死人,你就死了。那个时候,你觉得自己死了,这样的感觉,此刻我也有。我忽然明白内心的感受为什么这样浓烈。

袁浪平走在回家的路上,他故意磨蹭,走得很慢,想和她多说会儿话,像三十年前放学回家的路上一样。好像她就走在对面的马路上,他希望马路一直这样延伸下去,他就一直跟在她后面,看着她的长辫子在肩膀上甩来甩去,看得入迷,一直跟到她回家的路上。她的家住在巷子尽头,有传达室,他只好回头,回到了自己的家,沮丧地坐在自己家的门槛上,内心空荡荡的,希望立刻就天黑,立刻就到明天,明天,他就大早起来,跑到她家的大院子门口。门口看门的都认识他了,那个时候,他最想做的一件事情,就是把看门的摔倒在地上,冲进大院。可是,他不敢,他胆怯、害羞,然后装着无意间碰到一样,跟在她背后。他以为慢走,路就会变长,他跟在她后面,缓慢地行走,翻过一座青石小桥,渐渐地,她就变小了,小如一簇繁花,一片鼓荡的花瓣。他加快脚步,她又变大了,大得就像一座山,覆盖了他,压迫得他能听见自己的喘息。直到他尾随她走进教室,看到她往自己座位走去。那个时候,他在她身后坐下,心跳才渐渐平复,感觉他们是在一起的。

现在,他知道他来到这个世界是为什么,他该做什么,必须做什么。他好像懂了,他的归宿是什么,他来到这个世界的目的和责任是什么,因为三十年前的喜欢,一直到三十年后的今天才被激发,积郁了如此之久的时光,能量有多么巨大,巨大得让他都不能思考一下,也不需要思考,就无怨无悔地走到这一步。

好像三十年前拨打的一个电话,这么久远的时间过去了,他的手还握着听筒,还在等待听筒那头的声音。现在,终于传来了她的气息,这三十年来落下的空白,他打算补上。

第七节 "小逃离"

周末,小乖没有回家,她的大一生活多彩多姿:没有找到女朋友的大三男生,在和她约会;她加入了一些学生组织,学长们找她组织活动,以期获得和她接触的机会;同年级的男生,也想方设法和她约会。有时候,她忙得连双休都不见人影,即便碧葭在线看到她,想和她打个招呼,她也懒得理睬。

　　碧葭已经完全陷入这场没顶的恋爱中,工作被她无限期地延后。她每天上班的第一件事情,就是上线,等待袁浪平的出现。每天早上,她打开办公室的门,站在电脑跟前,飞快地按下电源开关,然后,才急忙放下肩上的挎包,输入密码,看到袁浪平在线,立刻坐下来,和他对话。在袁浪平打字的间隙,她跳起来,去泡茶,吃早饭。下班后,她找借口加班,不回家,一个人躲在办公室,继续对他倾诉。她从来没有和一个人这样疯狂地述说过,她对他好像有说不完的话,虽然他们远隔千山万水,但是,生活的点点滴滴都会及时地告诉对方,似乎这样,他们的生活就吻合了,重叠在一起了,越过了空间的距离。

　　袁浪平在寻找一切可以和碧葭说话的机会,等待她的出现。这天,碧葭因为回家探望母亲,没有上线。袁浪平等久了,不见她来,给她的邮箱写了一封信,他在信中对她倾诉,如果我一个人的话,我就把车放回家门口,然后到附近的一家常去的江南菜馆,叫上一盘四川乐山辣子鸡,再叫上一二支小劲酒,等着小逃离亮起来。你不知道,那家的辣子鸡是全城做得最好的,想起来,我就流口水,在辣椒堆里寻找那些切得很小的鸡丁儿,每找出一个来,抿一口小酒,再和你说句话,那样的感觉,叫神仙快活。现在,酒已经差不多喝完了,小逃离还没有亮,再等一会儿。

　　每天都是这样的,如果哪天不是这样,我的总是按捺不住的那颗心,就会像孩提时代如果哪天没有挨揍,就会觉得有件事情还没有做完一样。记得我告诉过你童年挨揍的经历,母亲每天下班都要把我揍一顿,那时,我太调皮,总是干坏事。不安和躁动、期盼和恐惧,让我神魂颠倒又魂不守舍。我总是不时地打开那个正在酣畅淋漓地喝着每个女孩儿都爱喝的珍珠奶茶的可爱的小逃离的头像,忐忑地希望它不再是令我沮丧的灰暗的颜色,因为,如果它像夜色茫茫的大海上的一只航标灯那样闪烁着的时候,我知道,我可以和我的心上人说话了,我每天都是这样期盼着。

可是,今晚的航标灯到现在还没有亮。又要了一瓶红酒,一份徽州臭鳜鱼,接下来,还是等待,心里想着小逃离啊小逃离,你会是怎样的呢?小逃离喝奶茶的那根吸管儿是灰色的还是红色的?当然希望是红色的,但完全有可能是灰色,因为,你昨天太累了,是在母亲家里或是晚上被朋友约了出去,或者是无暇顾及,还有我不明白的更多原因,哎,反正这个念头,像是故意和我开玩笑似的,折磨了我很久。

我没醉,尽管可能醉了,但我坚持住了。我满脑子想的都是你。我忍不住了,真的,我实在忍不住了。我想你,就是忍不住地想你。为了你,死,我都是愿意的。我知道你睡了,但你始终不忘的,或是一直在祈祷的就是我千万别喝多,喝多很危险。我不想喝多,为了你,我也不能喝多,但还是多了,我喝得太多了,以往的我如果喝多了,会很快入睡的,不知怎的,今夜的我却无论怎样都无法入睡,尽管我尝试了很多次、很多方法,依然睡不着。我不知道自己是怎么了,难道疯了吗?失眠是烦恼的,眼前的一切,就像奇迹发生得总让人意想不到或者根本不容你去想就发生了一样,竟然能重温三十年前的旧梦。

当我目不转睛地盯着那只小逃离即将出现的地方,我的心头就像小时候钻废弃的阴暗的防空洞一样,掠过一丝淡淡的生怕旁人看出来的阴郁。我端起酒杯,把目光投到一个遥远的自己都看不清楚的地方,抿了一口杯中的暗红色的酒,在嘴里含了很久,想不明白事儿,没咽下去。尽管这样,我还是从后来出现的开始是模糊的渐渐地越来越清晰的意向中获得了些许的宽慰：等待的过程就是爱情吧。

第八节　清明节

憨大的母亲去世两年后，清明节，兄弟俩去给父母扫墓。巧珍篮子里拎着食物，花生米、锅贴，还有小酒。进二问憨大，母亲吃过早饭没有？憨大感到莫名悲伤。巧珍说，进二现在简直是个痴呆，这个样子，也许能多活几年。我准备给他把墓地买了，买父母前面的山坡上，双穴的。憨大说，要不我们买在一起。再好不过。

给进二看病的医生是碧苇的同学，她真是热心人。铃铛太调皮，准备送他当通信兵，也是碧苇辗转找的关系。哈哈，憨大冷笑两声，碧苇能有什么关系，她自身没有可以交换的资源，一直处于求人的状态，不耻于再多求几次。大多数人碍于面子或者是事不关己，就懒得去求人。碧苇身份卑微，她想通过这些事情证明自己的价值。巧珍却不这么看，巧珍说，有的人就是天性善良，对人与事怀有淳朴的感情，很多人善于利用别人的善良，碧苇就是属于不断被人利用的人，她现在每天去大宝家照顾大宝一家，她的一生就是为了家里人都安好，周围人都安好，她是人群中最值得信任的人，她的善良重于泰山，男人不懂。相比之下，我们都不如碧苇。你搞得跟哲学家一样，进二的智商都转移到你身上了。憨大调侃巧珍。

大宝家也开始扫墓。上坟后，大家聚集在一起吃午饭，陈桂芝找碴，把碧苇训斥一顿，碧葭知道会是这样的场景，所以早早退场，一个人躲回家。

中秋节也是。家里不缺月饼，缺少的是团圆节的氛围。大家都各自忙自己的。碧葭回家给陈桂芝送一些中秋节的礼品、购物卡。看见碧葭大包小包的贵重礼品,陈桂芝笑脸相迎,哎呀,我年纪大了,这些东西咬不动,你们自己留着吃嘛。憨大家送了吗?碧葭听了就生气,我都离婚了,我送给谁?进二在啊,送给进二也是应该的,大的关心小的。进二身体不好,你这个做大嫂的要多关心他,多去看看他。这些东西你拿给进二,我不要了。碧葭气坏了,母亲竟然要女儿去给前夫的弟弟送礼,自己是母亲亲生的吗?

碧苇在厨房做饭,沉默,不声不响。父亲去世的那年,临终的日子,他清醒过来,口述遗嘱,要把所有存款、房产给大宝,要卖自己的器官。他隐约知道大宝夫妻可能出事了,不然,不会这么久不露面,他们没有理由出国这么长时间。父亲见到医生查房,问器官的价格,请求医生用他的活体器官救人,活体能卖贵一些吧,能用上的都用上,角膜、心、肝、两个肾脏,不用打麻药。碧苇就哭了,爸爸,你不怕疼吗?我年纪大了,疼痛的神经退化,不晓得疼。碧苇假装答应父亲,她不忍心告诉老人器官不允许买卖。

父亲想竭尽所能帮助儿子退还赃款。动员碧苇卖房子救大宝。碧苇说,卖掉房子住哪里?租房子住,路总是有的,以后,丽桐大学毕业会养你的,她学习好,能找到工作挣钱,那个时候,再买一个新房子。碧苇觉得父亲老糊涂了,她答应父亲卖房,每天都编辑一个中介来看房的短信读给父亲听,说房子有几家都看上了,很快要签合同。遗憾的是,父亲至死也没有见到大宝夫妻。

大宝出来后,回到原单位降级上班。大宝并没有像吹嘘得那样,受贿很多,他只是贪玩,虚荣心重,并没有拿下属单位过多钱财,判得轻。鲍四贪心,受贿证据确凿,胡搅蛮缠乱咬人,态度恶劣,判得重。

多年以后,鲍四出来,没有了工作。早期阿尔茨海默症,经常找不到回家的路,却不承认自己有病。碧苇会去街上找她,领她回家。回家的路上,两个女人一路争执,她总是捶打碧苇,像以前一样,把她推搡到地上跌倒,蛮劲大到不计后果。滚,骗子,不要碰我,我要钱有钱,要地位有地位,你算什么?下岗工人,滚一边去!引得路人围观。碧苇宁愿她是呆子,呆子好哄,她到处骂人,骂包子店老板偷了她的金戒指。碧苇就不断跟被骂的人赔礼道歉,每次都是这样。

丽桐天生是自律的孩子,她不要任何人操心,考取了香港大学的本科,全额奖学金。她专心读书,很少和家里视频。小乖晚上有活动,不回来过节。碧葭往她的宿舍送了一盒月饼,送月饼是一个借口,想去看看她在大学里是否在好好读书。碧葭也给丽桐快递了一盒月饼。她给小乖任何东西时都要给丽桐一份,她一直在拉近小乖和丽桐的关系。她希望百年之后,这两个独生女能像她和碧苇一样相处。

陈桂芝吆喝碧葭给她买棉裤,说天气渐冷。碧葭托付碧苇陪她去,悄悄给碧苇发了一个红包,谎称学校有事情,要去查看处理一下。

两年后,她调到父亲曾经工作过的学校并升职。每年春天,看到父亲种下的月季盛开,尤其是第一朵香水月季盛开的时候,感觉是父亲以这样的形式来和她相遇。她把第一支月季剪回,放到书桌上,用自己喝水的杯子养着,而不用花瓶。她与花轻语,默默地说着她的心里话,好像是在面对父亲倾诉,而父亲只能倾听,不能够反驳她,这增加了她话语的宽度,说到动情之处,既有对自己的反思,也有对父亲的批判。她回到学校附近的一处房子里,这里,是她安心备课的地方。

第九节 相思

碧葭迫不及待地开门，打开手机，看到袁浪平的微信，心里有种幸福的满足。

袁浪平的声音传来，我溜出来了，在海边，就是我们在的那个海边。我的几个朋友，他们就在离我不是很远的地方。

是我们坐在凳子上的海边，你依偎在我身边的海边，车开下去玩沙的海边。这里，我们曾经在一起。

碧葭知道他说的那个海边，他在家的时候，她一直在看这个地方的照片，还发了一张这里的照片给他，现在他就去了，神指引他。在海澜咖啡厅，他弹的钢琴曲是《出埃及记》，她这个晚上一直在听，幻想和他一起去埃及。现在，那么晚了，他有什么理由溜出来？

他似乎知道她的疑问，告诉她是朋友邀他去赏月。他已经到了海边，来这里的唯一目的，是拥有一个属于自己的夜晚，在这个可以自由地放飞心情的无拘无束的夜晚，他可以放心地和她说话，对她倾诉这些天来其实是三十多年来才被唤醒的积压在心底的对她的爱。他像一个苏醒过来的埃及法老，要领她去他们曾经的宫殿。他迈着沉重却是踏实的脚步，挽着胳膊上的碧葭，缓慢地步入他们的宫殿大堂。可是，他喝多了，从早上六点，一直沉醉到现在。

真会编，她想。忍不住窃笑。听到她的笑声，声音是会导电的，他被电击一般，不知道说什么是好。有些轻微的伤感，在这样一个花好月圆的时刻，他的身边没有她，不知道以后多少个这样的时刻，他的身边依然没有她。他的心是悲伤的。多么想她，有婵娟作证。

你对我的无微不至的关爱，春雨润物般的怜惜，征服了我。

你是我力量的源泉,让我的灵魂经历一次洗礼。他有些奋不顾身。她惊惧这样的奋不顾身。哦,不要,我不知道会是怎样,平平淡淡才是真。去岛上的那个早上,我以为,我们走了就结束了。然而,你却盯着地导,追问回来的时间,轮船什么时候到达。那一刻,我觉得,我们心的目的地是一致的。你对我的细心,超过了我对自己的细心,你是这个世界上对我最关注的人,我无以回报,在此,在婵娟下许下心愿,唯有一生爱你。

爱你,直到生命终结。她说。

我喜欢真实的、细微之处见真情的你。在回来的轮船上,我内心有些忐忑,担心你不来,或是来不了。当我在夜色茫茫中,听到你呼唤我的时候,真想一头扑到你怀里。我的亲人,即便我一生不能在你怀里睡一个夜晚,我已经在心里把你当作挚爱的亲人。

知道。想念你,思念真是一种辛苦。

我也是。其实,我很满足,每当我想着远隔万水千山的地方,有一个心爱的人儿,就满足了。这是一个悲观的结局,但是,反过来想,今生永不相见,还是要一如既往地过下去。上天在这一年,送了一个意外的礼物给我。你要回家了,回去吧,夜晚的露水也伤人,如果你有什么不适,我会心疼。所以,好好保重自己。

夜已经深了,他依然在这里,他们相拥着,她就在他的臂弯里,他们可以看见澳门夜景,可以听见海涛委婉低沉的心语,没有任何人能感觉到,也不需要任何人感觉到,他们就待在这样的海边,这个时候的海,是他们两个人的海。海浪轻轻地,发出尽量不去打扰他们的声音,但是,不可避免地还是打扰了他们,海浪拍打着离他们只有几米的海岸边的石头栏杆,一刻也不松懈地要加入他们之间。如果,世界上只剩下他们两个人,他们的生命也许会更加孤独。当空的皓月又向面朝大海的人们缓慢地移动了几米,他还是不想踏上归家的路。他的心,无论如何都是无法平息的,有些想哭的感觉,实际上,他的眼泪已经不自觉地滑到了眼圈,不久,他又感觉到了有些湿湿的、咸咸的东西到了嘴边。他觉得,这些世俗的场景对一个女人很重要,她是多么可怜,他恨自己不能改变她的生活,他不甘心。

她却相反,她已经习惯了这样的生活。刚才,她在读诗人人邻的一些句子,诗歌让她得到安宁、平静,得以忘却生之苦痛。

> 我爱慕的是,太阳落山,大地安眠,
> 是那么"大"的安然歇息;
>
> 是四野静谧、河流蜿蜒、
> 树木悠然而立的味道;
>
> 是屋舍连绵,温暖地伏下;
> 是炊烟袅袅,牲畜,晚归的人;
>
> 是和爱慕的女人相依,衣衫洁净,
> 听琴,读书,低语,铺暖甜蜜眠床……

她把这首诗歌发给他,要他看。他看了说,"是和爱慕的女人相依,衣衫洁净,听琴,读书,低语,铺暖甜蜜眠床",这是诗人梦想的生活场景,也是描述我们未来生活的意境。

她说是的,我反复读了多遍。我想象中的日子就是这样。又看到一首好的,让我坐在你身边,读诗歌好吗?

好,你坐在我身边,在夜晚的海边,你拥着我,不然,会滑到海里去的。

她开始朗读：

阳光明媚

生气十足的哗哗阳光,神喜欢。
一切阳光下的,神都喜欢。
甚至是那些自由的马,其中的一匹
胯间"哗哗"的撒尿声。

以至于草地上的爱,阳光下的爱,
都不必遮拦,神都喜欢。
只是,神说:阳光刺眼。
神的意思是说,是叫偶尔路过的人,
那一会儿,都稍稍幸福地闭一下眼睛。

闭一下眼睛,神也是喜欢的。读到这句话,她站起来,去拉开了窗帘,看见月亮圆圆地爬上窗外的天空,真圆啊,是他送来的,他的月亮挂在海面上,现在,跑到这里来了。她告诉他,窗外站着一只月亮,是你送来的吗？我的月亮依然在海面上,月亮过来,喊你和我喝一杯。

她打开窗户,窗帘做天梯,爬上月亮。带了红酒和月饼,找他去。

她的一切都牵动着他敏感的神经,柔和的月光下,她的脸红了,有些羞涩,牙齿笑龇出来,有些害羞。透明的杯子中,倒了大约三分之一的红酒。他的左手搂着她的腰肢,颤抖着右手,有些眩晕地看着杯子里的红酒,晃动,摇晃着,递到她红得发亮的微微张启的唇边。他面朝大海,海浪微吻着礁石,急切地喘息,像一个人在微语,母亲,我是你的思家的孩子,现在从天上回到你怀中来了。

她的脑袋依偎在他的肩头,先小尝一口,看看味道如何。味道很好,亲爱的,再给一口,多一些。她鼓起了腮帮,找他线条优雅的唇。找到了,凑上去,轻触微温的嘴角,红颜色的液体从一张嘴流到另一张嘴里,味道怎么样?

好像有些热,奇怪,明明加了冰块的。

她又加了一些冰块,再喝一口,试试看,怎么会这么热,用温度计测量一下,可能在发烧,比发烧还要厉害。她呢喃,明白了,我在掀起你的云裳,手指过来了,我是你的肋骨,现在,回到你的肉里去了。

舒服,他看见她鼓着腮帮子,嘴噘得很小,眉头稍稍地皱着,把脸偏向一边,眼睛却是盯着他的,似笑非笑地说,别人都看不见,你能感受到,在骨头里,钻进去。他的身体渐渐有些发热,有些鼓胀,有些陶醉。

他闭上眼睛,她来了。心和指尖一起滑翔,滑到前面来了,伏在空中,压迫着他。他的呼吸变得急促,嘴里不时地发出一些声音。他看见她平滑的小腹,纤秀的颈项,然后是玫瑰,充盈,饱满,被爱的汁液包裹着,不停地涌出来,雨雾,滋润着他。他轻柔地触碰着她敏感柔美的大地。大地轻轻地泛出些红晕,轻轻地叹出些气息。

草丛里,鸟儿知晓,已经站起来,引颈翘望。她恍惚的指尖,在天空中滑翔,在前庭、后院,那些沟沟坎坎,在他古铜色的肌肤上舞蹈。蘑菇般的脑袋,分不清了,恍惚是他的舌尖,然后舌头顶住了舌头。她吮吸,摸索着他的脉动,躺在柔软的海滩上,沉入细沙。

她对他微语,我是你的母亲,重新回到我的子宫里去吧,那里,是你甜蜜的眠床。

他惊讶,香唇酒,我在喝酒呢,喂一口到你嘴里去,再喂一口,全部流进你嘴里了,不要呛着。酒使她悸动、颤抖,伴着眉,稍稍地皱了,舌尖蠕动着,舔着红红的唇,从嗓子眼发出的声音越来越大了,却是更加柔美。身体开始扭曲,轻轻抚摸脑袋,有些恍惚。

吸气的声音,无我的沉湎,心心相印。手变得有力,从空中降临到地面,往草丛深处探去,急不可待,迫不及待,怒发冲冠,奋不顾身了。

纤纤玉指,在古筝的弦上翻云覆雨。他的整个身体颤抖了,能量在不断地聚集,像火山即将喷发。想进去,仿佛那里是她的所有感情的归宿。只有进去了,被她包裹着,紧紧地裹着,那不断蠕动着的蕊,令人心醉,同时也让人心碎。一切美好的事物,都是脆弱的,从此,他便失去了所有的知觉,全身心地化作碎片。那一刻,天和地是一体的。大地啊,让我静卧在你的子宫里吧。

下半夜。小鸟又跳了起来,海面上的风有一丝吹过来,掀起了浪花。现在,没有任何眼睛能看到他了。除了神明。神明说,爱是伟大的,神奇的。她坐在草地上面,相融。所有的花是美的,草地是美的,海浪吹来的时候,细沙漫过草地的时候,诗人还会这样写道,"一切都是美的,因此,脆弱"。

还是过去平静的生活,不是,不平静,波澜在暗处。这对中年人的缘分到了。死亡,才是最后的终结,他还持有基本的理性。一起私奔。多么向往,可是,那私奔中的人,会是什么结局?容她想想。她要思量一下,她已经不年轻了。虽然,网络能暂时弥补现场的空缺,但网络终究是虚拟的。

袁浪平昨夜睡得出奇地香,很久没有睡得这样香甜了,连日的思念让他寝食难安,多少次睡着了,又被惊醒,担心睡着以后会忘了她的模样。不知道什么时候睁开了眼,恍惚间,听见窗外很远的地方隐约的车水马龙声。那是离自己的住所约莫一支烟的工夫的一条大街上,人声鼎沸、嘈杂。打开手机,清脆的"滴滴,滴滴"鸟儿鸣叫的声音一连串地跃然耳边,他一下子清醒了许多。他心爱的小逃离一如往常,在离他遥远的地方等他上线,他心中涌起满腹的甜蜜。接下来,在不知道该做些什么的茫然里,胡乱地洗漱了一番,穿了昨天穿过的衣服,漫无目的地下楼,去学校上班。

中午,他在校外一家很小的饭馆,一个不起眼的犄角旮旯儿的位子上坐下。馆子里还没有其他客人,老板殷勤地上了茶,递上菜单。儿时的记忆,想着久违了的淮扬菜系,便点了大煮干丝和茭白炒肉丝两样,叫了一瓶二锅头,很快,悠然自得地吃开了。酒过三巡,忽然就起了念想儿,想起她在线上等他。果然,她在等他。她说,今天心情好吗,希望你天天都能有个好心情。我每天心情都好,我总是想着你醒来,想着你睡去,想念,既甜蜜又心碎。

时间过得真快,转眼就到秋天,该检讨一下我过去的生活。酒精,使他想要检讨自己,却无从开口。她一听到检讨两个字,心就收缩起来,她不想知道他检讨的内容,她更不希望自己心爱的人对自己检讨什么,她爱他,这就够了。唯恐他已经说出什么,她立刻说,生活一经检讨,就丧失了美和感性。

我们这样称呼,就不是两个对立面,而是统一体。我们,两个字,一个词,包含了他们之间的一切,也包容了他们之外的一切。生活,还有什么需要检讨的。袁浪平由衷地感激碧葭,这个至善的女人,真正的知己,把他心里的皱褶和波浪熨得平整而服帖,他内心的挣扎得到了解脱。他想进一步剖析自己的窗口,也被她关上。

昨夜,他们说了那么久的话,她疲惫,却兴奋。下楼睡觉。楼梯间的灯泡坏了一些时间了,物业一直没有来换新的,她本能地按下开关,灯在瞬间照亮了楼梯。心里有些恍惚,不知道是记忆差错,还是物业已经换过了。早上,物业正好来换灯,卸下来,她看了一下钨丝,是断的,接头有些距离。昨夜,是神可怜她,那瞬间,灯光照亮了她下楼的脚步。神,真的存在？她总是渴望得到这种存在的验证。

他解释说,昨夜,是神帮助了你,那一刻,你的气场强大。神是能看见的,像梦一样,让我们感谢一下神吧,用什么方式。

继续做个好人,最简单最直接的办法。

这对陷入情网的中年人,疯狂弥补年轻时不曾经历过的激情。一个人,如果对世界感兴趣,他就拥有生活的激情。反之,就会缺乏动力。现在,他们之间无数的直觉是驾驭他们生活航线的蒙面女王,尽管他们无话不说。碧葭冷静下来的时候会反思自己,给自己找理由,他有什么值得自己如此疯狂？这疯狂的背后隐藏了什么？爱默生说,有些时候,"我们追求痛苦,希望至少能发现真实,陡峭的山顶和真理的边缘"。而我们的放纵也是如此。

他过去认为,爱一个人是需要时间、过程和更多的东西来做支撑。现在却不需要任何考虑,他在一秒钟之内,甚至比一秒钟还要短暂得多的时间里就爱上了她,电光火花一般,没有思考的余地,完全丧失了理性。

可能我们是一体的,她想。突然问他,那一秒钟在什么时候？外面热死啦,回去洗澡,不要总是在外面逗留太久。

再热,我都不怕,我心里比外面热多了。快到家了,我走得很慢,故意磨蹭,像三十年前放学回家的路上一样。

聊到明天了,再说,天快亮了。回去洗澡降温,不然会发烧的。

已经发烧了。可能爱到极致,就是这个样子吧。闭上眼睛,脑海里全是你,睁开眼睛,所思所想所见的依然是你,我无时无刻不思念你、依恋你。我的心,总是一紧一紧的,身体也是一阵冷似一阵,我不知道自己是不是病了,还是因为相思太久,使自己的体能即将消耗殆尽,我甚至不知道自己还能够坚持多久。这些天来,我似乎是心力交瘁,我觉得快要燃烧成灰烬了。于是,无奈之下,我只能祈求神的帮助,让我快快见到你。

如果你成了灰烬,我就把你的骨灰做成项链,挂在脖子上。

第十节　窒息

两天后,袁浪平觉得疲倦和累。他向碧霞倾诉,告诉她,呼吸困难,胸口闷,间隙会疼,这种疼,是他始终在心疼她的感觉,怕是见不到她了,他要为爱而亡。

碧霞觉得袁浪平脆弱得像个女人,唯心至极。转念,一下子觉得自己成了祸根,她果断地要求他去医院。他不肯,愿意为爱而死亡,只求她记得他。碧霞闹不明白,他这是苦肉计,还是真的病了。她对他发火,她说,你下课就去医院检查一下,不然,我不理你。

碧霞不再上线,懒得理他,心里却是焦虑的。这一招很管用,下了课,袁浪平就去了医院,他看急诊,发烧38.7度,血常规化验结果已经出来,是病毒性肺部感染。医生要求他立刻吊水,他在急诊室的椅子上,急切地盼着碧霞上线。

碧霞果然上线。听到他真的病了,像个管家婆一样追问病情,问候、关照一番,苦于自己不能生了翅膀,飞到他的身边,照顾他。她细心交代,仿佛病人就在她身边一样。她每天焦虑地坐在电脑前,等他上线,安排他吃药、吊水。而他,因为这场病,和她说话的机会反而增加了。

几周后的一个下午,学校举行教师羽毛球比赛,袁浪平大获全胜,感觉是碧葭给了他无穷的动力。果真和碧葭预测的一样,他赢了球。教研室的几个老师按计划去了一家饭店聚餐。他推说有事情,自己去了另一家叫小懒虫的饭馆。

他在小懒虫饭馆的一个角落坐下来,要了一份水芹百叶,一份清蒸香肠,一支小劲酒。碧葭规定,最近生病,不许吃辛辣的食物和酒。他是酒鬼,病了也戒不了,又喝上了。酒过三巡,念起了碧葭。喝完了,想走又舍不得走,还想再抽支烟,可以再等一下。明明知道她出差,应该快回来,他一边看着手机里她的照片、她的短信,好看,每一个字都好看,因为每个字都是你。好像在眼前,好像在昨天。想你,真的走了。回到家里,感觉就不自由,渴望自由,能每时每刻地看你、等你就好。我已经埋单,等找了零钱就走。不等了,晚上见,偷看一下你还在,是不是还没有到家。他回家,继续等她。

一次,袁浪平做了一个统计,那天,他们从早上一直说到夜里三点,一共说了三万多字的话,两个人的体力都已经透支,才恋恋不舍地话别。

袁浪平回家后不久,全身通红,浑身发冷。别人穿衬衣,他穿了三件衣服还冷。他躲在书房,等碧葭上线。他想,只要碧葭来了,他就热乎了,就不会感到冷了,想着,碧葭就来了。看见小逃离的吸管是红色的,他就心花怒放,乐不可支,真是匪夷所思。

等你一个晚上了,就怕你不来,我等得心都凉透了,你才来,我好冷。

你是病人,又打球,又喝酒,CRP 指标太高,可能有关系,量一下脉搏。

袁浪平量过脉搏后告诉她,自己心脏跳得很快,每分钟一百多下。她说,你快喊她送你去医院,会有危险的。说完,她在网上飞快地搜索心跳加快的原因,可能是酒精过敏,严重的话,会引起心跳失常、休克,甚至死亡。因此不可轻视过敏症状。

她把这段话发给他,他说,我有数的,就是想睡觉。

心跳超过正常的30%,不许睡,求你了,喊她和你睡在一起,需要有人在你身边观察。告诉她加被子,求你告诉她心跳一百多下,来不及说的话,会一直睡过去的。

不行我会说的,没那么严重。

心跳失常,休克的时候,你已经什么话都说不出来了。

过一会儿就会好的,看到你就会好了。

但是,求你告诉她你的真实情况,让她关注你一下,求你告诉她,然后再睡,等你消息。

这一等,就再也没有任何消息。袁浪平突然在线上消失了。碧葭想告诉他,当机体发生过敏反应时,会累及心脏,导致血管扩张、心跳加快、血压降低、心脏负担加重,突出症状就是心律失常,甚至昏迷、休克。但是,袁浪平已经无影无踪。她在猜测,睡着了,还是去了医院?现在心跳多少,心律正常否?

焦虑,越来越严重的焦虑。

坐在这里等他的头像亮起来,似乎等不到了,真叫人绝望。明天起来会看到他的留言,还有那朵问候的玫瑰花。她的手发抖,真是手足无措,叫谁去找他,都不妥。现在,什么叫妥当,什么叫不妥当?想哭,但是,一定不能哭,只能屏住呼吸,为他祷告。

一直在电脑前等到凌晨。袁浪平来了,他很疲惫,仿佛去另一个世界走了一遭,却故作轻松地告诉她,自己的现状还行。

凌晨好。昨晚,把你吓着了,后来去了医院,打了一针,挂了瓶水,失去了一会儿记忆,醒过来,就好了。没事的,就是有点过敏反应。先睡吧,明天见,你放心。

白天,袁浪平在课间给她电话。碧莨免不了又是一番训诫。她说,所有受伤的部分,都会留下疤痕,包括心脏,到老了的时候,一并算账,心脏也会结痂,好身体不是用来糟蹋的。你爱自己吗?袁浪平说,答案是肯定的。碧莨说,是否定的。袁浪平说,是否定之否定。碧莨又接着问他,昨晚,什么时候吊完水回家?快三点了。什么时候失去记忆的?不知道,睡着了。你昨晚心跳一百多是什么感觉?跟下了高速公路,快见到你的时候,心快跳出来了一样。瞎形容,到底什么感觉?老实说,一个是开心,一个是心开(心要裂开了)。哦,很难过吧?有点儿疼,就是心疼,心疼你的手指被刀切破了。晕,不要瞎联想,复诊完了,结果如何?超敏 CRP 指标已经由原来的 130 降到了 3,正常是 0-10,肺部锣音正在减弱,要全部消失,有待时日。

问得差不多了,碧莨开始发文件给他。听喜欢的音乐,放松一下,昨夜没有睡好。是啊,不猜都知道了,你收藏的音乐我很喜欢。你的手机能听吗?可以的,什么时候发给我吧,我也边工作边听。《感觉》,我对你的感觉,《私密的花园》。

你是我心中的私密花园。

第十一节　平衡点

袁浪平要去香港两天,他在订房间,住在他们夏天住过的酒店。打算旧地重游,妻子随行。

最后两句话,让碧莨有些崩溃。

前天夜里,入了状态,情绪亢奋。昨天是经期,有些头晕,睡得早,想着是睡在他的汽车顶上的帐篷里面,很快便睡着了。已经很久没有很快入睡了,总是想着他的样子,他们在一起的美好时光,像电影一样轮回放映。

他和妻子有两处住房,其中一处是别墅,有几张属于两个人的大床。而她,就像生活在空气中的隐形人,没有一张床是属于他们的。他们在网上虚拟了自己的家,可是,现实中,连放一瓶红酒的地方都没有。他们住过的唯一酒店,他要带妻子去,分明是在剥夺她最后的自尊。

他给她的信里,谈到他近期饱受折磨的苦恼,他的精神和肉体的诉求失去了平衡,他在设法找到这两者的平衡点,他一定要找到,不然,他就无法活下去。行动源自思考的结果。他到底要干什么、采取什么行动?她有些慌张,忽然有些担心和惧怕,以及格外的伤感,忍不住给他发了几张哭泣的卡通图片。袁浪平收到这些连续的图片,有些惊讶,因为,她一向是豁达的,这么浓烈的悲愁从何而来?他问她,你怎么流泪了?

关于平衡点的问题,你说得太正确了。我找不到那个平衡点,我恨自己无能。现在,你在去香港的路上。那家酒店的1919房间是我们的,不要别人去。不要,那是我们住过的地方。我只要那一点地方,一晚,一会儿。你说你是我的,有些牵强,你不是我的,真的不是。而我,是你的,真是的。所以,1919房间留给我,不要别人去,原谅我的任性。

我已经在路上,一个人。不可能找到平衡点,只要有你的爱,除非哪天你不爱我了,我就会彻底地崩溃。好像你的心情不是很好,是我做错了什么,让你不开心?

等你好久才说上话,等你等得要哭了,最近做事情没有逻辑,脑子乱。

如果是这样,我就放心了。我也是,整天魂不守舍的,昨晚,把洗好的碗放在冰箱里,车钥匙丢在了羽毛球馆。早上洗脸,竟然用的是抹桌子的抹布。我们说好的,不要伤害任何一个人,是在精神层面上的。

碧葭骨子里是没有勇气和一个男人私奔的,从目前两个人的处境看来,想要生活在一起,唯有私奔这一条路。现在,他说是精神层面的,她有些释然。原谅我,可能我刚才一个人喝了酒。

为何要独自饮酒呢?他还是有些不放心。

想吧,就喝了;喝了,就想哭。

你不像我,我一个人喝酒是一种快乐。我喜欢喝酒。

我以前也会喝,种的花开了,娇艳的色彩,叫人想到葡萄酒,倒半杯,看花开的姿态,品尝一下酒的味道,酒的味道随着花开的速度在不停地变化,让人仿佛听到花瓣打开的声音。就开始击掌,心情如此美妙。那时候还不知道你在哪里。今天,也是想喝一些,然后就莫名地想哭,酒后的女人都想哭吧。

肯定是你又想着我们在酒吧的夜晚了。所以你今天的心情还是不好,我知道是我的错,尽说一些不着边际的话。我只是太想念你了。其实,我是个非常简单的人,简单到只要有你的爱,就会一生快乐。

不要这样说自己,说你就是说我,你在说我复杂。女人,都有脆弱的时候,特别是酒后。可能我永远不会在别人面前流泪,但是,想哭的时候,就对你说了,想在你怀里哭。你认识我很久了,一直没有发现我也是一个有哭的情绪的人,这样的女人,是虚伪的或者说不真实的。所以,请你不要找原因,让我静伏在你身体里面哭一会儿,只一会儿就好了,酒劲已经过去了。

感谢神让我明白了这个道理。其实,那天在机场分别的时候,我看见你眼中含着泪花。我能感受到你的孤独。为什么要这样了解,深入骨髓?为什么?她有些咬牙切齿。他解释说,我们是一体,我能不了解我自己吗,想念玫瑰盛开的日子。又说到了她的痛处。这么多年,憨大总是把她当摆设,彼此见面,客客气气,很少能在家里见到他的影子,除了工资卡留在家里能证明他是这个家庭的主人。他在很早的时候,刚有点工资以外的收入的时候,就家外有家,人外有人。他有一个婚外儿子,至今要他抚养,他母亲知道,欣喜地为他辩解,他是为了孝道才这样。不孝有三,无后为大,你要理解憨大的难处。

我们始终是自己身体的囚徒。可以放弃精神和思想,却从来不能放弃肉体。我们只是肉体的使用者,而非创造者。肉体不过是上帝的仆人。那些犯了罪的人,是在替肉体受过。所以,会有鞭刑、砍手指这样的处罚。你说的平衡点是客观的、可信的。从目前的处境来剖析一下自己,能一生做到柏拉图那样的人,他们的感情和我们不一样。精神恋爱的终极是肉体的汇合。一个男人和一个女人,永远也走不到终极,是令人崩溃的。了断是出路,不然,人怎么活下去。

但是肉体的欲望得不到满足的时候,是不是只能依赖精神支柱?

依赖精神支柱是有时限的,精神支柱到一定高度的时候,如果肉体不能相依,支柱会让人感受到虚无,会坍塌。

私奔一两天应该没问题。他在试探她的口气,他想和她私奔,又担心这个话题一出口,引来她的反感和拒绝。没有想到,她很爽快地告诉他,一两周也可以考虑。他有了信心,神会帮助我们,神已经把你赋予我,满足。但是,神要是特别可怜我们,眷顾我们一下,又何尝需要多想,欣然接受吧。

人有时候,一时性急,这个词很准确。一时性急就会犯傻事,就私奔了。

是啊,实在受不了,身体和精神的矛盾,找不到出路。

精神可以找到出路,但是,身体是物质的,一顿饭不吃都难过。现在,她的脑门上长了一粒很大的青春痘,不谈论性这个话题就会轻松,整天嘻嘻哈哈的,糊涂过去,仔细想想,觉得可悲,苦恼就来了。

他想知道她内心的真实想法,借机问她,女人一般多长时间会想到寻求出路?现在都不想,时间越长越不想,就是和你说话的时候会想,你会让我想入非非,别的,都不想。

女性想的时候会是怎样的呢?我一直不明白。他进一步试探。

很难过,想而不得很难过。不想,才能过去,克制久了,真的就忘了。她很坦白地告诉他。他却进一步,欲擒故纵,我感觉,好像女性都不太有要求的。

这样的话题虽然有些尴尬,但是,她不想对他隐瞒自己的真实想法。是的,是这样的,有要求的时候,一般男人怎么会看到。会有暗示,自己都不察觉的暗示。有时候人的内心,大脑还闹不明白的事情,身体先感应到了。我们常说的感应,不是思想和心灵,而是人的身体。肉身存在着我们不得而知的秘密感应接收器,弥补大脑和心智的不足。我的身体一直在等你,大脑告诉身体,你就在离她不是很远的地方,大脑期待能见到你,身体接受了命令,生理周期开始延缓,在周六的早上,身体突然预知到你走了,去了远方,然后明白什么似的,周期就哗啦下来了。

他没有想到,她是那么真诚,心生感慨。真是神奇,他对女人充满了神奇的向往,进一步说道,我想看见你的要求。两个人躺在各自的床上,虽然远隔千山万水,但是,网络这种东西,一下子就把人拖到了现场。她说,那天晚上,我们告别时,我说,抱紧我,就是要求。医生说,人是跟着身体这个魔鬼走的。我不会要求一个我不喜欢的男人触碰自己的身体。我这辈子最大的敌人就是我的身体,我要战胜身体,打倒我的敌人,却总是失败。

他有些激动,你是我心中的女神,我不敢想,不敢相信,情何以堪。等我病好了,我带你去一个地方,生活一段日子。如果你愿意,我们就不回来了。想到你的样子,想到我们在一起的时刻,是沉醉、相融、无我、心心相印的,如果这一切只能是想而不能实现的话,我不甘心。

总是担心记不住你的样子,总是看你的照片。但是,怕你看着我,你一看我,我就不好意思。我不想让心爱的人讨厌自己,在你面前,我还是有些自卑的。她没有想到,他会有这样奇怪的想法,问他,不想要我记得你的样子?

总想在心爱的人眼中留下美好的样子,我的头发已经掉了不少,开始谢顶,样子有些老了,下楼梯的时候,邻居的孙子叫我爷爷,我很惧怕。

要是你哪天去整容成一个英俊少年,我会无法接受。现在的样子刚刚记得,心理上界定好的样子,才是你的样子。他不喜欢谈论自己的相貌,一个男人过早地谢顶,是他不愿意面对的话题。

你说近来总是失眠,怕睡着了把我的样子忘记,潜意识里是怕我被别人拐跑了,怕自己喜欢的人,忽然像指缝间的沙子溜掉了,最后什么也没有抓住。

对,形象。我会珍惜这一切的,希望和生命永存。

理解,互不猜疑。下次告诉你一个小秘密,我才发现的。

现在告诉我,不然今夜无眠。

关于女人身体的秘密,实在不好意思,要悄悄对你耳语。

他来了劲儿,想听,说嘛。

耳语的话,是面对面的话,现在距离太远了,等我们见面的时候,就知道了。

想象不出来,试着说一下,急死我了。他开始性急,非要她说出来。她却羞于告诉他。真的,无法说的,我找不到恰当的字词。想象不出来,却是生命的真谛。

他更来了劲,说嘛,生命的真谛是什么。

是爱,有了爱,生命才是健康和润泽的。爱而不得,就难过,甚至绝望,对生命产生绝望。

他意识到她说的话题,启发她,男人的难受是不能忍受的,女人可以忍受吗?

她说,可以,会转移注意力,但我也有转移不了的时候。最终理性的人的尊严,战胜这些痛苦,心情会变得灰暗,对生活灰心,对男人绝望和戒备。

可不可以这样理解,就在你刚才说的那个绝望的时候,其实就是高潮的时候。他的想法荒谬,她要纠正,绝对不是,是心都死了的感觉,就像树上的落叶全部落尽的冬天一样。

他感受到她所说的绝望是那样恐怖,问她,女人高潮的感觉是什么?

自我不复存在,被一种爆发出来的能量粉碎,推开世俗,回到原始的最本真的生命状态,对男人充满幻想和依恋,身体轻飘地飞上了天。

是我喜欢的感觉,真美,真是奇妙。有时候,我就想,我要是女人多好。

我要对你耳语的话,是比这更深切的话。人的一生都在为功名利禄奔劳。生命的本质不应该这样。

不是这个意思,我的意思是我很想做一回女人,我很羡慕女人。她在想,他羡慕女人这话的真实含义。

他告诉她,女人可以穿漂亮的衣服、高跟鞋。我一直迷恋高跟鞋,看到漂亮的高跟鞋,心跳就会加快。别笑话我,从小,我就有做女人的愿望,当我成为女人的时候,就能知道男人是怎样对我的。

她怀疑他的真实动机。可是,你玩射击、狩猎,多么男人的事情,你并不抵制自己是男人。

他说,当然,必须接受的事实。女人也有玩射击、狩猎的。我喜欢女人,可是,这种愿望从来都是被抑制的。如果我们俩,今天我是你,明天你是我,我们就完美了。

她并不知道,他的内心始终认为自己本来就是女人。她在给他做解释,从生理上来区别,分为男人和女人。心理上的区别,边缘应该是模糊而非明晰的。迷恋高跟鞋一定有其原因。

他告诉她,最喜欢的是她的那份优雅。高跟鞋使她走路的姿态像海浪的弧线一样,当然这双高跟鞋本身就极其好看,跟太高会显得轻浮。他喜欢她穿高跟鞋的样子,她的鞋跟尖细俏丽,高度适中。我喜欢你的衣服,件件都爱不释手。特别是你的内衣,紧贴着你的身体,饱汲了你的体味和气息,它经历了你生命里的所有记忆,我想收藏。

爱到深处的人就是这样,她理解他的这个嗜好。如果你从小在心理上对自己的角色界定是女人,当事实与你的认知不相匹配,又屈从于社会的角色界定,就是说,事实不可以被改变,你在潜意识里就始终在寻找一些事件,佐证事实与认知的相互匹配。

可是,我很明确,我想做女人。你的一举手一投足都是那么迷人,十足的女人味,有时候,非常果断、勇敢,我如此迷恋你的一切,更加渴望做回女人。

她笑起来,同意你做回女人。社会认同的唯一"正确"界定,在我看来不一定正确。在我心里,你就是一个好人,性别不重要,给予彼此的生命温暖和慰藉才重要。不要对任何事物下定论,存在就是合理的。其实,很多个体,都具备双重性别,就是雌雄同株。

听到她这样表白,他感到投缘,这一个缘字,可怎么了得。我理解了你的丰富性和多样性,感谢你的理解。

如果仅有雄性缺乏雌性,不够完美,所以双重性格的结合体,也许更优秀,更迷人。她进一步阐释,却不知道他心里想的到底是什么。她向他表白,时间真是一个让人匪夷所思的家伙,我一直觉得自己很孤单,现在好了,不再孤单了,我死了以后,要和你葬在一起。

我也想过,可谁来为我们做这件事情?他还没有想到这么遥远的事情,反问她。她说,即便不在一个穴位,可以在一个园子,我能看到你的地方。在隔壁,连在一起。每年,我给长辈们扫墓的时候,会看旁边的墓志铭,看是些什么人,觉得死了的人也有邻居。夜里,当活人都睡去的时候,死人会溜出来说一会儿话。

他也有过这样的感觉,去扫墓的时候,也会这样。有时候想,多少年过去,这些墓地终有一天会被夷为平地,还不如一次性找个永远安息的地方。

所以,我对小乖说,等我死了,就埋在对面的荆芰山上,以后你就可以远走高飞,不必牵挂。当你想我的时候,回家站在窗前,抬头就可以看见妈妈在山上望你。

好主意,山是很熟悉的了,从小到大不知道爬了多少次,不过很久没有去了,虽然山上不允许私葬,但是,那么大的山,谁能管着?我们以前经常去爬山,战争年代的炮台、战壕、掩体都在。不立墓碑,在静美的山的深处,真的是可以安息了。

各种光线下的山景,有时候会让你觉得世间的一切景色,原来都是光在作祟,是光制造的假象。古希腊人认识到光的重要,从而认识到明暗、色彩,达到对真实的描绘。而世间,哪有什么绝对的真实。

"在黑暗中开黎明。"一语道破了光在这个世界中的位置,光使万物得以显现,并且被赋予生命的神奇。印象派画家雷诺阿,他在威尼斯的圣·马可大教堂看到拜占庭的画,发出感叹,认为光和色的奥秘,早就被中世纪的画家所识破。

积雪的深冬,黄昏的午后,山的东面是多么美。我把东面的那条路命名为天堂之路,天堂也没有这样美的道路。

停车坐爱枫林晚,霜叶红于二月花。又快到了这样的季节,真想回去,回去找你,我们一起上山觅古踪。

两个人都在流泪,一个泪流满面,一个湿了眼角。虽然看不见彼此,但是,心里是快慰的,觉得没有枉活此生。

第十二节　黄花瘦

碧莨晚上十一点多回家,想到袁浪平要来,激动得一宿无眠。小乖好像有心思,一个人关在房间里,谁也不搭理。碧莨开始担心他带的衣服不够,南方还很温暖,石库城已经冷了,她在电话里问他带毛衣没有。带了,在箱子里。那就好,不然我打算去买。已经到机场了,在拿行李。真快啊。

季节和地域造就这样的差异。想到他拎着箱子,风尘仆仆,回到有些凉意的故乡,碧莨心里涌出无限柔情。

他在微信里告诉她,亲爱的,凌晨四点就醒了,想多睡会儿,睡不着,于是又跑到窗口来看你了,激动、开心、期盼、饱受折磨,想到就要见到你了,一夜无眠,想到即将回到你温暖的怀抱,血往头顶上涌。她醒来回他,我的心在你身上了,不要孤单。

他说,我把她捧在手中同行。办登机牌,上飞机,靠窗口坐下,一会儿就能在空中看到你家的园子,辣椒已经红透,红得骄傲。

下飞机前把毛衣穿上,我去买保暖内衣,千万不能再受寒凉,肺炎还没有全好,要保暖。一路劳顿,又辛苦又消耗体能。注意安全。

飞机起飞,袁浪平关机。现在去机场接他还早,碧莨不知道这段时间怎么打发,站也不是,出门也不是,坐到电脑面前,给他们虚拟的家写信。发生事情的时候,才能看到一个人的真面目。但是,现在不会有纷争了,因为我已经全部放下,已经能够超越世俗。所以,请你不要为我担心,真的不要。我活着,是因为心中有爱,爱一个人,爱艺术,心中有永恒的爱。而世俗的藩篱于我,几十年的修炼已经超脱了。我们可以去爱人和事物,通过审美完成生命的过程。最绝望的事情是找不到真爱,他们的真爱指事物与人。爱植物,爱动物,爱一切打动我们的事物。即便是没有一个人值得你去爱了,还可以寄托艺术这个永恒的审美主题。你看那些艺术家,几年、几十年为艺术抛弃世俗生活,就是因为他们找到了真爱,这里的真爱就是艺术。世俗生活的圆满是无法诞生伟大作品的,要成就一件伟大作品,必定要让创造者历尽苦难并超越苦难。所有我爱的和爱我的人、事物,都将与我的作品同在。昨天的写作很顺利,感谢你给了我爱、灵感、共同的记忆。这一切,使得我的设计臻于完善。碧莨在读博士,在做她的博士论文。陈桂芝不知道。碧莨没有告诉任何人,只有小乖和丽桐这两个孩子知道,她说读书的根本目的不是让别人知道,而是给孩子们做榜样,当家长认真读书的时候,孩子们也会这样。

低头看时间,该走了。碧葭起身打扮,换衣服,出门。

袁浪平在石库城滞留了五天,这些彩色的时间碎片,不到一周,就开始进入褪色期,碧葭已经意识到记忆的强大和恍惚,她要保持住那些缤纷的鲜艳,只有文字能够满足她的心愿,她用自己明白的方式,用她对袁浪平讲的话就是,记录历史,篡改历史,在他们两个人的天空里,她就是重新组合记忆的女史,他们真正的现实开始被她虚构:

公元1267年,即南宋咸淳三年,一个不寻常的秋天。天气好极,浪平哥的心情也好极,但他的脸上依然是平静的样子,虽然心里很不平静。终于可以单独去珅城了,上午十点半从岳阳出发,带了俩小厮,先去了湖州南浔送些东西给亲戚家,中午十二点左右,从南浔出来,离珅城大约还有九百四十公里的路程。晚间在一客栈住下。第二天一大早,心里急切,一路骑得飞快,午后时分,不到两个小时,浪平哥给心上人小逃离发来短信,告诉她,他已经到了宜周。小逃离准备毛驴,去高架桥的桥口接他。

他说不急,还有一会儿。她躺下,有心事,睡不着。十五分钟后,浪平哥又发来短信,说他已经到了聊斋,在聊斋的一家小客栈喝完可乐就上马,他骑马的时速是一百六十公里。她准备回复信息,手指头有些慌乱,拿不稳手机。这间隙,他的短信又到,竟然是我到了。她急忙下楼,在园子里电话问他,你到了哪里?他已经到了园子门口。她的胸口怦怦地好像有什么要跳出来,战马从西面过来,没有看见她,已经策马到了东头。她跑到园子东头。他掉头从东面过来,看见她的身影,减速,马蹄优雅地在柏油路面踢踏,停在她面前。她跳上马背,两人疾驰而去。

在她预先订好的紫麓书院,他们住了下来。他出门去马上拿行李,看见门口上方小鸟的眼睛有密码字符。她在屋里等他。他把行李放好,转身去洗手,擦干手指,伸出臂膀。小逃离一头扑进他怀里。他们终于圆了那个遥远的梦想,融化了。晚上,在书院山顶的麓野仙踪,他们面对面,第一次在两个人的世界里共进晚餐。后来,他骑马送小逃离回园子。

秋天的紫麓书院,树高叶茂,安静。浪平哥昨夜睡得安稳,可能是小逃离喜欢这里,浪平哥也喜欢,他们的感觉是如此一致。第二天中午,是周日。书院外的街上,他一个人点了两道菜,一壶酒。小逃离一直忙到下午三点才脱身。浪平哥到小逃离的后园门口,等她,远远地看见她骑着毛驴过来。他们是进了灶房,还是到每间屋子看了一遍,她记忆模糊。她做晚饭,他烧柴火。两人对面而坐,浪平哥食大爬虫三只,徽州小馄饨两碗。小逃离食青豆一碟,小米粥两碗。

饭后,双双返回紫麓书院。秋日的傍晚有些寒意,小逃离的绿毛衣有些薄,她把他橄榄绿的外套系在腰上,牵手走在书院外的草地回廊。本来是打算送到后院门口即回,两只手却连在一起,仿佛是通了电,分不了。穿过那片弯曲的草地和树林,一直走到他的书房,双双和衣爬到炕上躺下。小逃离想着他骑马千里,一路劳顿,需要休息,打算躺下,陪他歇一会儿便离开。他却侧身强吻了她,嘴里尽是大爬虫的味道。她晃动着脑袋挣扎,他们如同冰雪那样,在一起融化、飞升。然后,他骑了战马,把她护送回去。

小逃离昨晚告诉他,靠近后院有个拴马的马厩。今天早上,浪平哥把马拴在书院的第五根栏杆上,准备去她的园子。忽然间,西天电闪雷鸣,乌云翻卷。俄顷,大雨如注。浪平哥见雨追来,从这里翻墙入院,径直去了后院小逃离的柴房,依然是一身水雾。小逃离给他编制的新衣,这会儿派上用场,她吩咐浪平哥随她去衣橱间。

浪平哥跟在她身后,站在一间闺房门口张望,一线光闪,抬头,忽见小乖着一袭青衣从窗口飞出,园子里,彩虹横架空中,光色灿烂,青白色的朝天椒瞬间色变,红透,娇艳欲滴。浪平哥战栗,恍惚,不能动弹。

小逃离见之,抱起他,平放在自己的床上,给他换上新衣,他渐渐醒来,穿着衬衣,抱着她良久,平静,幸福。那样热切的拥抱,让她感受到爱情的同时,也感受到一种身为一体的亲密情意,无法割舍的血脉相连的一体感。于是,她告诉他,她找到了归属,有了归属感,她是他的肋骨、他的肉。他说,看到你幸福平静的样子,我的心开始融化,想把你包在我的心里。你在园子里挖个洞,把我隐匿,就可以天天和你在一起!

午间,浪平哥抱柴火一捆,送灶间,帮小逃离起火。黑檀旧桌上,白酒一壶,是童掌柜的酒窖出产。浪平哥极其喜欢童掌柜的酒窖,食大爬虫、徽州小馄饨、南方黑芝麻、孔乙己茴香豆。他浏览了小逃离的手绣与绘画,心驰神往。后两人离开灶间,去露天球台戏球。浪平哥年轻的时候,是楚国台球队高手,他和她打球,不过是为逗她开心。

浪平哥先去解马骑上,走时嘴里嘀咕,小逃离,你身上一股迷迭香气。小逃离一脸茫然,随后赶到马厩,两人直奔书院。小逃离本来打算上土炕午睡,怎奈得飞升的欲念袭来,遂去溪边净身,阳光下的鹅卵石草地,如绿玫瑰绽放。浪平哥长久地穿越她,她感到自己不复存在,虚无的失真、飞翔。为什么总是能和他同时飞上天空,每一个细胞,每一个分子,都在等待着她的另一半归来,最后,他把她缝合起来。她一直闹不明白的是,他无穷的力量来自哪里,神赋予了他怎样的魔力使她瓦解。

晚间,浪平哥在紫麓书院读书,读到陆游的《钗头凤》,想到他和唐琬的悲情结局,不免一番感慨。而此刻,他却是春风得意马蹄疾,抑制不住内心的喜悦,把陆游的《钗头凤》重填了,发给小逃离:

魔指手,香唇酒,满城尖辣椒红透。秋风起,欢情醉,一怀思绪,三十离合。聚,聚,聚!

黄花瘦,情依旧,哪堪风雨黄昏后。玫瑰坊,花雨露,山盟盈耳,锦书好托。盼,盼,盼!

小逃离读后大喜。提醒他,小心陆游夜里来找你算账。浪平哥说,我给唐琬送了平板电脑,她以后不会锦书难托,游哥谢我不及。

他们约好明日去乡间会友。下午二点多,浪平哥教小逃离骑马,上了大路,问她,路上有哪三大险情。小逃离直言,不知道,却缓慢报出答案。浪平哥取笑她。不知不觉,两人骑到了天堂之路,马拴在亭子间,两人牵手朝水边走去,荷叶枯萎,莲蓬饱满,静谧处,水生植物遮蔽了天空,防潮木板搭在水面上,浪花翻卷到马蹄。浪平哥见了说,如有凳子,是可以坐下来喝一杯的。小逃离喜欢这个想法,两人流连忘返。

时辰不早,他们骑马去了大堂,那里的视野极好,可以坐下来,静心喝点什么。说好了,明日里过来,看风景,喝碧螺春。到了半腰险道,浪平哥执意上山。小逃离畏惧山高路陡,哀求下山。后游走多条逼仄之道,路未寻得。遂下山,采得大枝桂花,携友人同奔山野。忽见一茅草屋前,门敞开着,隐士笑迎出来。小逃离呈上桂花,满屋香芬。遂抱花与人合影,放言,一般人家,红酒瓶里插桂花,就是不同寻常。

美酒,美人,美食,多少欢愉在杯中。这一天,浪平哥被美酒融化了,小逃离的心也随之融化。回到各自住地,小逃离得到浪平哥要离开的消息。浪平哥说,得到最大的快乐,就意味着要失去一些,不幸总是伴随欢乐而行,人生真的这样无奈。无论如何,小逃离已经满足了。小逃离感到浪平哥有些分神,他还有事未了,她送他的手镯不见了。他在和她联系的同时也在和她抑或她联系,失落浮上小逃离心头。他的战马拴在她的园子里,行程已定,就要离别,他要赶到珅城的南部,拜会另一个诗友王维。

这两个人不能靠近,靠近必融化。仓促,依然美好,永远妙不可言。在栈道口,她下马,他要送她,她谢绝。已经过了中午,不能再耽误他。

晚间,他们在一家客栈相遇,他去得早,她去得正好,坐在他身边不远处,可以对视的地方。二十余人,大肆酒宴。他兴奋,不肯散,她拽他衣服求散,别人跟着拽,他回头曰,我喝高了吗,不可救药。

后来怎么骑到他的战马上,两个人永远不会忘记。在此,我不再赘述。骑马路途中,他指路,怕她走错,一会儿,他两只膀子就垂在马背上,睡着了。她看他的样子,于心不忍,便喊他放下手臂。他们都喜欢的好听的歌在轻轻唱,那个歌手沙哑浑厚的嗓音,迷人。骑马到天堂之路的时候,他醒了一下,还知道这是哪里,便又睡去。直到三号马厩,然后到她的园子,她下马,轻柔无比地抚摸他的脸、他的耳垂。他在她的魔指中安静地醒来,像熟睡的孩子忽然醒来,她告诉他目前的位置,如何找到二号马厩拴马,他完全清醒的样子。她下马,放心离去。

天亮,离别不可避免地到来。他已经轻车熟路地把马拴在她的窗前,两个小厮站在一边看她。她在窗口和他打哑语,他心领神会,他们就像一个人一样默契。最后的午餐,他食大爬虫两只,水饺一盘,剩下些许,他吃出来是芹菜肉馅的,有卤,戏言,外面卖的是汤包,这里吃的是汤饺。她得意,戏言,她包的饺子水灵。腊肉卷心菜他虽然说喜欢吃,只是浅尝了两口,牛肉炒红椒他嫌不辣,她喂了他两片。最后一只大爬虫的腿肉剥得完整,喂她,她不肯,耍嗲,要他用嘴衔了喂她。他起身,弯腰,送她嘴里。她无比满足,傻笑。

高台上,去拿给他准备的宝物的时候,他们先坐在了宝物之上。这些记录了八百年历史的宝物,通过她的精雕细琢,传递给他,今后,要他来享有。睹物思人。她的魔指使他无比快乐,他五官流淌出来的气息,像一缕缕青烟,蒸腾上升。

她最后上去,把那朵玫瑰上滴落的红色露珠擦尽。离开她的园子,不想在门口告别,双双骑在马上,把圈圈从脖颈上取下来。他还给她,她说自己还有一挂,一定要把那挂给他,意思是圈住、圆满、一路平安。

这几天来,时间既短又长。两个癫狂之人,度过一些迷离时光。

第十三节　悄悄话

凌晨三点就醒了,一直想着你,再没有睡着。石库城一别,已经又是一周,这一周和前一周有些不同,真是恍如隔世。出差了似的,家里没有了女主人,一切都是忙乱的,总是掐指算着你回来的日子,今天应该回来吧,就觉得是有些期盼的。看来还真是,我小时候就爱逃跑,现在,又想私奔了。

忍不住,打开家门,进去了。我是带着激动的有些颤抖的心进去的,出来的时候更是感动,偷看了你在西湖柳浪闻莺公园拍的照片,像看到了真人。你不在,我下去了,回头再来看你。

吃过午饭,在湖滨公园看音乐喷泉表演,看着,天空又下起了雨,像你别时的泪水,我感觉到的。经过一个翘角飞檐的亭子,里面聚集了不少人,在看越剧,喜欢越剧的婉转、惆怅、柔美,像你一样。

你在西湖的苏堤春晓、花港观鱼、柳浪闻莺、断桥残雪流连。我的思绪漂浮着你在西湖边的模样。风吹过来了,吹过你的脸颊,是我的手指在轻柔触摸。如果有细雨打湿了你的衣衫,是我思念的泪水。西湖,在你走过的地方,我也去过,西湖是属于相爱的人、属于酒、属于诗歌的。现在,属于我们了。

我沉在水底。看见我们像双飞的彩蝶,欢娱地飞翔着,慢慢地融化着,没有人看得见,我,真的看见了。想着你,想和你说说话,就仿佛见到了。这会儿,在看你画的画,你的每一根线条都代表着你,代表着我,无论你是否看到我,我想,你是能看到我的心的,就像我能看到你的那颗心一样。我读了,细细地读了,而且读懂了。这一周,你应该更能感觉到两个人的那种心心相印。即便你是清醒的,我是安睡的,我们依然是一个人,按着同一个节奏、共同行进着的一个人,直到生命的永远。其实,最懂我的人,不是我,而是你,你是我的肋骨,我的另一半。一个人的心是很重的,我把心给了你,现在,我已经轻飘得没有了分量,即便是短暂的虚无,也在大口吞噬着我。

我时刻想见到你,可是,你总躲着什么,让我有些郁闷。我只有一个简单的愿望,希望小逃离能每时每刻都是亮着的,我也能每时每刻地亮着,这样都不行,实在心焦。手上拿着《逃离》,想看一会儿,可是,目光总也聚焦不到书上,而是穿过书到了很远的地方,看到的满眼都是你,我想着,现实中,我们如何逃离这喧嚣的世界?

对于热恋中的人,分开的每一分钟都是煎熬。碧葭去了杭州两天,两天没有和他对话,袁浪平如坐针毡。回到石库城,她对袁浪平说,我根本不求永恒,世界哪有什么永恒,只求能实实在在和你过两天。你经常迁就我吗,我在想这个问题。

我会永远迁就你的。抱歉,为我受累了,我以后尽量做一个正常一些的好人,请你提醒我哪里做得不对,我好像经常会告诉你,但是你从来不说我。你真好,想到你,心里温暖、柔软、甜蜜。我每天都在这个甜蜜中睡去、醒来,觉得每天都是新的。因为你,世界每天都是新的。你要陪伴我活着,老了,啥也干不动了,七老八十了,还能说悄悄话,多好,多浪漫。

这话我爱听。我也是,现在,如果有什么烦心的事,想想你就不烦了。当你回头总结一生的时候,发现不知不觉,你的生活已经完全融进我的生活里了。

第十四节 骑士

想到人生过半和往日生活的不如意,经过深思,袁浪平决定带她去肯尼亚。碧葭调侃他,非洲可以多妻,是不是你舍不得她。袁浪平说,别瞎想了,如果是私奔,还能带老婆,那就不叫私奔了,那叫移民。即便是私奔到了非洲,即便那里可以娶几个老婆,我也只要你一个。

考虑到文化、语言的差异,最后,两人商量,抛开一切,去另一个遥远的地方,那个地方,他已经先行去过三次,多次跟她提起,那是离拉萨约五百公里的原始森林鲁朗,趁他们还能适应新生活,去那里适应一下,然后决定是否留下,碧葭想在那里扶贫支教。

她忐忑地等了一天,也不见他出现,只收到他的一句留言,奇迹出现的时候,准备。已经是下半夜了,他不会来了。碧葭回卧室睡去。闹钟定时在凌晨五点,但是,袁浪平四点钟就醒了,再也睡不着,眼前浮现着一幕一幕的景象,使他浑身燥热。他起身,先是洗漱,然后更衣、吃早餐。很快就要上路,他给她微信,亲爱的,可能你还在梦境,我准备出发,好好睡吧。

这是一个好天气,像碧霞的心情一样明亮。越来越近的距离,使得她无比安详和恬静,幸福正悄悄地被她的骑士捎来,比风还要快。她无法想象与庸人之间的距离,但是,在以往的旅行中,她真切地感受到这种差异。她觉得他有夜视眼,当黑夜降临,她闭上眼睛的时候,会看到他机智的左顾右盼的脑袋,正全神贯注地观察路况,一路踩着油门,在车流中穿行。

她开始等待他路上的消息,他在服务区加油,两个人断断续续地对话。袁浪平说,饿了,先填一下肚子,叫了一份甜豆角羊肉饭。特别地想你,我们是一体,你知道我多么理解你,就像理解我自己,你的手指痛一下,我都能感觉到的。

我也是。我们紧紧地相连在一起,连生物钟都一样的,即便身体分开,心也是相连的。

心心相印、相连、相通、相痛。他的脚狠踩油门。他知道,越来越近了。

他觉得自己忽然像少年一样,有了活力,好像和她一起回到了二十五六岁的时候。心口总是扑通、扑通地很有力地跳动着,自己都能听得见。

跟他一样,那一刻,她觉得她是无我的,真的达到了那样的境界。她看到他五官的气息化作青烟升腾出来,飞到天上,忽然就觉得是一尊睡佛睡在她面前,有种神圣的感觉,敬畏什么的感觉。敬畏什么呢,到底什么需要我们去敬畏呢,应该是真、善、美。就是,我们本无过,我感受到了幸福。

她理解了他,是这样幸福的感觉。

好像把以前没有过的美好生活过了一遍。淡定,一定不能出乱子,都走了那么远了,还在乎这一点距离?春风已到,还担心花儿不会绽放?

他们的想法一致。

她想俯在他的耳边轻轻地叫着他的名字。想变成小虫子,爬到他衣服里面。她总是在床上默默地想他到明天,下一个明天。而他,在醉酒中到了明天,下一个明天。生活就是这样往复,直到某一天,突然断线。

他离开了加油站,已经走了三百公里了,快进入西江了。

她知道他越来越近了,我的骑士,你是多么温柔又勇敢,我在你身后,一路跟着你。

他不断地和她报告他的行程,在大湖岭服务区加油,很快进入西江东。

天色已暗,车里是黑的。她坐在他身后,左手悄悄放在他的颈项或臂下,不时躲避反车道射来的灯光。在他们的预期中,他准点到达目的地,像比赛的鸽子一样准确。他收到她的暗示,觉得她真的就坐在他的身边。

衢西服务区晚餐,一切正常,放心,亲爱的。

勇敢的骑士,我心里快烧到 40 度了。刚才去园子里给花浇了最后一次水,青绿色的月季花,静静地缓慢地为你绽放了一个春天都没有过的绚烂的美。有些感动,那不是花朵,是精灵,是一种隐喻,隐喻我们美好的开端。晚上十点半的时候,已经为你铺好甜蜜的眠床,洗澡水烧好,换洗衣服在台子上,小逃离在树叶上,如果有月光闪现,是她在看你。

十点三十分顺利到达西周,拿一份资料。一直在开车,没有机会说话,现在,偷偷听了你柔情的话语,心里无限温暖和感激。我听见你的歌声了,也看见你在树叶上甜甜地睡了,不想打扰你,只是静静地待在你身旁,深情地凝望你许久。又要上路,离石库城还有二百多公里。

在数星星,看哪颗星星是你,你旁边的那颗就是我。夜晚的石库城悄无声息,今夜,要告别,祈祷最后的顺利。

已经是下半夜了,碧葭去园子里,把盛开的那朵月季花剪下来,剔了刺,用报纸包裹好,放进手提袋。然后,去书房,把袁浪平雕刻的仿汉武帝兄长、江都王刘非的定情信物"长毋相忘"装进随身挎包。

碧葭不知道,她的怪异举止,引起了小乖的关注。小乖在她去园子剪花的间隙,溜进书房。她知道了她怪异的真相,心里那只唯恐被抛弃的怪兽,忽然间就张着血盆大口,开始吞噬她。她生来就和她建立了那么密切的关联,她怎么能说走就走,丢下她?小乖说不出的惊惧,几近崩溃。她冲到园子里大声质问她,为什么?!

碧葭被她神经质的吼叫吓到了,问她为什么。别装了,你们的对话我都听见了。碧葭开始惊惧、惶恐,这是她没有想到的,她强迫自己镇静下来,反问她,你查看我的隐私不觉得过分吗?你不要偷换概念,问你呢,为什么要私奔?

这话堵人,碧葭被堵在那里,无从说起。她脑子快速转动着,说,不是私奔,只是去旅行,寻找一种与过去不同的生活方式以及这种方式的可能性。

我呢,你想过我吗,怎么处置?就这样丢在家里?先是爸爸不要我了,现在你也不要我了。她小时候看见父母亲吵架、争斗,就怕他们抛弃她,她一个也离不开。

记得上小学的时候,父亲和母亲在客厅说话,突然,父亲就举手打母亲,就在他的拳头快要落到母亲头上的时候,她飞快地拿起父亲的手提电脑,打开窗户,摔出去。她幼小的心里想过,如果父亲还不住手,她就爬上窗户,跳下去。我的天哪!父亲惊呼,冲到楼下。而现在,母亲却想和一个人私奔,母亲又要抛弃她。袁叔在肯尼亚的时候承诺过,永远不会抛弃她。现在,袁叔也把她抛弃。大人是多么虚伪,总想着抛弃孩子。

她要阻止他们,她一个人的力量不足以威慑母亲,她给她大学里的男朋友打电话,要他立刻过来,拨通了,转念一想,不对,这样的事情不能让他知道,就说打错了。她想到了父亲,这个时候,父亲是最好的帮手,父亲知道,一定会比她更加愤怒,让父亲来处置她。但是,父亲早在母亲之前就抛弃了她们。

碧葭冲过来,阻止她给父亲打电话。我从来就没有想过要丢下你,你已经大学毕业,我会始终关注和爱护你,选择自己的生活方式并不代表和你割裂,难道,你要我一生都不能有所改变?碧葭的脑袋晃动得厉害,眼角细碎的皱纹被惊惧放大,小乖看到她鬓角的一缕白发,那么刺眼地矗立在灯光下,心里忽然被一丝剧痛扯住。

她以为母亲一直是三十岁。母亲生她的那年就是三十岁,母亲和她一起在床上翻跟头,在地板上学青蛙走路。稍大一些,又带她在草地上打滚。她在成长,母亲似乎就一直没有再长,她把母亲的年龄和自己的年龄相加了一下,忽然惊觉,原来,母亲已经五十多岁,终有一天,母亲会彻底离开,留下她独自一人在这个世界上。一种更加巨大的悲恸袭来,她不知所措地哭泣起来。

她快速回到自己卧室,床上,是母亲为她洗净并叠好的内衣裤。昨晚,她不肯剪脚指甲,母亲坐在地板上,她坐在沙发里,翘着脚尖,母亲给她剪脚指甲。她嫌她剪深了,抱怨她,怪罪她,母亲只是笑,认错,哄她……以后,再也没有人会为她做这些。

书桌上,是母亲每晚都会送进来的水果切片,樱桃、苹果、猕猴桃,一碗已经凉了的冰糖百合。一只信封,信封里是银行卡、一张信笺,信笺上面是母亲絮絮叨叨的交代,时空转换,看得出来,这是母亲最后的告别,也是母亲抛弃她的证据。只有死亡才能说抛弃,她愤怒地把信笺撕碎,抛撒在空中,休想走掉。

她又一次决定给男朋友打电话,要他立即赶过来。八分钟,不管你是飞过来,还是爬过来。八分钟之内你来不了,就永远不要来了。她的语气霸道。

听到汽车泊车的声音,熟悉的,是袁叔的越野汽车。然后,园子里,母亲打开大门的声音。夜灯亮了,可以清晰地看见地面的花草。

她跑了出去,灯光下,看到两张激动、兴奋、慌乱的脸。

她的血往头上冲,她冲到母亲的前面,把母亲的定情信物"长毋相忘"从背后抽出来,愤怒地举过头顶,就在她要砍下的瞬间,碧霞惊恐极了,挣扎着从梦中醒来。

一觉凄然,竟是过了这么久,她在恍惚中辨别着哪是真实,哪是梦境。她哆嗦着摸黑踱到小乖床边,她要确认一下,再做决定。

她无法预测的现实是,袁浪平近来已经很少上线,即便是上线,也是匆匆留言,几句简单的话,告诉她,自己在哪儿,这两天在干什么。再后来,就出现了一天不照面、不留言的状态。她试着一天不理他,有时能坚持住,有时却一败涂地。然后,像往昔一样,絮絮叨叨地对他倾诉她对他的思念、牵挂,却不说自己的疑惑,她相信他是有道理的,他一定是遇到了什么麻烦。

但是,内心的煎熬和痛楚,只有她自己知道。他已经有一周没有给她留言。这使她产生隐痛和焦虑,她在分析他怎么会变成这样。是论文写得不顺利,还是卖专利的款收不回来? 有无数种可能,她都假想过。要宽宥,善良,给他自由。她这样安慰自己,有时候,实在熬不住了,掏出手机,就给他打电话。

他不接,再后来是停机。一段时间后,偶然打通了,接一下,听到她的声音,什么话也不说,只是笑。笑得绵长糯湿、滴水不漏,连贯的、漂浮的、气息不足的笑声,堵塞了她的声音。多么奇怪,她刚尝试对他用语言表达什么,什么就马上缩小了,小如尘埃。当思念重新浮上水面,她颤抖的泪珠便与它所来自的心灵不再相通。她找不到开口的语言,甚至完全打消了对他说话的愿望。

显然,笑声是刻意装出来的,故作轻松的笑声背后是颤抖的、欲盖弥彰的假象。听起来不是男人的笑,也不是女人的笑,更不是两个情人之间会心的笑。这笑声毛骨悚然,像来自另一个世界。这笑声迫使碧葭不语,她脑子里想得最多的是渡边淳一的观察:爱情的保鲜期只有七个月。她掐指数过自己和袁浪平从邂逅到相爱的时光。她真挚的恋情,连七个月的预期都不到,真是悲哀。这样的悲哀落到她的身上,使她渐渐对他产生反感,反感来自强大的自尊,她感到自己被抛弃,被羞辱,甚至是被戏弄。

他牵引着她的内心走到今天,却突然抽身而返,妄想陷她于情网,然后摇身收网,将她变成一只任其宰割的羊羔。她不想落到那样悲惨的境地,这个理性倏然回到身体的女人,一遍一遍地告诫自己,这样的男人是多么荒谬,她要回到正常的生活轨道中。她准备着,像一个道德的审判者那样,审判过去。

她永远也无法知道的现实是,袁浪平想要做回女人的愿望由来已久,在他看似随意的试探中,有着很深的用意。他的内心始终认为,自己是真正的女人。只是困于世俗和道德的束缚,以及现实环境的制约。他需要一个理由,一个使他身体改变的充分的理由。他脑海里反复出现最多的一句话是碧葭告诉他的:雌雄同株的结合体,也许更优秀迷人,同意你做回女人。现在,有了碧葭的这份支撑,他对女人的爱慕和向往,已经发展到身体力行的地步。他要完成自己的使命,首先要解决自己身体的困顿。

在得到她的首肯之后,他更加确定今生要做一回女人。他们之间这种纸上谈兵的状态简直是望梅止渴,她一边在批判柏拉图,一边乐在其中,在现实生活的实践中,她是虚伪、不道德的。而他,却是一个行动主义者,他要找到一个平衡点,这个平衡点一定离不开身体的参与。

他在医院做各类检查。上电脑查询相关资料和确定某项手术的可行性。这场恋情给予他无穷的勇气,他要摆脱自身的困境。有了她的爱的支撑,他正在顺应心灵的指引,做回女人。

第十五节　手术

这样的年纪去做手术,医院是不会接受的。但是,袁浪平找了熟人介绍,医院、律师、病人,三方签了合同,他愿意接受最坏的结果。签完合同的这段时间,他在医生指导下,吃一些辅助药物,科学地加强了身体锻炼,为手术做准备。他的"三高"指标开始下降,体征逐渐恢复正常。等到各项指标可以承受手术的时候,他说服了家人,入住医院。很遗憾,袁浪平年纪过大,手术以失败告终。这个结果在预料之中,真正来临的时候,他却无法接受。每一次手术都伴随着意想不到的风险,病人总是为了希望去承担风险,当风险真的降临的时候,对他却是一个无法接受的现实。

他不想见到碧葭,甚至对她产生了怨恨的情绪。是因为她的鼓励,他才尝试了这样的手术。但这是自己从小的心愿,让他敢于去尝试,失败不能怨她。他每天自己跟自己较劲,一会儿和解,一会儿纠结,再也找不到倾诉的对象,益发焦虑。他在焦虑中突发急性脑梗,被家人再次送往医院。他的生活从群体中回到一个狭小的空间。他不能说话,不能翻身,每天在想象死亡什么时候来临。直到后来,他的大脑混沌,什么都不愿想,什么都想不起来。这些真实的处境是碧葭无法想象的。

现实给了她另一副面孔。

袁浪平与碧葭前一段时间还难舍难分,后一段时间,袁浪平听从内心的召唤,去变性,可手术是失败的。现实中,一对恋人看似热火朝天,突然某天,一方看到另一方宣布结婚了,伴侣却不是自己,心里一万个为什么,搞不清对方为何不爱自己了。袁浪平是不是这样的人,他为什么突然去做变性手术,他真实的心理轨迹也许他自己都理不清楚。人很难看清自己,何况他者。世间的恋情如此脆弱,如此不可靠,女性唯一能依靠的就是自己的强大。袁浪平一直在小心翼翼地试探碧葭,变性是他内心深处的种子,遇到碧葭,发芽了,他被碧葭的个人魅力所撼动,坚定了他要变成女性的想法。碧葭的恋情给了他变性的勇气,成就了他的心愿,却断送了两个人的恋情。世间的事情就是这样不可捉摸,瞬息万变,不以一己的力量去改变。个体在现实面前如此无能为力,无助得像笼子里的困兽。

他们在精神走到山顶的时候,把自己的身体困在了笼子里。

个体能战胜自己的身体吗?碧葭曾经是这样地无助,而袁浪平将彻底消失在世俗的表达中。

第七章　授藏与动物保护

第一节　动物保护

本科毕业后，小乖去美国读了硕士。读书期间，她参加了一些公益社团。她一个同学的母亲是动物保护协会的工作人员，通过申请、筛选，她加入拯救犀牛的组织。重返肯尼亚是她的梦想。现在的狩猎者装备精良，他们甚至拥有了八成新的 AK-47。保护组织成员数千人，依然不能完全阻止盗猎案件的发生。一次，保护组织在和狩猎者周旋的过程中，小乖意外遇见了提供信息的丹尼斯，两个人都认出了彼此。热烈拥抱，在地上旋转，丹尼斯逗她，小心犀牛在空中拉便便，犀牛的便便会遮住太阳，把你砸扁。夸张，小乖和他击掌，会心地打趣。

动物保护组织现在的任务是不停地将犀牛转移到人迹罕至的荒原。盗猎者是小乖心里的怪兽，犀牛是她的孩子。她每日和直升机飞行员一起，把犀牛空运至预先设定好的地段。她给犀牛拍照编号，做工作笔记，为撰写自然保护图书做准备。

丹尼斯在原始森林的导游工作中，发现形迹可疑的车辆，立即给保护组织发定位,提供情报。一次,盗猎者斥重金从中东运来一台二手防空雷达,丹尼斯发现了蛛丝马迹,跟踪这辆汽车,直至偷猎者基地。丹尼斯是森林的孩子,他在森林中长大,他热爱这片原始森林,他是保护组织的秘密工作者。这次发现,他没有进入盗猎者基地,而是隐蔽起来,给保护组织发送了准确的情报,使得盗猎者的雷达还没有安装就被侦查到,执法部门一举捣毁了基地,抓捕了盗猎者。

记得碧苇刚下岗的时候,给报社副刊投过稿子,稿子发表后,她有些激动,回家告诉母亲。鲍四得知后,阴阳怪气地嘲笑她,哎呀,不得了,我们家出了一个文豪,还会写文章,搞得不得了,这年头,下岗工人都能上报纸,作家也该下岗了。这种豆腐块,哪个不会写,跟小学生日记一样幼稚。碧苇听了很难过,她躲进洗手间哭了一会儿,假装什么都没有发生,溜进厨房做饭。

碧苇没有因为鲍四的挖苦而放弃写作,她写下岗女工这个群体的生活,她的文字准确而节制,深受读者的喜爱,每天持续在网上书写,点击量与日俱增,已经有两家出版公司找她联系出书事宜,碧苇要跟碧葭商量一下再去签合同。

丽桐在读社会学博士,她设计了一份试验表格,实习的时候,找亲友做测试。她告诉阿婆,仔细填写完会有奖励。听说有奖励,陈桂芝参与进来,其中一项选择题是:当母子只有一个能存活,选择权在母亲手上,请问母亲选择自己活着还是儿子活着。陈桂芝拒绝填写这项,她说不可能有这样的情况。丽桐说,这是选择题,不是真实的,当游戏,但是要填真实的想法,如果和之前的题目有逻辑上的悖论,会影响奖金的数量。陈桂芝说,哪个人不怕死,哪个都不想死,我也不想大宝死。阿婆,这是游戏,不是真的,说真话没有关系。你就选一个选项。陈桂芝说,我们家哪个都不能死,你舅舅不能死,我更不能死,你说对不对?你怎么能拿这样的题目来测试阿婆?好吧,你不用做测试题。不做没有钱拿。陈桂芝纠结了很久,选择了自己活着,她一再解释,我是为了做题目,这不是我的真实想法,只是游戏而已。

实习结束后,丽桐以母亲和外婆的人生为蓝本,探讨人类的家庭生活对社会群体的影响。论文发表后,影响因子较大,题目是《论利他主义的成分》。文章中,她对外婆的行为做了解析:"亲代对子代的投资是有权衡的,对子代是有亲疏的,为了遗传基因和'亲代投资'的效率,亲代甚至可以吃掉或遗弃弱小的子代,因为他们不值得抚养,会消耗太多的'亲代投资',不利于基因的遗传。当然子代也有争取的手段。子代争取的手段就是天生利己甚至欺骗。所以人之初,性本恶。必须把利他主义的美德灌输到学校教育的体系中,不能指望人类的本性中天生有利他主义的成分。自私的基因为了繁衍下去,必须利己,有时,生物学和社会学的进步是背道而驰的。阿婆是一个母性的异化者,她从来就没有爱过子女,甚至她自己这个生命个体,她也没有真正爱过。她是一架生物机器,是荒谬时代的母性变异者。无论是从基因角度还是社会学范畴,阿婆的人生不值得肯定,而是需要彻底反思,她代表了她那个时代的一部分母亲,时代烙印深刻。"

同时,她对母亲和外公也做了解析:"母亲完全秉承了外公的基因,他们的基因里继承了利他主义的衣钵,他们可以牺牲自己去利他。外公的利他含有自私的基因,他是为了营救儿子,不惜让自己活体器官移植,虽然,这种移植是荒谬的,不可行的。外公却一意孤行,只要儿子能赎罪,他愿意为儿子牺牲自己。他的行为是为了延续自己的基因。"

"母亲的利他是纯粹的,无我的利他使她获得成就感和快感,在社会小群体中,她扮演了献身者的角色。这种利他人格对社会的发展起到积极的推动作用。他们是社会的润滑剂。"同时,她引用了生物学家费希尔在1930年提出的"亲代支出"的一些论点,对母亲作为生命个体的生物属性进行了批判。回到社会学范畴,她再次对母亲的人格予以充分的肯定。她为有这样的母亲而骄傲,正如碧葭所言,碧苇的善良重如泰山。

理查德·道金斯说:"我们具备足够的力量去抗拒我们那些与生俱来的自私基因。在必要时,我们也可以抗拒那些灌输到我们头脑里的自私觅母。我们甚至可以讨论如何审慎地培植纯粹的、无私的利他主义——这种利他主义在自然界里是没有立足之地的。我们是作为基因机器而被建造的,是作为觅母机器而被培养的,但我们具备足够的力量去反对我们的缔造者。在这个世界上,只有我们人类,能够反抗自私的复制基因的暴政。"

第二节 援藏

西藏的鲁朗地区景色优美,碧葭关注这里很久,经常给这里的藏民邮寄课本、书籍和衣物。学校建立的面对面的帮扶、脱贫活动,由碧葭主持。碧葭认为扶贫的根本在于孩子们能读书识字,掌握一技之长,教育是首要。碧葭邀请碧苇跟她一起去鲁朗办学。走之前,陈桂芝劝她不要去,高原对心脏不好。碧苇不依,现在最需要我照护的就是姐姐了,我能教语文、算术,做后勤,哪怕打扫厕所、种地,我都能干。这次,姊妹两个完全摆脱了陈桂芝的控制,远走高飞。

这个决定得到小乖和丽桐的全力支持,她们在自己的圈子里尽其所能发起了支教扶贫的宣传,帮助推进。

第三节　朝阳

　　组织老年人听养生讲座是当下的一个朝阳产业。随着人口的老龄化,这个产业在居民区蓬勃生长。陈桂芝本来是不屑买保健品的,她的子女送上门的保健品足够她炫耀,她也不相信这些保健品。但她时常会跟超市里结识的一群大妈去领免费礼品,领多了,领久了,招不住那些孩子奶奶长、奶奶短地忽悠,偶尔会买一点儿,渐渐就被拉下水,天天像上班一样,被带出去免费旅游、优惠购物,各种套路,让她深陷其中而不觉。大宝经常回家陪她吃饭,她身体很好,有时候,不预约,大宝都找不到她。她每天跟一群老人参加各种活动,领取鸡蛋、面粉、蜂蜜、挂面,床底下堆的全都是赠品、礼品,自己舍不得吃,却乐此不疲。

　　陈桂芝现在进入一个多数是文盲老头老太太组成的旅游购物群体,她在这个群体中俨然是主角。她们没有文化,连签名都不会,陈桂芝回家跟大宝演示那些文盲老太如何按手印、如何艰难地签字的场景,她为自己是文化人而骄傲。

　　家里的陶瓷水果刀很好用,鲍四在厨房切水果的时候滑倒,刀口朝上,瞬间削掉了她一块鼻子。陈桂芝眼尖,去地上捡拾鼻子,还没有站起来,鲍四以为是陈桂芝砍了她的鼻子,便挥刀砍了陈桂芝后脑,追着陈桂芝连续戳。第一刀很重,把陈桂芝脑壳砍了个口子。大宝听到陈桂芝惨叫声,冲进来,阻止了鲍四,打120后,见母亲血流不止,就抱上母亲,一路开车,连续闯了几个红灯,送到医院急救。憨大跟救护车同步到达,把鲍四送去同一家医院的急诊室,鲍四的鼻子一直在陈桂芝手上捏着,憨大扳开陈桂芝的手指,小心地把鼻子拿走,交给护士。时间短,鲍四鼻子没有损坏,缝合的手术比较成功。拆线后,鲍四被送去精神科,经过一段时间的治疗,转移到精神病院。

进二已经过世,现在,巧珍一个人过日子。她就盼着儿子能早点成人懂事。

铃铛上军校后,巧珍没有了负担。她在家做了好吃的,会喊大宝和憨大过去一起吃。巧珍说,柳眉这个人不是东西,进二查出肺癌后,她当天晚上就卷了铺盖走人,连招呼都不打。大宝说,这样更好,进二也没有心思跟她再扯。本来就是露水一场,没有什么牵连。早知道,你到医院搞个假证明就把她撵走了。巧珍说,是的,但是也不忍心咒人生病。

难得糊涂是憨大的人生宗旨,他现在对任何事物都不再穷究。他说,我年轻时候就糊涂,现在更糊涂了。这把年纪,糊涂着凑合着,放过别人就是放过自己。他的汽车被闯红灯的电动车拦腰撞坏,对方没有买保险,他承担全责,对方获赔一辆新的电动车。碧葭说,这是纵恶,你不能这样。他不理她,随她抨击。他在人行道礼让行人,被后面汽车追尾,对方下车看看,跟他没说两句话,上车就逃逸。他去看监控,查到肇事方,交警按肇事逃逸处理,他帮着肇事方求情,说对方不是故意的,他刚查出来癌症,心情恍惚。交警说,医院诊断书拿出来看看,什么理由都有,我们见多了。憨大想帮肇事方减轻过失,反正是保险公司赔偿。他让对方拿诊断书,对方支支吾吾,一会儿说在家里,一会儿说在医院。交警说,两码事,你脑子糊涂,不要干扰我们正常处理事故。

这些年来,憨大对碧葭有了新的认识,他对自己曾经的荒谬感到后悔,如果有空,他想去鲁朗看望碧葭,顺便旅游。他们已经复婚。碧葭想做什么,他全力支持。他知道,她也做不了几年,人生是短暂的。人的一生如果能做自己向往的事情,就是有情怀的人,而他自己是一个没有情怀的人,他羡慕她们母女是有情怀的人,随便她们母女怎样折腾,他都会支持。他年轻的时候嘲笑碧葭的情怀,挖苦她,取笑她,一切用钱来衡量计算,钱是他判断事物的唯一砝码,到老来,才明白有情怀的人是值得羡慕的,这是一种天生的能力,她们为情怀活着,情怀是无法用金钱衡量的。情怀使她们活得闪闪发光。而他自己,天生缺乏这种能力。小乖是有理想的人,他暗自庆幸小乖遗传了母亲的基因。记得有一次领导开会,他见到领导的第一句话就是:您怎么好久没有批评我了。领导笑起来,撑他,不骂你难过,真是奇葩。

院子里的杂草茂盛,取代了植物花卉。以前,憨大是难得管理的,现在,他学着碧葭的样子,打理起这个小花园,他希望碧葭回来的时候花园不要太破败,好像家里没有人一样。记得她以前种过朝天椒,她不吃辣椒,种辣椒只是为了好看,为了看生命的蓬勃生长,深秋的天气,一片红火,真是满眼热闹。他种植朝天椒,给禾苗浇水。一只蓝色的鹦鹉落在他的膀子上,跟随他的膀子起起落落,不肯飞走,他走哪里,鹦鹉跟到哪里。他给鹦鹉拍了视频,发到家庭群里,又找一些小米和水放到花台边。每天清晨都有鸟鸣把他吵醒,他第一次发现,鸟的叫声婉转动听。

他不断地收到碧葭发来的好消息,她们在鲁朗建立的学校已经正式开学,虽然有种种困难,但是有地方政府的扶持与年轻一代大学生的积极参与,学校已经开始招生。他在想自己过去能做什么,等他年底办完退休手续,他就去鲁朗投奔她们。

附

《金缕梅》创作谈
修白

多年前,我写过一个小说《假寐》:媳妇大早赶到婆家给病死的公婆办理后事,却遗失了公婆的尸体。中午赶到医院理疗,一个孤独的老妇人过来和她搭讪,讲述她年轻守寡的失夫之痛,两个陌生人像河蚌彼此打开了自己,年轻女人诉说自己年幼的女儿被公婆丢弃在大街上,她一直生活在孩子丢失的伤痛里不能自拔。一位友人读后给我打电话说,女婴的丢失不要确定是公婆故意的,在这个问题上,媳妇有媳妇的看法,警察有警察的看法,公婆有公婆的看法,作家不要有先入之见。听其建议,我修改了视角。其实,现实生活中,看法与做法也未必相同。

人到中年,碧葭姐弟仨回老家奔丧。返程的火车上,年近七旬的大姐碧葭感慨母亲当年的偏心。她是孝顺尊亲的女儿,也是知疼着痒的长姐,可悲的是却要处处提防母亲的膺惩,这种对立的紧张关系,导致母亲至死都在提防着她。碧葭弟弟无法接受姐姐对母亲的评判,他在母爱的照耀中成长,母爱之伟大是不言而喻的,碧葭的认知有违真相,完全是她的一己之见,他不能原谅姐姐对母亲的中伤,内心忧伤愤懑。列车在行进,一家人因为认知的不同,貌合神离。

我对碧葭怀有深刻的理解。上个世纪的传统家庭中,如果说儿子是叶子的正面,女儿经常会是背面:正面承受着母爱的阳光雨露,背面却要透过缝隙寻找光线;女儿生活在背光的一面,她的视角是背光的。是面朝深渊还是面朝蓝天,各自的视角决定了他们的认知。

深秋,辣椒红的绿的,像彩灯一样挂在枝条上,收摘干净,有一箩筐。清理垃圾的时候,将拔掉的植株倒过来拿在手上,忽然发现,还有更多的辣椒挂在枝条上。仔细摘一遍,竟然又收了两箩筐。仅仅换了一个视角,发现忽视的竟然是原先的两倍。如果再换一个视角,是否还会有更多的辣椒出现?这个视角便是艺术的萌生地。视角是多么重要的切入点,抑或说是看问题的方法。

《金缕梅》围绕一个传统家庭中三代人之间的冲突展开。儿子沉浮在改革开放的大潮中。大女儿碧葭在母爱缺失中成长,作为一个有自觉意识的知识女性,她在寻找存在的意义。对母爱的绝望,促使她追逐爱情,她要寻找一个爱的突破口,这是她生命中一条不为人知的暗流,汹涌激越,如果丧失,她的生命便不完整。对婚姻失望而离婚后,她的第一段感情是真挚的,可是被对方回避了,男人不需要真情,视真情为洪水。第二段感情依然如故,最终无疾而终,这导致她对婚姻和爱情的彻底绝望。既然爱情不可靠,面对情感的废墟,她选择重建自我,去西藏办学支教。她要寻找生命的意义、存在的终极意义。如果一切都是不可靠的,那就靠自己的力量去改变世界,改变世界是她人生的终极追求,她要做一只发声的芦笛。

而下岗的妹妹碧苇始终在不遗余力地帮助身边的人,她是中国传统女性的典范,这种无私的利他主义者,散发着的人与人、人与世界和平共处的理性之光,是女性生命个体价值的觉醒与回归。

如果不能被照亮,她便用自己的微光去照亮别人。

今年春天,我在旅途中邂逅的一个受害者跟我倾诉她的悲惨人生,几天相处下来,令我怀疑她自己是她悲惨人生的加害者。

她给我的感悟是:当作家沉浸到现实世界中的时候,作家自身的教养和对世界的善意往往会成为被观察者人性爆发的温床,这个时候,被观察者讲述的自己与作家视角体验到的被观察者往往是截然不同的两个对立面,这个时候小说诞生了,人物形象却未必圆满。在人性这个幽深神秘的精神领空,当另一个不同身份的观察者出现的时候,被观察者又会呈现一个新的形象,小说是观察者自身社会属性的一个映现,正如爱伦堡笔下的斯大林与高尔基笔下的斯大林,两者的差距是爱伦堡与高尔基视角的差距,这个视角的差距依然是被观察者呈现的,而非作者的谬误。观察者有多柔软,被观察者便有多邪恶,邪恶带来的快感使得被观察者的征服欲得到满足,羸弱者也有霸凌更弱者的欲望。这是生物界的自然现象,而人类文明便是抑制这种利己主义,重建利他主义。只有永恒的爱、正义、良知,才是人类唯一的出路。

如何全面地呈现事物的真相,呈现光的背面——那些被忽视与遮蔽的存在,在废墟中重建光明,可能就是小说需要展现的,也是写作者竭力捕捉的。

我出生在城市,熟悉城市生活。回望过去写的小说,发现自己喋喋不休地讲述碧葭的城市生活,竟然讲了四部中篇,碧葭有时是教师,有时是设计师,有时是画家——她们都表达一个共同的主题:女性的生命意识。她们在人生、命运、时代中挖掘求索,当碧葭成为她们的代言人的时候,她们的精神之路变得清晰起来。我尝试着把这四部不同的中篇串联成一部长篇,便有了《金缕梅》。

碧葭的丈夫在独自寻找妻子的过程中,意外看到了另一个时空中的自己,如妻子的失踪一样不可思议,在这不可思议中,他也开始了自己的觉醒。时间使得记忆变得魔幻。时间赋予人的属性,远比空间中的人性更幽微曲折。还原这个男人不同时期的镜像,我们看到社会大环境的改变对生命个体的影响。当社会风气好转的时候,他的生活从世俗萎靡向精神层面回归。他对失踪妻子的寻找,是一次回归的旅途,一路呼唤着人性中的真善美。

我在《金缕梅》的写作过程中,一再审视女性的生命意义。她们不论在家庭、学校还是写字楼里,不论是在国内还是国外,在生命旅途中,她们都不断回望、检讨过往,重塑未来的生活道路,她们验证了未经检讨的生活是蒙昧的,她们的生命意识伴随着自我修复与自我成长。

理查德·道金斯说:"我们具备足够的力量去抗拒我们那些与生俱来的自私基因。我们甚至可以讨论如何审慎地培植纯粹的、无私的利他主义。"依靠自己的力量去改变这个世界,这是我理解的碧葭的觉醒,那是生命的真谛,也是我写《金缕梅》的初衷。碧葭的女儿成年后,选择去非洲工作,与盗猎者作战,帮助野生动物迁徙,她和母亲义无反顾地走上改变世界的道路。她们跳出"小我"的意识、男女恋情,完全站在世界性的高度,以世界性的眼光看世界。我在碧葭母女身上看见女性独立意识的觉醒。女性生命的终极意义不是寄托在某一个人或者某一个家庭之上,而在于把自己活得闪闪发光,在改变中创造新世界。

2023 年于紫金山